ढाई चाल

हज़ारा में बिछी राजनीतिक बिसात,
रिश्ते बन गए मोहरे, दाँव पर लगी इनसानियत

एक घोर राजनीतिक कथा

नवीन चौधरी

ढाई चाल

फंडा
Funda
राधाकृष्ण प्रकाशन का उपक्रम

ISBN : 978-93-91950-06-4

मूल्य : ₹ 199

पहला संस्करण : अक्टूबर, 2021
दूसरा संस्करण : अक्टूबर, 2021

फंडा funda राधाकृष्ण प्रकाशन का उपक्रम

प्रकाशक
राधाकृष्ण प्रकाशन प्राइवेट लिमिटेड
जी-17, जगतपुरी, दिल्ली-110 051

शाखाएँ : अशोक राजपथ, साइंस कॉलेज के सामने, पटना-800 006
पहली मंजिल, दरबारी बिल्डिंग, महात्मा गांधी मार्ग, प्रयागराज-211 001
36 ए, शेक्सपियर सरणी, कोलकाता-700 017
वेबसाइट : www.radhakrishnaprakashan.com
ई-मेल : info@radhakrishnaprakashan.com

मुद्रक
यश प्रिंटोग्राफिक्स
ग्रेटर नोएडा-201 310 (उत्तर प्रदेश)

DHAAI CHAL
Novel by Naveen Choudhary

पाती

लोगों को ऐसा कहते सुना था कि पहला उपन्यास लिखना बेहद कठिन होता है। अब जब दूसरा उपन्यास लिख दिया तब एहसास हुआ कि असल में पहला उपन्यास लिखना आसान था।

इस उपन्यास को आने में देर हुई और कई कारणों से हुई। कहानी का खाँचा बना हुआ था, लेकिन मेरे पात्र बार-बार मेरी पकड़ से बाहर भाग रहे थे। दरअसल हमारे समय की राजनीतिक वास्तविकता अधिक जटिल है। वह कल्पना से आगे चल रही है। ऐसे में उसे कहानी में कसना नए तरह की चुनौती है।

एक मल्टीलेयर्ड कहानी में जब वास्तविक घटनाएँ आने लगती हैं तो कई बार डिटेलिंग बढ़ जाती है और बहुत से सच आपस में उलझ भी जाते हैं। यहाँ पर लेखक के जीवन में सबसे महत्त्वपूर्ण व्यक्ति की एंट्री होती है, जिसे हम 'सम्पादक' के नाम से जानते हैं। मैंने एक बार फ़ेसबुक पर लिखा था कि कहानी के बेहतर बनने में सम्पादक का बड़ा महत्त्व होता है और इस किताब को भी एक बेहतर रूप देने में शिप्रा किरण का बहुत योगदान रहा।

राजकमल प्रकाशन समूह से अशोक महेश्वरी जी, आमोद महेश्वरी जी एवं अलिन्द महेश्वरी जी का मुझ पर विश्वास बना रहा। उम्मीद करता हूँ कि पूरी टीम इस उपन्यास को देश के हर कोने में पाठकों तक पहुँचाने में कोई कसर नहीं छोड़ेगी।

कई मित्रों ने भी इस किताब के बनने में काफ़ी सहयोग किया। मेरे साथ यूनिवर्सिटी में पढ़े मेरे मित्र और वर्तमान में अध्यापक के रूप में कार्य कर रहे अरुण गुप्ता तथा बुक बाबू ग्रुप की तन्वी पारीक ने संवादों में क्रमश: ब्रजभाषा और राजस्थानी को स्थानीय डायलेक्ट के अनुसार सुधारा। वरिष्ठ आईपीएस वी.के. सिंह जी से मैंने उस इलाक़े के अपराधियों द्वारा इस्तेमाल किए जाने

वाले हथियारों को समझने के लिए कई बार चर्चा की। मेरे मित्र और पत्रकार अवनीन्द्र मिश्र द्वारा सुनाई गई पुरानी राजनीतिक रंजिशों की कहानियों का भी इस उपन्यास के बनने में बड़ा योगदान रहा। राइटर्स ब्लॉक की स्थिति में फँसने पर मेरे लेखक मित्र अनघ शर्मा एवं अंकिता जैन मेरे गो टू पर्सन रहे। आप सभी मित्रों का भी तहेदिल से धन्यवाद।

निश्चित तौर पर ऊपर नाम लिए सभी लोगों का इस किताब के बनने की प्रक्रिया में बहुत सहयोग रहा, किन्तु सबसे अधिक यदि किसी की भूमिका रही तो वह है आप लोगों की। आप पाठकों ने जिस तरह विश्वास जताया, उसकी वजह से ही यह उपन्यास मैं पूरा कर पाया हूँ। आप सभी को धन्यवाद और उम्मीद करता हूँ कि 'जनता स्टोर' की तरह 'ढाई चाल' को भी आप उतना ही प्यार देंगे।

मेरा यह दूसरा उपन्यास 'ढाई चाल' आप सभी पाठकों के नाम।

सितम्बर, 2021 **—नवीन चौधरी**

नोएडा

24 दिसम्बर, 2015, दिल्ली

"कौन बन सकता है, इम्प्लॉई ऑफ़ द इयर? एनी गेस?"

अर्क न्यूज़ ग्रुप की इयर एंड पार्टी में एंकर ने सवाल पूछकर माइक लोगों की तरफ़ कर दिया। यह जलसा हर साल क्रिसमस से एक दिन पहले होता जिसमें ग्रुप के सभी अख़बारों के कर्मचारी शामिल होते। क्रिसमस के दिन अख़बार यूँ भी विज्ञापन से भरा होता था इसलिए सम्पादकीय विभाग भी चैन से पार्टी का हिस्सा बनता। इस दिन कम्पनी के मालिक और एमडी पूरे साल का लेखा-जोखा देते, अगले साल का विज़न बताते, कर्मचारियों को विभिन्न श्रेणी में पुरस्कार देते, फिर शुरू होता शराब और डीजे का कार्यक्रम जिसके ख़त्म होने का समय किसी कर्मचारी को ठीक-ठीक नहीं पता।

इस दिन का सभी कर्मचारियों को बड़ा इन्तज़ार रहता था। इस दिन न सिर्फ़ मुफ़्त शराब और इनाम मिलते, बल्कि पार्टी ख़त्म होते-होते अगले दिन के लिए बहुत सारी चटपटी ख़बरें तैयार हो जाती थीं, जैसे–किसने दारू पीकर बॉस को गाली बकी, किसने सहकर्मी को प्रपोज किया, किस महिला कर्मचारी ने अपने ऊपर डोरे डालते सहकर्मी या बॉस को चप्पल मार दी, किसने नाचते हुए किसे कहाँ छू दिया, कौन-सा युगल पार्टी से अलग होकर अँधेरे कोने में जाता दिखा, और सबसे ज़रूरी चर्चा कि जिसे इनाम मिला वह यदि पुरुष है तो किसकी चाटने पर मिला और अगर स्त्री है तो किसके साथ सोने पर मिला। ये सब क़िस्से कुछ सच्चे, कुछ झूठे होते तो कुछ सच-झूठ का कॉकटेल जिस पर सभी कर्मचारी अपनी-अपनी श्रद्धानुसार यक़ीन करते।

अर्क न्यूज़ ग्रुप के इस कार्यक्रम में एंकर हमेशा कोई टीवी या फ़िल्म एक्ट्रेस होती थी। इस बार एंकर नई फ़िल्म एक्ट्रेस प्रीति बियानी थी जो एक्टिंग से ज़्यादा इंस्टाग्राम पर अपनी बोल्ड तस्वीरों के लिए तो ट्विटर पर विवादास्पद ट्वीट्स के लिए प्रसिद्ध थी। फ़ेसबुक पर वह सिर्फ़ ऐसे कार्यक्रमों की तस्वीर डालती। एंकर प्रीति के सवाल पर कुछ कर्मचारियों

ने जवाब दिए तो कुछ उसकी ख़ूबसूरती निहारते रहे। प्रीति ने कहा–"आप लोगों के गेस कितने सही हैं इसका जवाब देने के लिए मैं बुला रही हूँ अर्क न्यूज़ ग्रुप के एमडी को।"

एमडी स्टेज पर पहुँचे। उन्होंने प्रीति के गाल से गाल सटाकर हवा में चूमा। एमडी के हाथ में प्रीति ने लिफ़ाफ़ा थमाया। लिफ़ाफ़ा खोलकर एमडी ने नाम पढ़ा और बोले–"मैं, हमारी कम्पनी के ब्रांड डायरेक्टर राहुल बंसल से निवेदन करूँगा कि यह पुरस्कार देने के लिए वह भी मेरे साथ आएँ।"

"समझ गया...इस बार भी बंसल के टट्टे को मिला है।" राउंड टेबल पर बैठे एक कर्मचारी ने बगल की टेबल पर बिज़नेस सूट में बैठे कर्मचारी को देखते हुए कहा।

राहुल बंसल ने एमडी के हाथ से लिफ़ाफ़ा लिया और माइक पर बोला–"मयूर भारद्वाज।"

नाम की उद्घोषणा के साथ ही तालियाँ बजने लगीं। बिज़नेस सूट वाला कर्मचारी उठा। बगल की टेबल पर बैठे कर्मचारी ने उसे उठते देखकर कहा–"चमचा साला।" मयूर तालियों की गड़गड़ाहट के बीच स्टेज पर चढ़ गया।

पुरस्कार देने के बाद एमडी ने कहा–"मयूर पहला इम्प्लॉई है जिसने लगातार तीन बार इम्प्लॉई ऑफ़ द इयर अवार्ड जीता है, और राहुल बंसल जैसे खड़ूस बॉस के साथ काम करते हुए जीता है। मयूर का अपने प्रोजेक्ट्स के टाइमलाइन के लिए भी बहुत सटीक कैलक्युलेशन होता है। मयूर मैं चाहूँगा कि तुम अपने साथियों को बताओ कि तुम क्या अलग करते हो और राहुल जैसे बॉस को कैसे सँभालते हो।"

"मैं और राहुल अलग तरीक़े से सोचते हैं। राहुल फॉरवर्ड कैलक्युलेशन करते हैं और मैं बैकवर्ड। राहुल लक्ष्य तक पहुँचने के लिए एक प्लान बनाते हैं लेकिन मैं लक्ष्य से पीछे चलते हुए वहाँ तक आता हूँ जहाँ से हम शुरू करने वाले हैं। राहुल के तरीक़े से प्रोजेक्ट को आगे बढ़ाने के लिए सभी आवश्यक संसाधन का हम अन्दाज़ा लगाते हैं और मेरे तरीक़े से हमें वो समस्याएँ पहले दिख जाती हैं जो प्रोजेक्ट के शुरू होने के बाद हमारे सामने आ सकती हैं। मतभेद की स्थिति में किसी निर्णय पर पहुँचने के लिए हम दोनों अपने तर्कों से एक-दूसरे को सहमत करते हैं।"

"और अगर तर्कों के बावजूद सहमति न बने तो?" एमडी ने कौतूहलवश पूछा।

"उस स्थिति में हम 'बॉस इज़ आलवेज़ राइट' वाला नियम मानते हैं।" मयूर के इस जवाब पर भीड़ ने ठहाका मारा।

एमडी ने मयूर को स्टेज पर ही रुकने का इशारा किया और कहा–"मैं आप लोगों को दो और बड़ी ख़बर देना चाहता हूँ। मार्च, 2016 में हम जनतान्यूज़.कॉम के नाम से एक नई न्यूज़ वेबसाइट लांच कर रहे हैं। राहुल के नेतृत्व में मयूर ने इस प्रोजेक्ट को साकार किया और मुझे यह बताते हुए ख़ुशी हो रही है कि 1 जनवरी से मयूर इस वेबसाइट के सीईओ और सम्पादक होंगे। दूसरी ख़बर थोड़ी दुखद है। हमारे बिज़नेस अख़बार अर्क बिज़नेस के सम्पादक ने हमें छोड़कर जाने का फ़ैसला किया है। मयूर पिछले 2 सालों से ब्रांड मैनेजर के रूप में इस अख़बार की कंटेंट स्ट्रेटजी देख रहे थे। मयूर की कंटेंट और इस अख़बार की समझ को देखते हुए मैनेजमेंट ने तय किया है कि जब तक हमें नया सम्पादक नहीं मिलता, मयूर भारद्वाज वेबसाइट के अलावा अर्क बिज़नेस के सम्पादक का अतिरिक्त कार्यभार सँभालेंगे।"

एंकर प्रीति कार्यक्रम आगे बढ़ाते हुए बोली–"ऐसा लगता है कि आज की शाम सिर्फ़ मिस्टर मयूर भारद्वाज के नाम है। मिस्टर भारद्वाज मेरा भी आपसे एक सवाल है। आपका सफलता मापने का पैमाना क्या है, अवार्ड, प्रमोशन या कुछ और?"

"अवार्ड और प्रमोशन का अपना स्थान है लेकिन मैं इन्हें सफलता का पैमाना नहीं मानता। सफलता को मापने की मेरी दो कसौटियाँ हैं। पहली–मेरा काम लोगों के लिए बेंचमार्क हो और वे उसे कॉपी करना चाहें। दूसरी..." मयूर रुका, सामने बैठी जनता की तरफ़ नज़रें घुमाई, थोड़ा-सा मुस्कुराया और बोला–"दूसरी जब मेरे आसपास के लोग मेरी तरक़्क़ी पर कहने लगें कि ये तो बॉस का चमचा है।" हॉल फिर ठहाके और तालियों से गूँज उठा।

मयूर यूँ ही तीसरी बार यह ख़िताब नहीं जीता था। *We are in the business of advertising, not news. हम विज्ञापन के बिज़नेस में हैं न कि ख़बरों के*—अर्क न्यूज़ ग्रुप के मालिक और एमडी का यह ध्येय वाक्य था जिसे मयूर ने अख़बार के लिए काम करते वक़्त हमेशा ध्यान रखा।

अर्क न्यूज़ ग्रुप देश का बड़ा मीडिया हाउस था। उनका फ़्लैगशिप प्रॉडक्ट

अर्क टाइम्स देश के अंग्रेज़ीदां रसूखदार वर्ग में बहुत पढ़ा जाता था। बिज़नेस अख़बार अर्क बिज़नेस भी सभी बिज़नेस अख़बारों के लिए बेंचमार्क बना। अर्क टाइम्स ने अपने ब्राण्ड को ऐसा प्रीमियम बनाया कि इस ग्रुप के सभी अख़बारों के 80 प्रतिशत पाठक देश के 4 महानगरों से आते थे, इसके बावजूद इनकी विज्ञापन की कमाई देश के तीन सबसे ज़्यादा पढ़े जाने वाले भारतीय भाषा के अख़बारों की संयुक्त कमाई से अधिक थी।

अर्क टाइम्स किसी भी सरकार का दोस्त नहीं बना लेकिन इस बात का पूरा ध्यान रखता था कि दुश्मनी भी न होने पाए। वह समय-समय पर ऐसे ज्वलंत मुद्दे उठाता जो आम आदमी को अपने से लगते परन्तु उनका असल असर उद्योगपति, कॉरपोरेट और नेताओं पर पड़ता। दूसरी तरफ़ वह किसी सोशलाइट की पार्टी की तस्वीर छापते हुए लिखता कि किसने कौन-से ब्रांड के कपड़े पहने थे। किसी हीरोइन की तस्वीर ब्रा में छापते हुए बताता कि उसने स्तन ट्रांसप्लांट कहाँ से कराए तो कभी किसी अभिनेता द्वारा अपनी नई प्रेमिका को दिए हीरे की अँगूठी की ख़बर छापता। मायापुरी को 'लो-क्लास' कहने वाले इसी मसालेदार कंटेंट को अंग्रेज़ी में पढ़ 'एलीट' कहलाते। प्रीमियम ब्रांड प्रीमियम दर पर विज्ञापन भी देते हैं।

अख़बार की एक और विशेषता थी कि यहाँ सम्पादक ब्रांड डिपार्टमेंट को रिपोर्ट करते थे न कि अन्य अख़बारों की तरह मालिकों को। ऐसा इसलिए क्योंकि मालिकों का कहना था कि "सम्पादक समझते हैं कि वो ख़बरों की दुनिया में काम करते हैं, लेकिन सचाई यह है कि वो विज्ञापन की दुनिया में काम करते हैं।" ऐसे में ब्रांड स्ट्रेटजी के हिसाब से काम करवाने के लिए और ख़बरों में सन्तुलन बनाए रखने के लिए ग्रुप सम्पादक ब्रांड डायरेक्टर राहुल बंसल को रिपोर्ट करते और ग्रुप के अलग-अलग अख़बारों के सम्पादक राहुल की टीम के प्रमुख लोगों को रिपोर्ट करते जिनमें से एक मयूर भी था। मयूर बिज़नेस अख़बार को दो साल से सँभाल रहा था और साथ ही राहुल को अर्क टाइम्स के लिए मदद करता था।

2013 में देश में सरकार बदली। नई सरकार ने मीडिया को पूरी तरह दरकिनार कर दिया। जनसंवाद के लिए मीडिया को छोड़कर सरकार सोशल मीडिया, दूरदर्शन और आकाशवाणी को अपना अस्त्र बना रही थी। सरकार से मिलने वाले कई प्रत्यक्ष-अप्रत्यक्ष लाभ से मीडिया वंचित होने लगा। अर्क टाइम्स भी इनमें से एक था। सरकार के विज्ञापन हिन्दी और अन्य भारतीय

भाषा के अख़बारों में बढ़ने लगे। सम्पादक के कई प्रयासों के बाद भी उन्हें प्रधानमंत्री का इंटरव्यू नहीं मिल रहा था। अर्क ग्रुप की समस्या सिर्फ़ इतनी नहीं थी। वह इन दिनों पावर सेक्टर में घुसने की तैयारी में था और 3600 करोड़ के इस प्रोजेक्ट को नई सरकार ने किनारे कर रखा था।

राहुल बंसल, मयूर और अर्क ग्रुप के सम्पादक समाधान ढूँढ़ने एमडी के साथ मीटिंग में थे। मयूर ने एमडी से कहा–"सरकार हमें अपना दुश्मन नहीं मानती मगर हमें नज़रअन्दाज़ कर रही है क्योंकि हमारे अधिकतर बड़े कॉलमिस्ट एलीट सरकार विरोधी विचारधारा के हैं। हमें दो काम करने चाहिए, इनके कॉलम कुछ कम करके सरकार समर्थक कॉलमिस्ट से अधिक से अधिक लिखवाना शुरू करते हैं। सरकार कॉरपोरेट से ख़ुद बात करती है लेकिन यहाँ उसे हमारी ज़रूरत अभी भी है। हम कॉरपोरेट में सरकार समर्थक बड़े नामों से भी लिखवा सकते हैं। इससे हमारा कॉरपोरेट रिलेशन अच्छा होगा और सरकार को भी हमारी ज़रूरत महसूस होगी।"

"और दूसरा?"

"दूसरा, यह सरकार मिडिल क्लास और आम जनता को भरोसे में रखना चाहती है इसलिए अब सिर्फ़ एलीट से काम नहीं चलेगा। हमें पब्लिक अपील वाला कुछ करना चाहिए। हम एक नई न्यूज़ वेबसाइट बनाएँगे जिसका कंटेंट और भाषा अर्क ग्रुप से अलग होगा। इसमें देशी स्वाद होगा। हम सोशियो इकोनॉमिक क्लास बी और सी को टारगेट करेंगे।"

"कॉलम तो ठीक है लेकिन यह वेबसाइट हमारा ब्रांड ख़राब करेगी।" एमडी ने सालों तक अपने ब्रांड के एलीट होने पर गर्व किया था। इस सुझाव पर उन्हें आपत्ति थी।

मयूर की जगह राहुल ने बातचीत को अपने हाथों में लिया और कहा–"We will not use Aryavart group's name anywhere in this website. हम एक नई डिजिटल कम्पनी बनाएँगे and this website will work under that company. इसके नाम में कहीं भी अर्क नहीं होगा। मयूर ने इसका नाम जनतान्यूज़.कॉम सुझाया है।"

मयूर ने आगे जोड़ा–"पिछले 4 साल में मिडिल क्लास का इंटरनेट पर ख़बरें पढ़ना बढ़ा है और वह अपनी भाषा में ज़्यादा पढ़ रहा है। वेब पर भारतीय भाषाओं मे एडवरटाइजिंग बढ़ी है और लेटेस्ट ट्रेंड्स के हिसाब से 2020 तक भारतीय भाषाओं के विज्ञापन इंटरनेट पर आज से दुगुने होंगे।"

"इसका बिज़नेस प्लान बनाकर दिखाइए।"

"बिज़नेस प्लान तैयार है सर। मैं अभी दिखा सकता हूँ।" मयूर ने कहा।

पूरा प्लान देखने के बाद एमडी ने कहा–"वेरी गुड, लेट्स बी द लीडर इन इंडियन लैंग्वेज वेब एडवरटाइजिंग ऑल्सो। इस प्रोजेक्ट को तुम लीड करोगे मयूर। 2016 में ये शुरू हो जाना चाहिए ताकि 2018 के चुनाव में हम प्रभाव डालने की स्थिति में हों।"

मयूर का कॉलमिस्ट वाला तरीक़ा काम आया। इन कॉलमिस्टों ने अर्क ग्रुप के लिए सरकार में लॉबीइंग की और अर्क ग्रुप सरकार की मित्र सूची में आ गया। प्रधानमंत्री ने अर्क टाइम्स को इंटरव्यू भी दिया। एमडी के इशारे पर राहुल बंसल पार्टी के राष्ट्रीय अध्यक्ष नारायण नाम्बियार उर्फ़ नाना को मीडिया टिप्स देते-देते उनके क़रीबी हो गए। पावर प्रोजेक्ट की फ़ाइल भी तेज़ी से आगे बढ़ने लगी। जनतान्यूज़ वेबसाइट 15 मार्च, 2016 से लांच होने को तैयार थी। अब सिर्फ़ तकनीकी काम बचा हुआ था। मयूर अभी अर्क बिज़नेस का सम्पादक भी था और अधिकतर सीईओ के इंटरव्यू लेने वह ख़ुद जाता।

♝

10 मार्च, 2016

"मयूर सा बोल रहे हैं?"

"जी।" मयूर ने अपने दफ़्तर में आए फ़ोन का जवाब देते हुए कहा।

"मयूर सा मैं मानव सिंह बोल रहा हूँ राजस्थान से। आपके लिए एक बड़ी ख़बर है मेरे पास। आप छापकर काफ़ी नाम कमा सकते हैं।"

"अरे सर सर सर...यहाँ जिसे अपना मानते हैं वो टाँग खींच लेते हैं और आप बिना जान-पहचान के मुझे नाम कमाने का मौक़ा दे रहे हैं। बहुत शुक्रिया।"

मयूर के लहजे से मानव को एहसास हुआ कि उसने बात ग़लत तरीक़े से कर दी है। उसने बात सुधारी–"अरे हुकुम, ये तो बुरा मान गया। मेरा मतलब था कि इस ख़बर को आप छापेंगे तो एक ग़रीब को इंसाफ़ मिलेगा और आपको दुआएँ मिलेंगी।"

"देखिए, अगर मामला इंसाफ़ दिलाने जैसा है तो आप अर्क टाइम्स में बात करिए। मैं अर्क बिज़नेस का सम्पादक हूँ और सिर्फ़ बिज़नेस सम्बन्धी ख़बरें छापता हूँ।"

"थे म्हारी बात सुन ल्यो एक बार मयूर सा। गरीब लड़की क बलात्कार को मामलो है हुकुम। अपराधी घणों ही ताकतवर है।"

"आप राजस्थान से बोल रहे हैं ना? आप वहाँ के अख़बारों में बात क्यों नहीं करते? हम दिल्ली-मुम्बई के अख़बार वाले हैं, राजस्थान में हमारा कोई ख़ास प्रभाव नहीं है।"

"की थी हुकुम मगर उस बलात्कारी मंत्री और मुख्यमंत्री के डर से सब चुप हैं। अगर दिल्ली मीडिया से आवाज उठेगी तो उस लड़की को न्याय मिलने की सम्भावना बढ़ जाएगी। उस लड़की का पूरा परिवार जान बचाने के लिए छुपा फिर रहा है। थे ही कुछ मदद करो अब।"

"मैं समझ गया आपकी बात। मैं आपको अर्क टाइम्स के सम्पादक का ईमेल आईडी देता हूँ। आप उन्हें सब लिखकर भेज दें। वह कर देंगे।"

"मयूर सा, म्हारी इच्छा है थे खुद ही इ मामले न देखो। जि तरह स थे इ लड़की ने न्याय दिला सको, कोई और न दिला सके।"

"आपको ये किसने बता दिया कि मैं इस मामले के लिए बेहतर लड़ूँगा। मैं तो मूल रूप से पत्रकार भी नहीं हूँ।"

मानव सिंह ने मयूर की बात काटते हुए कहा–"मयूर सा, मैं आपको ईमेल भेज रहा हूँ। इस मामले के बारे में एक छोटा-सा नोट और कुछ अख़बारों की कटिंग है। आप पढ़कर फ़ैसला लो कि क्या करना है।"

5 मिनट बाद ही मयूर के इनबॉक्स में किसी अजीब सी आईडी से एक मेल आया। एक 17 वर्षीय नाबालिग से मंत्री ने बलात्कार किया। पुलिस ने लड़की के परिवार को ही झूठे मामलों में फँसाना शुरू किया। मीडिया का दबाव पड़ने पर जाँच शुरू तो हुई लेकिन मंत्री को निर्दोष साबित कर दिया गया। मीडिया जो शुरू में मुखर था वह अचानक मंत्री की ही भाषा बोलने लगा। एकदम फ़िल्मी...मयूर ने मन में सोचा।

मयूर अर्क ग्रुप के अन्दर ज़रूर बड़ा था लेकिन जनता में उसकी ऐसी पहचान नहीं थी कि लोग उसे फ़ोन करके क्राइम की ख़बर छापने को कहें। उसने गूगल पर मानव सिंह राजस्थान टाइप किया तो पता चला कि मानव सिंह कोई ऐसा-वैसा आदमी नहीं बल्कि वर्तमान में सांसद है। सिर्फ़ सांसद ही नहीं, वह राजस्थान की मुख्यमंत्री अचला सिंह का पूर्व पति है और उसी की पार्टी से है। मयूर समझ गया कि यह कोई राजनैतिक खेल है जिसमें उसे नहीं पड़ना। उसने मेल के साथ आए अटैचमेंट को खोलने तक की ज़हमत नहीं उठाई और मेल को डिलीट कर दिया।

♜♜

मानव सिंह लोगों की नज़र में पहली बार तब आया जब उसने राजकुमारी अचला सिंह से प्रेम विवाह किया। अचला आसपास के कई रियासतों के राजघरानों की पहली महिला थी जिसका प्रेम विवाह हुआ। यह प्रेम विवाह दो कारणों से बेहद विवादास्पद रहा। पहला कारण था, मानव की सामाजिक स्थिति। राजमहल के सुरक्षा अधिकारी का बेटा मानव सिंह राजपूत तो था लेकिन एक राजघराने का दामाद बनने लायक़ उसकी आर्थिक या सामाजिक हैसियत नहीं थी।

बचपन में अचला एक राजकुमारी के रूप में हमेशा बन्धनों में रही। बताते हैं कि क़रीब 8 साल की उम्र में जब उसे महल दिखाते हुए वह हिस्सा दिखाया गया जिसमें क़ैदी रहते थे तो अचला का सवाल था–"क्या हम भी क़ैदी हैं? हम भी तो अपनी मर्ज़ी से कहीं आ-जा नहीं सकते। दोस्त नहीं बना सकते।" अचला को सवाल का क्या जवाब मिला पता नहीं लेकिन जब वह ग्रेजुएशन पूरा कर रही थी उसी दौरान उसे अपने महल में मानव दिखा। मानव दिल्ली से फाइनेंस मैनेजमेंट का कोर्स कर रहा था और उस दिन अपने पिता के साथ महाराजा का आशीर्वाद लेने आया था। महल में मानव कई बार कभी बुलेट पर तो कभी सेकंड हैंड विली जीप में एविएटर लगाकर आता-जाता दिखता। अचला की मानव से जान-पहचान हुई और धीरे-धीरे बातें होने लगीं। कुछ मुलाक़ातें चोरी-छुपे महल में हुईं और उसके बाद दिल्ली में। अचला शॉपिंग करने के लिए दिल्ली आ जाया करती। ख़ान मार्केट में कॉफ़ी पीते दोनों का प्रेम परवान चढ़ा और बात शादी तक जा पहुँची। इकलौती बेटी होने के कारण अचला ने इस विवादास्पद विवाह के लिए अपने पिता को मना लिया लेकिन समाज और अन्य राजघरानों के पेट में ख़ूब दर्द रहा।

राजघराना एक बार को अपने से नीचे की हैसियत वाले से शादी करने को फिर भी हज़म कर लेता लेकिन इस विवाह में विवाद का दूसरा और असली कारण था अचला और मानव का एक ही गोत्र का होना। हिन्दू समाज में एक गोत्र में शादी होना वर्जित है। इस सगोत्रीय विवाह ने सिर्फ़ राजपूतों में ही नहीं बल्कि पूरे हिन्दू समुदाय में काफ़ी सवाल खड़े किए। बेगानी शादी में अब्दुल्ला दीवाना की तर्ज पर कई संगठन शादी के विरोध और पक्ष में आए।

अचला ने शादी के बाद मानव के साथ दिल्ली में घर बसा लिया। अब उनका रजवाड़ा पास भी था और दूर भी। शुरुआती एक साल तो अच्छा गुज़रा

लेकिन फिर धीरे-धीरे मानव की रंगीनियों की ख़बरें आने लगीं। वह कभी मानेसर तो कभी छतरपुर के फार्म हाउस में पार्टियाँ कर रहा होता और इन पार्टियों की विशेषता थी रशियन लड़कियाँ। मानव पढ़ाई के दौरान भी दोस्तों में हंटर कहलाता था। शौक़ीन पहले से था लेकिन अब एक राजघराने का दामाद होने के बाद अपना सोशल स्टेटस बढ़ाने के लिए उसे इस तरह के ऐब और ज़रूरी लगे। कई राजघरानों की तरह अचला के पिता भी अपने महल के एक हिस्से को हेरिटेज होटल में बदल रहे थे। अचला मानव को लेकर वापस अपने घर आ गई और मानव को उस होटल को शुरू करने के लिए फ़ाइनेंस से लेकर तमाम अनुमतियाँ लेने का काम दे दिया गया।

अचला को उम्मीद थी कि मानव अब काम में व्यस्त रहेगा, उसकी संगत बदलेगी मगर इनसान की फ़ितरत ऐसे नहीं बदलती। उसे अपने जैसे लोग मिल ही जाते हैं। होटल के सिलसिले में मानव राजनेता, अधिकारी और राजपूत संगठनों के प्रमुख लोगों से मिलने-जुलने लगा। राजपूत संगठन वाले भले ही शादी के समय इनके ख़िलाफ़ हों लेकिन अब हेरिटेज होटल बनने वाला था जिसका अर्थ था धंधा और सब उसमें थोड़ा-बहुत हाथ धोते, कुछ बनते समय तो कुछ बनने के बाद। मानव को भी एक नया ग्रुप मिल गया था जहाँ उसकी जी हुज़ूरी काफ़ी थी। मानव को अब रंगीनियों के लिए मानेसर जाने की ज़रूरत नहीं थी। आसपास के ठिकानेदारों के ठिकाने उसकी सेवा में मौजूद थे।

अचला और मानव के बीच फिर से विवाद बढ़ने लगा। घर में दबी आवाज़ों में होने वाले झगड़े में अब आवाज़ की तीव्रता की परवाह बन्द हो गई। इसी तरह के एक झगड़े में मानव की आवाज़ काफ़ी ऊँची थी। मानव के पालतू अल्सेशियन ने मालिक से वफ़ादारी निभाते हुए सुर में सुर मिलाया।

अचला मानव का चिल्लाना नज़रअन्दाज़ कर रही थी लेकिन कुत्ते का भौंकना नहीं कर पाई। वह उठी तो कुत्ता भी खड़ा होकर और ज़ोर-ज़ोर से भौंकने लगा। अचला ने दराज से पिस्तौल निकाली और मानव के बगल में खड़े कुत्ते को गोली मार दी। एकदम चली गोली से मानव के हाथ से गिलास गिर पड़ा। गिलास से गिरा रेड वाइन और कुत्ते का ख़ून आपस में मिलकर फ़र्श पर फैल गया, कुछ छींटे उसके कपड़ों पर भी लग गए। मानव कुछ सोचे-समझे उससे पहले अचला ने कहा–"मुझे ऊँची आवाज़ नहीं पसन्द।"

मानव का नशा और ग़ुस्सा नेताओं के ईमान से भी ज़्यादा तेज़ी से नीचे आया। मानव पहली बार अचला के सामने क्रोध में नहीं, डर से काँपा था।

अगले दिन वह शान्ति-प्रस्ताव लेकर अचला के पास पहुँचा। अचला ने उसे अपने पैरों के पास बैठने का इशारा करते हुए कहा–"कुत्ते की जगह आउटहाउस में होती है, मगर मैंने उसे अपने कमरे तक आने दिया।"

शादी के तीन साल बाद कोर्ट में दोनों के तलाक़ का मामला पहुँच चुका था। कोर्ट में फ़ाइल खुलने से पहले ही समाज ने ट्रायल शुरू कर दिया। माता-पिता ने बेटियों को प्रेम विवाह के नुक़सान समझाए तो पंडितों ने गोत्र में शादी करने के दैवीय प्रकोप। कुछ ही स्त्रियों को अचला से सहानुभूति थी, बाक़ी का मानना था कि पति को बाँधकर रखना पत्नी का धर्म है। महिलाओं के मुक़ाबले पुरुषों में अधिक मतभेद न था। उनकी नज़र में अचला दोषी थी।

हम कभी भी किसी समस्या को तार्किक नज़र से नहीं देखते और अपने निर्णय हमेशा अपनी वैचारिक प्रतिबद्धताओं के आधार पर करते हैं। इसीलिए हम देश में एक इनसान की हत्या को हत्या की तरह नहीं देखते बल्कि किस तरफ़ वाला मरा है उस हिसाब से अपना रुख़ तय करते हैं। ये तो शादी का मसला था और ऊँचे घराने का। ऐसे में सबने अपनी मानसिकता के हिसाब से अचला और मानव को लेकर अलग-अलग कहानियाँ बनाईं और जिस तरह चाइनीज़ व्हिस्पर खेल में असल कहानी बदलती जाती है उसी तरह इन दोनों की कहानी के भी कई वर्जन बाज़ार में थे।

घर छोड़ने के बाद मानव ने नए साथियों की मदद से अचला के होटल के रास्ते में रुकावटें खड़ी करनी शुरू कीं। उसका इरादा होटल पर क़ब्ज़ा कर लेने का था। मानव ने राजनीति में भी जगह बनानी शुरू कर दी। श्याम जोशी के मुख्यमंत्री बन जाने से पार्टी में उन दिनों राजपूत वर्चस्व ख़त्म हो रहा था। ऐसे में कुछ राजपूत नेताओं के एक गुट ने अचला को राजनीति में आने के लिए प्रेरित किया। उन्हें पार्टी में अपने पक्ष में एक ग्लैमरस युवा चेहरा चाहिए था। उन्होंने अचला को समझाया कि किस तरह उसके राजनीति में आने से राजपूतों का बड़ा तबका एक सुरक्षा अधिकारी के बेटे की जगह राजकुमारी को नेता मानेगा। मानव पार्टी में कमज़ोर होगा।

अचला काफ़ी सोच-विचार के बाद इस नतीजे पर पहुँची कि परिवार, होटल, महल और स्वयं को सुरक्षित रखने के लिए उसे मैदान में आना होगा। अचला ने सबसे पहले मानव की कारगुज़ारियों के बारे में खुलकर बोलना शुरू किया। मीडिया ने स्त्री की स्वतंत्रता पर बात करनी शुरू की, कुछ महिला संगठनों ने अचला के पक्ष में बोलना शुरू किया। अगले छह महीने में उसने

बहुत से सामाजिक कार्य किए जो ग़रीबों की मदद, स्त्री शिक्षा और राजपूत समाज से जुड़े थे। इस पीआर एक्सरसाइज से अचला एक बार फिर ख़बरों में थी लेकिन सकारात्मक रूप में। लोगों में अचला के लिए सहानुभूति और सम्मान पुनः बढ़ना शुरू हुआ।

इस सबके बीच दिसम्बर, 2000 में अख़बार के पहले ही पन्ने पर तमाम ख़बरों के बीच तीन कॉलम की एक ख़बर छपी थी–अचला सिंह का राजनीति में प्रवेश। बड़ी हेडलाइन के नीचे एक सब हेडिंग थी पार्टी ने युवा इकाई के प्रदेश महासचिव और महिला इकाई की प्रदेश कार्यकारिणी सदस्य की ज़िम्मेदारी सौंपी।

11 मार्च, 2016

"थे ईमेल पढ़या म्हारा मयूर सा? कद छापो हो गरीब लड़की री कहानी?" मानव सिंह ने अगले दिन मयूर को फिर से ख़बर छपवाने के लिए फ़ोन किया।

"ईमेल से ज़्यादा मैंने आपके बारे में पढ़ा मानव सिंह जी। आप तो बहुत बड़े आदमी हैं।"

मानव हँसा और बोला–"अजी मीडिया वालों से बड़ो कोनी...।"

"ये बात ठीक कही आपने...तो इस मीडिया वाले को यह बात समझ आ गई कि आप अपनी राजनीतिक दुश्मनी निकालने के लिए हमारा अख़बार इस्तेमाल करना चाहते हैं।"

"कई बार कुछ काम करने के लिए हमें कोई वजह चाहिए होती है। इस बार वजह दुश्मनी सही। म्हारी दुश्मनी मुख्यमंत्री से है, थारी उस बलात्कारी मंत्री से है। अगर आपां दोन्या की दुश्मनी की वजह से लड़की न न्याय मिल जाए तो के दिक्कत है?"

"मेरी दुश्मनी? मेरी दुश्मनी क्यों होने लगी किसी से। मैं तो जानता भी नहीं किसी मंत्री को।"

"आपने ईमेल पढ़ा और मंत्री का नाम नहीं पढ़ा?"

मयूर ने ईमेल अटैचमेंट खोले बिना डिलीट कर दिया था। मयूर ने कुछ शर्मिंदा-सा होते हुए कहा–"पढ़ा था पर..."

"बलात्कार करने वाले मंत्री का नाम राघवेन्द्र शर्मा है। वही राघवेन्द्र शर्मा जिसे आपने सन् 1999 में धूल चटाई थी। आपके पास इसलिए आया क्योंकि

कोई मीडिया उसके ख़िलाफ़ लिखे न लिखे मगर आप ज़रूर लिखेंगे।" मानव जो अब तक गुज़ारिश करते हुए बात कर रहा था, उसने सधे हुए शब्दों में मज़बूती से बात कही।

राघवेन्द्र शर्मा नाम सुनते ही मयूर को लगा कि कोई उसके मस्तिष्क में घुसकर चारों ओर घूम-घूम कर हथौड़े से मार रहा है। साल 2000 में जयपुर छोड़ने के बाद मयूर ने वहाँ किसी से कोई सम्बन्ध नहीं रखा। उसका कोई दोस्त नहीं जानता था कि वह कहाँ है, फिर भी मानव सिंह ने उसे खोज लिया और अब उस नाम के ख़िलाफ़ उसका इस्तेमाल करना चाहता है जिसकी वजह से उसने जयपुर छोड़ा।

पता नहीं राघवेन्द्र का नाम सुनकर या 16 साल बाद ख़ुद को खोज लिए जाने से, मयूर को घबराहट और ग़ुस्से की मिश्रित अनुभूति हुई। उसने फ़ोन नीचे रखा, पीछे होकर पीठ को कुर्सी पर टिकाया, सिर ऊँचा करके एक लम्बी साँस ली। मेज़ की दराज खोली, वेट टिश्यू निकालकर चेहरा पोंछा। मानव अब भी फ़ोन पर कुछ बोल रहा था जिसकी आवाज़ रिसीवर से थोड़ी बाहर आ रही थी। मयूर ने फ़ोन का रिसीवर उठाया और कहा–"मिस्टर मानव, आप बहुत ही घटिया और कुटिल आदमी हैं। आपके बारे में पढ़ने के बाद ही समझ जाना चाहिए था कि जो व्यक्ति अपनी ही पूर्व पत्नी की सरकार के ख़िलाफ़ इस हद तक जा सकता है वह मुझे राजनीति के लिए इस्तेमाल क्यों नहीं करेगा। माफ़ करें, मैं आपके लिए कुछ नहीं कर सकता। मैं राघवेन्द्र को भूल चुका हूँ और अब मुझे उससे कोई शिकायत नहीं।"

"मेरे लिए मत करिए, ख़ुद के लिए मत करिए, उस लड़की के लिए भी मत करिए लेकिन अपने दोस्त दुष्यन्त के लिए तो करिए। वक़्त आएगा तब क्या मुँह दिखाएँगे उसे? उसके साथ जो हुआ आपकी वजह से हुआ। वह बेचारा तो आपके और राघवेन्द्र के झगड़े में पिस गया मयूर सा। राघवेन्द्र को सज़ा दिलाकर दुष्यन्त को न्याय दिलाइए।" मानव ने मयूर को थोड़ी उत्तेजना के साथ भड़काने के अन्दाज़ में कहा।

"शट अप..." मयूर इतनी ज़ोर से चीखा कि उसके केबिन के बाहर बैठे लोग उठकर देखने लगे। इससे बेपरवाह मयूर ने चिल्लाते हुए ही मानव से कहा–"हिम्मत कैसे हुई तेरी दुष्यन्त का नाम इस्तेमाल करने की?" बोलते हुए मयूर का गला रुँध गया। दुबारा फ़ोन मत करना–यह कहते हुए मयूर ने फ़ोन पटक दिया।

अर्क बिज़नेस का सम्पादक मयूर 20 साल पहले राजस्थान विश्वविद्यालय में पढ़ने आया और वहाँ उसकी मुलाक़ात हुई छात्र नेता राघवेन्द्र शर्मा से। शान्त और तेज़ दिमाग़ वाला मयूर कुछ ही दिनों में राघवेन्द्र का दाहिना हाथ बन गया लेकिन राजनीति में कब क्या घट जाए कोई नहीं जानता। 2 साल बाद ही बड़े भाई और छोटे भाई कहलाने वाले राघवेन्द्र और मयूर के बीच तलवारें खिंच गईं। मयूर ने राघवेन्द्र के ख़िलाफ़ साल 1999 में छात्रसंघ चुनाव लड़ा। यह चुनाव दोनों के लिए राजनैतिक विरोध से अधिक प्रतिष्ठा और अहं सन्तुष्टि का प्रश्न था। दोनों ने एक-दूसरे के ख़िलाफ़ कई साज़िशें रचीं जिसमें बहुत से लोग पिसे लेकिन जिस व्यक्ति ने इसकी सबसे बड़ी क़ीमत चुकाई वह था दुष्यन्त, मयूर का सबसे अज़ीज़ दोस्त। मयूर चुनाव जीतने के बाद भी इस जीत को स्वीकार नहीं कर सका और स्वयं को दुष्यन्त का दोषी मानकर मन ही मन घुटता रहा। एक दिन वह बिना किसी से कुछ कहे अध्यक्ष पद से इस्तीफ़ा देकर जयपुर से ग़ायब हो गया और अब सब कुछ भूलकर वह एक नई ज़िन्दगी जी रहा था। इतने सालों बाद मानव ने उसे खोजकर उसके ज़ख़्मों को फिर कुरेद दिया था।

मयूर ऑफ़िस बीच में ही छोड़ घर लौट आया और कमरा बन्द करके सो गया। सोते हुए भी मयूर के दिमाग़ में पुरानी तस्वीरें फ़िल्म की तरह घूम रही थीं। राजस्थान कॉलेज, जवाहर कला केन्द्र, 'मयूर भारद्वाज ज़िन्दाबाद' के नारे लगाते लड़के, और 'जनता स्टोर' की वो दुकानें जहाँ वह बैठा करता था, सब उसकी आँखों के सामने घूम रहे थे। अचानक उसकी नज़र एक लड़के पर जाकर रुक गई। वह लड़का उसे आवाज़ देकर बुला रहा था। मयूर उसे पहचानने की कोशिश करते हुए उसके पास पहुँचा तो देखा कि दुष्यन्त बैठा है और पूछ रहा है–"इतने साल कहाँ मर गया था साले?"

दुष्यन्त का चेहरा सामने आते ही मयूर की नींद खुल गई। वो उठकर बैठा, और बगल में रखी पानी की बोतल से पानी पिया। मोबाइल की नोटिफिकेशन लाइट ब्लिंक कर रही थी। अनजान नम्बर से मैसेज था–'माफ़ी चाहता हूँ, आपका दिल नहीं दुखाना चाहता था। आपके पास आया क्योंकि एक आप ही हैं जिसे राघवेन्द्र न डरा सकता है, न ही ख़रीद सकता है। एक बार फिर सोच लीजिएगा–मानव सिंह।'

मयूर फ़ोन हाथ में लिये थोड़ी देर बिस्तर पर यूँ ही बैठा रहा। मन जब थोड़ा शान्त हुआ तो उसने गूगल सर्च बॉक्स में लिखा–राघवेन्द्र शर्मा, राजस्थान मिनिस्टर। गूगल ने 0.156 सेकंड में सैकड़ों रिज़ल्ट सामने ला दिए लेकिन

मयूर की नज़र जाकर अटकी साल 2003 की एक फ़ोटो पर जिसका कैप्शन था : राजस्थान की राजनीति का सबसे तेज़ उभरता सितारा–राघवेन्द्र शर्मा।

नवम्बर, 2000

"अभी आप लोगों को अपने गर्म कपड़े कुछ दिन और निकालने की ज़रूरत नहीं क्योंकि हज़ारा का तापमान बढ़ने वाला है और आपके शहर का तापमान बढ़ाएगा ये राघवेन्द्र शर्मा।" ज़ोर से तालियों की आवाज़ हुई और राघवेन्द्र वापस वर्तमान में लौट आया। ख़यालों में दिए जा रहे भाषण में जिसे वह तालियों की आवाज़ समझा था, वह आवाज़ एक सीढ़ी और उसके साथ कुछ बल्लियाँ गिरने की थी। सड़क पर कुछ मज़दूर लकड़ी का एक गेट खड़ा कर रहे थे।

जीप चला रहे राघवेन्द्र के छोटे भाई अमित शर्मा ने अगर तेज़ी से ब्रेक न मारे होते तो सीढ़ी और बल्लियाँ जीप पर ही गिरतीं। अमित ने जीप के साइड से चेहरा बाहर निकालते हुए कहा–"अबे तेरी माँ की... "

राघवेन्द्र ने जीप से उतरकर उस पर टाँगे जा रहे फ़्लेक्स के बैनर को पढ़ा–'हज़ारा शहर में आपका स्वागत है।' बैनर के दूसरे कोने में लम्बी दाढ़ी वाले एक आदमी की हाथ जोड़े तस्वीर थी और उसके नीचे उसका नाम लिखा था–शाहिद हुसैन, पूर्व विधायक। राघवेन्द्र अमित से बोला–"बैनर पर पूर्व जितने छोटे फॉन्ट में लिखा है उतने छोटे तो म्यूचुअल फंड के टर्म कंडीशन भी नहीं लिखे होते हैं।"

अमित हँसा और फिर मज़दूरों को धमकाते हुए बोला–"अबे जल्दी हटा ये पूर्व विधायक की बल्लियाँ। यहाँ भावी विधायक खड़े हैं हज़ारा के।" मज़दूरों ने उसे देखा और बिना कुछ बोले बल्लियाँ हटा दीं। राघवेन्द्र की गाड़ी हज़ारा शहर की सड़क पर धूल उड़ाती आगे बढ़ गई। जीप से गाने की आवाज़ आ रही थी–यहाँ के हम सिकंदर...

गाड़ी तेज़ी से निकली तो चबूतरे पर बैठे चंगेज़ ख़ान ने आवाज़ दी–"हजारा में तेज न चला करे हैं लल्ला, जो तेज चलै है, मर जाए है।" ग्रामीण ने पूछा–"कौन था ये चंगेज?"

पीपल के पेड़ के इर्द-गिर्द बने चबूतरे पर सफ़ेद साफ़ा, सफ़ेद कुर्ता-पाजामा पहनकर बैठे बुज़ुर्ग ने अपने कान को ऐसे ऐंठने का नाटक किया जैसे

रेडियो का बटन घुमा रहा हो, चेहरा सीधा किया और बोला–"ये आकाशवाणी का हज़ारा केन्द्र है। आज के प्रमुख समाचार–आदरणीय विधायक सुभाष यादव जी की सड़क दुर्घटना में मृत्यु के बाद सरकार ने उपचुनाव की तारीख़ घोषित कर दी है। पूर्व विधायक शाहिद हुसैन फिर से उपचुनाव लड़ने की तैयारी कर रहे हैं। सत्तारूढ़ पार्टी ने पूर्व छात्र नेता एवं पार्टी की युवा इकाई के प्रदेश महामंत्री राघवेन्द्र शर्मा को शाहिद हुसैन के ख़िलाफ़ प्रत्याशी बनाया है।"

"लेकिन चंगेज कल का छोरा, ऊपर से पंडत, ये कहाँ जीतैगो शाहिद के सामने?"

दूसरे व्यक्ति ने पहले को समर्थन देते हुए कहा–"जब शाहिद सुभाष यादव जैसन को एक्सिडेंट में मरवा सके है तो जे छोरा कहाँ गायब है जाएगो पता ही न चलैगो।"

आकाशवाणी बन्द करके चंगेज़ बोला–"छोरा पे मुखमंतरी श्याम जोशी को हाथ है। श्याम जोशी की मदद ते बड़े-बड़े लोगन के काम करवाए छोरा ने और पैसउ भी खूब कमाए। कोई सरकारी समिति को अध्यच्छ भी बना रखो जोशी ने इसे। शाहिद भी जोर लगाएगो और सरकार भी। जीतबो तो बाद की बात है पर मजा खूब आबे बारो है।"

चुनाव में क्या होगा इसकी चर्चा करते हुए लोग निकल गए। चंगेज़ ख़ान वहीं बैठा हुक्का गुड़गुड़ाता रहा। हज़ारा के आकाशवाणी के नाम से जाना जाने वाले चंगेज़ ख़ान का ठिकाना यही चबूतरा था।

1 अगस्त, 2000

उस बड़े आँगन में देग में पक रही बिरयानी की ख़ुशबू ऐसी थी कि कोई शाकाहारी व्यक्ति भी एक बार को रुककर होंठों पर जीभ फिरा ले मगर 21 साल के एजाज़ हुसैन ने एक बार भी नज़रें उधर न घुमाईं। वह आँगन से होता तेज़ी से सीढ़ियाँ चढ़ा और बोला–"सब खेह रे आपीने सुभाष यादव को मरवाया।"

पठानी कुर्ता-पाजामा पहने लम्बी दाढ़ी, अधपके बाल वाला शाहिद हुसैन हाथ में पुराने ज़माने का रेडियो लिये उसकी ट्यूनिंग सेट कर रहा था। उसने अपने बेटे एजाज़ की बात को अनसुना करते हुए सवाल किया–"आपीने नहीं,

आप ही ने...खेह रहे नहीं, कह रहे...जुबान साफ करो, आगे चलकर चुनावी भाषण देने हैं। ऐसी जुबान में भाषण दोगे तो कोई नहीं समझेगा।"

एजाज़ ने भी बाप की बात अनसुनी करके कहा–"आप सुन रे हो...मैं क्या बोल रा हूँ। लोग खेह रे कि ये एक्सिडेंट आपने करवाया है।"

एजाज़ की बात पूरी हो कि तभी रेडियो पर गाना बज उठा–'कुछ तो लोग कहेंगे, लोगों का काम है कहना...' गाना बजते ही शाहिद हुसैन ने मुस्कुराते हुए रेडियो को रखा और एजाज़ के क़रीब जाकर बोला–"मेहमानों को शाम का बुलावा पहुँच गया ?"

"सरकार खेह री मामले की जाँच होगी।"

एजाज़ की आवाज़ में तनाव था मगर शाहिद अब भी निश्चिंत था। उसने शान्त भाव से कहा–"सुन कितना प्यारा गाना है। आज भी विविध भारती पर जो पुराने गाने आते हैं वैसा रस आजकल के गानों में नहीं। तुम लोगों ने जाने कैसे कान फाड़ने वाले बेसुरे गाने टेप रिकॉर्डर पर सुनते रहते हो।" पिता द्वारा उसकी बातों को इस तरह अनसुना करने से एजाज़ को ग़ुस्सा आ गया और वह पैर पटकते हुए जाने लगा।

"छोड़ो बेकार की बातों में कहीं बीत न जाए रैना..." शाहिद ने गाते हुए एजाज़ के कंधे पर हाथ रख उसे रोका और कहा–"राजनीति में इस तरह की बातें शुबहा, जाँच सब होता रहता है। नजर रख पर उतावला मत हो। मैं 20 साल विधायक रहा हूँ हजारा से। ये सब खूब देखा-सुना है।"

"फिर बी फिचला चुनाव तो हार ही गे थे ना। आपका तो सब देखा-सुना है..."

"एजाज..." शाहिद हुसैन को ग़ुस्सा आ गया। एजाज़ का इरादा न पिता की बेइज़्ज़ती करना था न ही उनकी दुखती रग पर हाथ रखना लेकिन अपनी बात की बेक़द्री से उसके मुँह से ग़ुस्से में कटु वचन निकल गए। उसने तुरन्त माफ़ी माँगते हुए कहा–"मुझे फिकर हो री आपकी।"

शाहिद नर्म पड़ा और बोला–"उससे ज़्यादा मुझे तुम लोगों की फ़िक्र है। अब लोगों की छोड़ और उपचुनाव जीतने की बात सोच। जब तक दूसरी पार्टी प्रत्याशी चुनेगी तब तक हमें जीतने की सब तैयारी कर लेनी है। तुम्हें क्या लगता है कि आज शाम बिरयानी की दावत मैंने क्यों रखी है?"

"झिनहे बुलाया इनमें आधे तो फिचली बार आपको छोड़ गे थे।" एजाज़ उन लोगों को बुलाए जाने से क्रोधित था।

“ये राजनीति है। जो आज साथ है, कल दगा दे सकता है और जिसने कल दगा दिया था, वो आज हाथ थाम सकता है। सबको आने दो।”

“लेकिन सरकार जो जाँच कराने का खेह री उसका क्या?”

“अभी दो महीने पहले ही राजेश पायलट साहब भी सड़क दुर्घटना में गुज़र गए। जाँच हुई...कुछ हुआ? सरकार का काम है जाँच करना। अब उसे काम करने से थोड़ी रोक सकते हैं। जाओ और शाम की दावत में सब आएँ इसका इन्तज़ाम करो। अगर कोई ज़्यादा पंडत बने तो कहना वेज बिरयानी भी है।”

एजाज़ चलने लगा कि शाहिद ने रोककर कहा–“गंगाराम गुज्जर को तुम रहने देना, वहाँ मैं ख़ुद जाऊँगा।”

नवम्बर, 2000

उम्र 26 साल, रंग गोरा, ठीक-ठाक गठा शरीर, घनी मूँछें, बालों में बीच की माँग निकाली हुई, आँखों पर एवियेटर चश्मा लगाया हुआ। राघवेन्द्र शर्मा कुछ-कुछ साउथ के सुपरस्टार नागार्जुन जैसा लगता था। विश्वविद्यालय से निकलते ही मुख्यमंत्री श्याम जोशी ने उसे पशु कल्याण समिति का भी अध्यक्ष बना दिया। यह पद पाते ही राघवेन्द्र ने इतना मन लगाकर काम किया कि उसके पास एक सिएलो कार और दो जीप आ चुकी थीं। नहीं, ये उसने ख़रीदी नहीं थीं। उसे गिफ़्ट में मिली थीं। चुनाव के समय जब आप अपने नेताओं द्वारा घोषित सम्पत्ति देखेंगे तो आपको मिलेगा कि फोर्च्यूनर, मर्सिडीज, या बीएमडब्ल्यू जैसी गाड़ियों में घूमने वाले नेता के पास एक मारुति 800 का भी स्वामित्व नहीं है। एक आम आदमी को साल में एक बार उसके बर्थडे पर गिफ़्ट मिलता है लेकिन एक नेता को हर उस मौक़े पर गिफ़्ट मिलता है जब वह जनसेवा का कोई काम करता है। गिफ़्ट हमेशा वस्तु में मिले ज़रूरी नहीं, लोग शगुन का लिफ़ाफ़ा भी दे जाते हैं। राघवेन्द्र तो मुख्यमंत्री श्याम जोशी का क़रीबी था। उसने भी साल भर में ही काफ़ी जनसेवा की।

पार्टी का हज़ारा कार्यालय आने वाला था। राघवेन्द्र ने पाजामे के नाड़े को एक बार कसा, कुर्ता ठीक किया। अब तक जींस-शर्ट में घूमने वाले राघवेन्द्र को इस नए परिधान की आदत डालनी थी। उसे डर था कि कार्यालय में घुसते ही जब कार्यकर्ता उसे कंधे पर उठाएँगे तो कहीं उसका पाजामा खिसक न

जाए। उसने गाड़ी के शीशे में अपना चेहरा देखा। सब सेट था। गाड़ी कार्यालय में घुसी और राघवेन्द्र ने कार्यकर्ताओं और नेताओं को नमस्ते करने के लिए अपने हाथ जोड़ लिये लेकिन ये क्या...कार्यालय तो सूना पड़ा था। राघवेन्द्र कहाँ रास्ते में भाषण सोचता आ रहा था, अपनी गर्दन को मालाओं के बोझ से झुका देख रहा था लेकिन यहाँ तो गाड़ी से उतरते ही उसका स्वागत पेड़ पर बैठे कौवे ने बीट करके किया। अमित बोला–"गाड़ी इतनी तेज़ तो चलाई नहीं मैंने कि लोगों से पहले पहुँच जाएँ।"

राघवेन्द्र का चेहरा ग़ुस्से और शर्म दोनों से लाल हो उठा। उसने मुख्यमंत्री श्याम जोशी को फ़ोन मिलाकर स्थिति बताई। श्याम जोशी ने राघवेन्द्र को उलटे झिड़का–"मैंने मना किया था हज़ारा से चुनाव लड़ने को लेकिन तुम्हें ज़िद सवार थी। जब विरोधी गुट ने तुम्हारे नाम का समर्थन किया तभी समझ जाना चाहिए था कि कुछ गड़बड़ है। एक तो वहाँ के जातिगत समीकरण तुम्हारे पक्ष में नहीं और ऊपर से कार्यकर्ता भी तुम्हें टिकट देने से नाराज़ हैं। अब रुको। मैं अपने कुछ लोगों को कहता हूँ कि जल्दी पहुँचें।"

पिछले चुनाव में इस सीट पर पहली बार पार्टी प्रत्याशी स्वर्गीय सुभाष यादव बीस सालों से विधायक रहे शाहिद को हराकर मामूली अन्तर से जीते थे। श्याम जोशी नहीं चाहते थे कि यादव, गुज्जर और मुसलमानों की बहुतायत वाली इस हज़ारा सीट से राघवेन्द्र चुनाव लड़े। मई, 2002 में विधानसभा चुनाव होने थे। उससे ठीक पहले के उपचुनाव में उनके आदमी का अपनी सीट पर हार जाना बिलकुल अच्छा नहीं था।

श्याम जोशी के काफ़ी समझाने के बावजूद राघवेन्द्र नहीं माना। उसे अपनी छात्र नेता वाली छवि और युवा इकाई का महासचिव होने के नाते लग रहा था कि इस छोटे से विधानसभा क्षेत्र को वह बहुत आसानी से जीत लेगा और सबसे युवा विधायक बनने का रिकॉर्ड बनाएगा। जब कोई समझाने से न समझे तो उसे ठोकर खाने के लिए छोड़ देना चाहिए क्योंकि ठोकर लगने से मिली सीख जल्दी समझ में आती है। श्याम जोशी ने अन्ततः दिल पर पत्थर रखकर राघवेन्द्र को आशीर्वाद दे दिया लेकिन जिसका डर था वही हुआ। कार्यकर्ताओं ने ही मुँह फेर लिया।

श्याम जोशी के कहने पर कुछ कार्यकर्ता पार्टी कार्यालय पहुँचे लेकिन मीटिंग में उनका रवैया देखकर राघवेन्द्र समझ गया कि इनसे कोई भी उम्मीद रखना बेकार है। हताश राघवेन्द्र वापस जाते समय जैसे ही चंगेज़ ख़ान के सामने से गुज़रा, चंगेज़ फिर चिल्लाया–"तेज चलैगो, मर जाएगो।"

अमित गाड़ी बैक करके चबूतरे के सामने जाकर रुका और बोला–"देख बाबा, सुबह जाते टाइम भी तू अपशगुनी बोला, मेरा काम खराब हो गया। अब मुँह बन्द रख वरना हाथ उठ जाएगा।"

"मेरे तो बेटों ने भी हाथ उठा दिया मुझ पर, उनका बुरा नहीं माना...तू तो पोते की उमर का है।" चंगेज़ ने हुक्का गुड़गुड़ाया।

अमित शर्मा जी का वो बेटा था जिसके लिए कोई नहीं कहता था कि 'शर्मा जी के बेटे को देखो।' परिवार का छोटा, बिगड़ैल, लड़ाका और फ़िटनेस का शौक़ीन अमित राघवेन्द्र से क़रीब आधा फुट लम्बा और एथलेटिक शरीर वाला था। अमित अक्सर भागता रहता था, कभी पढ़ाई से तो कभी कोई कांड करके। जिन दिनों राघवेन्द्र यूनिवर्सिटी का चुनाव लड़ रहा था उन दिनों भी अमित किसी की टाँग तोड़ने के बाद भागा हुआ था। अब जब राघवेन्द्र राज्य की राजनीति में उतर रहा था तो कमान सँभालने के लिए भरोसे का आदमी चाहिए था, हालाँकि राघवेन्द्र को अमित पर सिर्फ़ तब तक पूरा भरोसा था जब तक कि उसे ग़ुस्सा न आए। ग़ुस्सा आने पर अमित कोई भी काम बिगाड़ सकता था।

इससे पहले अमित इस बुज़ुर्ग से कुछ और बदतमीज़ी करे राघवेन्द्र ने उसे वापस गाड़ी की तरफ़ धकेला। चंगेज़ ख़ान ने आवाज़ दी–"आज तक यहाँ से कोई पंडत ना जीता।"

राघवेन्द्र रुक गया–"अब जीतेगा बाबा।"

चंगेज़ ख़ान हँसा और फिर बोला–"सारे गुज्जर और मुसलमान शाहिद हुसैन को वोट देवें। तुझे कौन देगा?"

"इतना जानते हो तो आप ही बता दो बाबा..." राघवेन्द्र ने पूछा।

"तू यादवन में सेंध लगा। बे शाहिद को सुभाष की मौत का जिम्मेदार मानें।"

"और सेंध कैसे लगेगी बाबा?"

"एक लड़का है चमन, उससे मिल, तेरे काम का होगा।"

राघवेन्द्र हँसा–"चमन नाम से चू लगता है बाबा..."

चंगेज़ भी हँसा–"शकल से भी लगता हो तो क्या? आदमी नाम और शकल से जैसो भी लगे, अगर काम का हो तो उसे अमता बच्चन बुलाना चाहिए... तेरो अमता बच्चन सुभाष यादव को भतीजो है। दोनों एक-दूसरे का काम कर सके हो।"

♟

"देखो भेसाब, अपन को लड़ना है कॉलेज का चुनाव और उसमें लगेगी आपकी मदद। आप मेरी मदद करो मैं आपकी करूँगा।"

चमन राघवेन्द्र के सामने खड़ा पूरे टशन में था लेकिन जिस तरह से बर्ताव कर रहा था, कोई भी कह सकता था कि वह घबराया हुआ तो है लेकिन इन लोगों के सामने अमता बच्चन बन रहा है।

"कौन-से कॉलेज का चुनाव लड़ना है चमन?"

"अलवर आर्ट्स कॉलेज अध्यक्ष बनना है मेरे को अगले साल।"

"तुझे मेरी क्या मदद चाहिए इसमें?"

"आपको लड़के जानते हैं भेसाब। अब तो आप यूथ विंग के भी महासचिव हो। आपका नाम साथ रहेगा तो लड़कों में धाक रहेगी मेरी। आगे मुझे भी राजनीति में आना है। सुभाष चाचा के बाद पार्टी में मेरा कोई नहीं।"

राघवेन्द्र यह सब सुन मुस्कुराया और बोला–"तेरी धाक ज़्यादा तब बढ़ेगी जब मैं विधायक बनूँगा। तू क्या करेगा मेरे लिए?"

"यादव समाज में पत्ता ना हिले है हमारे परिवार की मर्जी के बगैर। इसी हफ्ते समाज की सभा करवाएँगे भेसाब और सबन ने कसम खिलांगे आपको वोट देबे की। सुभाष चाचा को बदलो लेनो है सबने।"

अमित ने बीच में हस्तक्षेप करते हुए कहा–"तुझे कॉलेज का चुनाव लड़ना है ना? कार्यकर्ता हैं तेरे पास? जानता है रघु भाईसाब की एक आवाज़ पर कितने लड़के इकट्ठे हो जाते थे?"

"लड़के तो सौ खड़े कर दूँ मैं भी एक आवाज़ पर।"

"सिर्फ़ खड़े कर सकते हो या इनसे मेरा विधानसभा चुनाव प्रचार भी करवा सकते हो?" राघवेन्द्र ने पूछा।

"करवा सकता हूँ भेसाब, लेकिन मुफ्त में होता कुछ नहीं ना...मेरे कहने पर दो-चार दिन तो खड़े हो जाएँगे पर प्रचार में उन्हें टिकाए रखने के लिए कुछ न कुछ चलते रहना चाहिए। बिचारे इतनी दूर से आएँगे..." चमन इस मामले में स्पष्ट था कि 'माल बिन होए न चुनाव प्रचार गोपाला।'

राघवेन्द्र ने चमन से कहा–"परसों लड़कों को लाकर दिखा। अगर आए तो पैसे की कमी नहीं रहेगी। लड़कों को और तुझे जो चाहिए सब मिलेगा। बस ये ध्यान रखना लड़के ऐसे हों जो किसी भी काम से ना हिचकें। पोस्टर लगाना

हो, नारे लगाने हों या किसी के हाथ-पैर तोड़ने हों..."

"चिन्ता मत करो आप। देखो कैसे जीतते हो आप ये चुनाव..."

राघवेन्द्र सोच रहा था चमन जितना फेंक रहा है उसका आधा भी कर दे तो काम बन जाए।

"यह आकाशवाणी का हज़ारा केन्द्र है। राघवेन्द्र शर्मा के समर्थन में सौ से ज़्यादा लड़के प्रचार में उतर गए हैं। पूरा शहर पोस्टर-बैनर से पट चुका है। शहर की सभी धर्मशालाएँ फुल हैं। सबकी पेट्रोल की टंकियाँ भी फुल हैं। शराब में लड़के रोज़ नहा रहे हैं। समाचार समाप्त हुए।" चंगेज़ ख़ान ने लोगों को समाचार सुनाने के बाद हुक्का गुड़गुड़ाना शुरू कर दिया।

यादव समाज की सभा अच्छी हुई थी। राघवेन्द्र को चमन से जो उम्मीद थी वह उससे बढ़कर निकला। हज़ारा घुसते समय शाहिद का बैनर लगते हुए देख राघवेन्द्र को जो कसक हुई थी उसे चमन की टीम ने शहर को पोस्टर-बैनर से पाटकर दूर कर दिया था। चुनाव नज़दीक आ रहे थे और पूरे शहर को पता चल चुका था कि पूर्व छात्र नेता राघवेन्द्र शर्मा इस बार मैदान में है।

"का लग रो चंगेज खान, जीतेगो यो पंडत?"

"जबरजस्त प्रचार करबो एक बात है और बोट अपनी ओर खिसकाबो दूसरी बात। शाहिद हुसैन बीस साल विधायक रहो, इलाके के सब कानूनी गैर-कानूनी धंधे को मालिक हओ वे। पिछलो चुनाव हारो तो बा ते पाँच सालउ सबर ना हऊ और सुभाष ने मरबा दियो...अपने धंधे खातिर शाहिद को जीतबो जरूरी है...इतनी आसानी ते ना जीतन देगो बा पंडत कू।"

"लेकिन पंडत माहौल तो बना लियो है चंगेज..."

"शाहिद अबहि मैदान में उतरो ही कहाँ है...जब उतरेगो तब सौ सुनार की एक लोहार की होवेगी...ऊपर ते यो पंडत जोशीलो है, गलती करैगो, तब शाहिद मारेगो लोहार की मार...ले तू जा में तंबाकू डाल..." चंगेज़ ने हुक्का आगे बढ़ाते हुए कहा।

राघवेन्द्र के धुआँधार प्रचार का जवाब शाहिद ने भी देना शुरू कर दिया। जल्दी ही ऐसा लगने लगा कि हज़ारा के घरों की दीवारें सीमेंट से नहीं बल्कि चुनावी पोस्टरों से बनी हुई हैं। एक पोस्टर पर दूसरा पोस्टर, एक बैनर के ऊपर

दूसरा बैनर। दोनों में से किसी का भी कोई पोस्टर-बैनर 24 घंटे भी नहीं टिकता और इस पोस्टर युद्ध में दोनों गुटों के बीच भी कई बार युद्ध छिड़ जाता था।

लोग भी चुनाव की ख़बर लेने हज़ारा के आकाशवाणी चंगेज़ के पास बैठ जाते। चंगेज़ ख़ान ने कान मरोड़ा और ताज़ा ख़बर शुरू की–"यह आकाशवाणी का हजारा केन्द्र है। दो दिन में राघवेन्द्र शर्मा के कार्यकर्ताओं की दो गाड़ियों को एक ट्रक और एक ट्रैक्टर से टक्कर मारी जा चुकी है। सूत्रों का कहना है कि शाहिद हुसैन अब मैदान में उतर चुका है। राघवेन्द्र के पन्द्रह लड़के घायल हैं। समाचार समाप्त हुए।"

इन दोनों दुर्घटनाओं ने राघवेन्द्र से पन्द्रह कार्यकर्ता चुनाव के ऐन मौक़े पर छीन लिए। राघवेन्द्र ने इस दुर्घटना का राजनीतिक लाभ लेने के उद्देश्य से इल्ज़ाम शाहिद पर लगाया लेकिन मेडिकल रिपोर्ट आई कि दोनों दुर्घटनाओं के समय ड्राइवर और कार्यकर्ता शराब पिये हुए थे। राघवेन्द्र का लगाया इल्ज़ाम उसी के ऊपर उलटा पड़ने लगा। स्थानीय मीडिया पर शाहिद का ठीक-ठाक दबदबा था। 'शराब जिताएगी चुनाव' जैसी हेडिंग के साथ ख़बरें छपने लगीं। उन्होंने छापना शुरू किया कि राघवेन्द्र के समर्थक शराब पीकर पूरे इलाक़े में गुंडागर्दी कर रहे हैं। सत्ताधारी पार्टी के होने की वजह से उनके द्वारा किए गए अपराधों को अनदेखा किया जा रहा है। पुलिस ने इन दुर्घटनाओं में ग़रीब ट्रक वाले पर ही कार्रवाई की है जबकि दोनों ही दुर्घटनाओं में जीप ड्राइवरों ने शराब पी रखी थी। इस तरह की ख़बरें आते ही जयपुर से राघवेन्द्र के पास फ़ोन घनघनाने लगे और उसे सँभलने की हिदायत दी गई।

राघवेन्द्र ने अपने छात्र-जीवन में मुख्यमंत्री की नहीं सुनी थी तो अब किसी की क्या सुनता। चमन ट्रक और ट्रैक्टर मालिकों का पता लगा चुका था। दोनों ही गाड़ियों के मालिक शाहिद हुसैन के क़रीबी थे। राघवेन्द्र के सिर पर यूनिवर्सिटी के दिनों की तरह बदला लेने का भूत सवार हो गया। उसने अमित के हाथ में बदला लेने की कमान सौंपते हुए हिदायत दी कि वह और चमन कहीं भी हमले में सीधे नहीं दिखेंगे। इस काम के लिए किसी और को रखा जाए।

अमित ने बीस लड़कों को रात को अलग से बुलाया और कहा–"आज हमने बदला नहीं लिया तो कल को हम लोगों का भी एक्सिडेंट हो सकता है। वो ट्रक और ट्रैक्टर वाला दोनों आज थाने से छोड़ दिए गए हैं। इन दोनों ड्राइवरों को इतना पीटना है कि वो हमारे दोस्तों की तरह महीनों उठ न पाएँ और अगर कोई बीच में आए तो वह वोट डालने जाना तो दूर उठकर मूतने के लायक़ भी न बचे।"

अमित की बातें सुन लड़के जोश और रोमांच से भर उठे। अपने नेता के कहने पर आज उन्हें दुश्मन खेमे में घुसकर वैसे ही हमला करना है जैसे अग्निपथ में अमिताभ बच्चन ने किया था। फ़र्क़ इतना सा था कि उस झगड़े में अमिताभ ने ख़ुद अगुवाई की थी लेकिन यहाँ पर उनका नेता परदे के पीछे रहने वाला था।

लड़के जीप लेकर ड्राइवर के मोहल्ले में पहुँचे। जीप को वापस घुमाकर खड़ा कर दिया ताकि भागने में दिक़्क़त न हो। लड़कों ने हाथ में डंडे उठाये, तलवारें छुपाईं और उस मोहल्ले में घुस गए। स्ट्रीट लाइट के नाम पर वहाँ सिर्फ़ खम्भा था। लड़के जैसे ही ट्रक मालिक के घर के पास पहुँचे उन पर छतों से पत्थर की बारिश होने लगी। लड़के घबराकर आगे बढ़े लेकिन उनकी उम्मीद के विपरीत उन पर हमला करने के लिए एक टीम पहले से तैयार बैठी थी। लड़के पीछे हटे कि किसी ने पेट्रोल बम फेंक दिया। लड़कों को निकलने की जगह नहीं मिल रही थी। दोनों तरफ़ के लोग आमने-सामने हो चले थे। डंडों के बाद तलवारें भी निकल पड़ीं। तलवारों के जवाब में तलवारें निकलीं और चलीं। लोग घायल हुए। कुछ लड़के पकड़े गए और कुछ भाग निकले।

चंगेज़ ख़ान ने सही कहा था पंडत जोश में ग़लती करैगो...शाहिद इसी मौक़े के इन्तज़ार में था। शाहिद ने सबसे पहले अपने लोगों को समझाया कि आगे झगड़ा तब तक नहीं बढ़ाना है जब तक जान पर न बन आए। मीडिया इस मामले में साम्प्रदायिक एंगल ढूँढ़ रहा था लेकिन शाहिद ने इस झगड़े को ऐसे नज़रअन्दाज़ किया जैसे कुछ हुआ ही न हो। मीडिया के पूछने पर उसने इस घटना में राघवेन्द्र और उसके कार्यकर्ताओं का नाम तक नहीं लिया। शाहिद कुछ भी बोलकर सुभाष यादव के साथ की गई अपनी ग़लती नहीं दोहराना चाहता था। इस बार वह अपने यादव और गुज्जर वोटों को हिन्दू-मुसलमान में नहीं बँटने देना चाहता था।

मामले को सँभालने के बाद शाहिद हिन्दू वोटरों के बीच उतर गया। ईश्वर से सबको माफ़ करने की प्रार्थना करते हुए एक दिन का व्रत भी रखा। हिन्दू इलाक़ों में अपने पुराने रिश्ते की दुहाई देते हुए वोट माँगे। इसमें उसे हिन्दू समाज के कई प्रभावशाली लोगों का भी सहयोग मिला। शाहिद को दो महीने पहले की गई बिरयानी दावत का ज़ायका अब चुनाव में आ रहा था। मुसलमानों के वोट तो उसके लिए यूँ भी सुरक्षित थे।

शाहिद तो हिन्दू इलाक़ों में घुस गया लेकिन राघवेन्द्र मुस्लिम इलाक़ों में नहीं जा पाया। राघवेन्द्र के पास कार्यकर्ताओं की भी कमी हो गई। कुछ घायल

थे तो कुछ स्थानीय लड़कों के घरवालों ने उन्हें राघवेन्द्र के प्रचार में जाने से रोक दिया। पार्टी के स्थानीय कार्यकर्ता पहले ही उसके पक्ष में नहीं थे। राघवेन्द्र हर तरफ़ से फँस रहा था। बस एक ही राहत की बात थी कि मुख्यमंत्री श्याम जोशी की वजह से उसे कोई क़ानूनी समस्या नहीं झेलनी पड़ी।

चुनाव नज़दीक आ गए थे। लोग असेमंजस में थे। एक तरफ़ शाहिद था जिस पर ग़ैर-क़ानूनी काम और सुभाष यादव की हत्या का शक था लेकिन अपने यहाँ का था, तो दूसरी तरफ़ एक बाहर से आया प्रत्याशी था जो युवा था लेकिन जिसके आते ही उनके शहर के कई बच्चे दंगे का हिस्सा बने। यादवों में शाहिद के लिए नाराज़गी थी लेकिन झगड़े के बाद शाहिद ने जिस समझदारी का परिचय दिया था वह बाक़ी लोगों को लुभा रहा था। चुनाव के दिन लोगों का मत स्पष्ट था कि उन्हें स्थानीय और समझदार आदमी चाहिए और ऐसा माहौल बनाने में बिरयानी दावत वाले लोगों का बड़ा हाथ था।

राघवेन्द्र चुनाव हारा ही नहीं बुरी तरह हारा। यादवों के वोट उसे न मिले होते तो उसकी ज़मानत ज़ब्त हो जाती। यह पार्टी के लिए एक बड़ी हार थी। राघवेन्द्र को ग़ैर-ज़िम्मेदार ठहराते हुए इस हार की पूरी ज़िम्मेदारी उस पर थोप दी गई। जिन विरोधी खेमों ने उसे टिकट देने की पैरवी की थी, उन्होंने ही अब पार्टी की छवि ख़राब करने का इल्ज़ाम लगाते हुए राघवेन्द्र को पार्टी की युवा इकाई के महासचिव पद से हटवा दिया। यही वह समय था जब अचला सिंह राजनीति में प्रवेश कर रही थीं।

राघवेन्द्र के हाथ से ये चुनाव रेत की तरह फिसल गया था। श्याम जोशी की बात न मानना उसे भारी पड़ा था लेकिन वह इस बात से ख़ुश था कि बदनाम ही सही नाम तो हुआ।

दिसम्बर, 2000

"मैंने समझाया था तुम्हें पर तुम्हारी ज़िद...चुनाव हारे सो हारे, पार्टी युवा इकाई के महासचिव पद से भी गए..." श्याम जोशी राघवेन्द्र को डाँट रहे थे।

"तो क्या करता? इस मौक़े को मना कर देता? मुझे सिर्फ़ विधायक नहीं, बड़ा नेता बनना है और उसकी शुरुआत अभी से करनी है।"

"बड़ा सोचना अच्छी बात है लेकिन उसके लिए अनुभव लेना ज़रूरी है।

जितने युवा नेता हैं ज़मीन पर 20-25 साल काम करते हैं तब विधायक का चुनाव लड़ते हैं।"

"हाँ, देखा है मैंने उन 50 साल के युवा नेताओं को...मुझे युवा रहते हुए ही नेता बनना है। जब कोई युवा नेता कहे तो दिल भी माने कि मेरी ही बात हो रही है।"

"अरे यार, 50 की उम्र में युवा नेता कहलाना अच्छा है बजाय कि 25 की उम्र में मैदान से बाहर हो जाने के। राजनीति में सफल होने के लिए बहुत कुछ लगता है। मैंने तुम्हें ये चुनाव लड़ने के लिए मना किया था क्योंकि तुम तैयार नहीं थे। जिस ज़मीन पर तुम लड़ने पहुँचे वो ज़मीन भी तुम्हारी नहीं थी, लोग तुम्हारे नहीं थे।"

राघवेन्द्र को श्याम जोशी की बातें अच्छी नहीं लगीं। उसने प्रतिवाद किया–"ज़मीन तो किसी की नहीं होती। उसे तैयार करना होता है। मैं भी अपनी राजनीतिक ज़मीन कहीं से तो तैयार करूँगा ना...तो यहीं से सही। इस बार नहीं, पर अगली बार जनता साथ देगी।"

"जनता का साथ..." श्याम जोशी ने ठहाका मारा और कहा–"जनता मूर्ख और बेवफ़ा है। इसका कोई भरोसा नहीं। ये बहुत बड़ा भ्रम है कि जनता किसी को बहुत बड़ा और सफल नेता बनाती है।"

"आप कह रहे हैं कि जनता की कोई क़ीमत नहीं राजनीति में?"

"है भी और नहीं भी...जनता का साथ सिर्फ़ इतना चाहिए कि वो जीतने लायक़ वोट देती रहे। उसे भ्रम में रखो...काम करो न करो, उनसे मिलते रहो, सुनते रहो तो वो तुम्हें जिताती रहेगी, लेकिन जीतने भर से कोई बड़ा नेता नहीं बनता। कितने ही नेता भारी वोटों से जीतकर लगातार सांसद, विधायक बनते रहे मगर कभी मंत्री नहीं बने। मंत्री छोड़ो उन्हें कभी पार्टी के बड़े महत्त्वपूर्ण नेताओं में भी नहीं गिना गया। बड़ा नेता बनने के लिए जनता के बीच रहकर उसके ही ख़िलाफ़ बहुत कुछ करना पड़ता है। ये एक कॉकटेल बनाने जैसा है जिसमें सभी मिश्रण सही पड़ें तो ही स्वाद आता है।"

"और ये मिश्रण क्या होगा जो मुझे बड़ा बनाएगा?" राघवेन्द्र ने पूछा।

"राजनीति में बड़ा बनने के लिए एक नेता को चार बातें याद रखनी चाहिए–पहली, उसकी आमदनी के कई स्रोत हों, जायज़ चुनाव आयोग के फॉर्म में भरने के लिए और नाजायज़ अपनी तिज़ोरी भरने और मुसीबत में काम आने के लिए। दूसरी, ऐसे कार्यकर्ता जो जनता में तुम्हारा माहौल बनाए रखें।

वो जनता को अहसास कराते रहें कि यार हमारा नेता कुछ तो कर रहा है।"

"बिना काम किए, बिना मौजूद रहे जनता कैसे मानेगी कि काम हो रहा है?"

"कहा ना जनता मूर्ख है। उसे काम नहीं चाहिए। इतने बरसों में हमने जनता को ऐसा बना दिया है कि वो स्वीकार कर चुकी है कि यहाँ कुछ नहीं हो सकता। तुम उसे सिर्फ़ ये अहसास दिलाओ कि तुम कोशिश कर रहे हो। वो उसी में ख़ुश हो जाएगी। अगर काम हुआ तो ठीक, न हुआ तो उन्हें पूछो कि पहले वाले ने भी क्या किया? हमने कुछ तो किया। अपनी असफलता दूसरों पर थोप दो।"

राघवेन्द्र सोचने लगा यूँ ही नहीं श्याम जोशी बड़े नेता बने। जोशी जी बस अपने इलाक़े से जीत जाते हैं लेकिन भीड़ इकट्ठी नहीं कर सकते, जननेता नहीं कहलाते, फिर भी पार्टी के सबसे प्रमुख नेताओं में हैं। उसे अपनी भूल का अहसास था पर मानना नहीं था तो नहीं माना मगर जोशी जी से ये ज्ञान लेने का लोभ नहीं छूटा। उसने पूछा–"और बाक़ी दो बातें क्या?"

"तीसरी, अपने इलाक़े के सभी प्रभावशाली, ताक़तवर और धनवान लोगों से अच्छे रिश्ते होना बेहद ज़रूरी है। ये लोग ही तुम्हारे रास्ते की अड़चनों को दूर करने में परदे के पीछे से मदद करेंगे। इस चुनाव में तुम्हारा पासा कब पलटा? तब जब उस इलाक़े के प्रमुख लोग शाहिद हुसैन के पक्ष में आ गए। इन्हीं प्रभावशाली लोगों में से कुछ लोगों को पिछले चुनाव में सुभाष यादव ने अपने साथ कर लिया था। उन्होंने जनता को समझा दिया कि शाहिद मुसलमानों की तरफ़दारी करता है और इलाक़े में गुंडागर्दी करवाता है। जनता ने वोट सुभाष को दे दिया।"

राघवेन्द्र को अपनी हार का कारण अब समझ में आने लगा। उसने जोशी जी से पूछा–और चौथी बात क्या?

"चौथी तो तुम जानते ही हो, तुम ख़ुद ही कह रहे थे जनता का साथ। तुम सीधे जनता पर पहुँच गए हो पर वो आख़िरी है, उस पर ध्यान दो लेकिन साथ-साथ पहले तीन खड़े करते रहो।"

"लेकिन अगर जनता ही मेरे साथ न हुई तो कोई भी प्रभावशाली मेरे साथ क्यों होगा? जब जनता जिताएगी तो ये सब ख़ुद मेरे आगे-पीछे होंगे और आप कह रहे हैं कि जनता सबसे आख़िरी है..."

"जनता पहली भी हो सकती है। ये मुर्ग़ी पहले या अंडा जैसी स्थिति है

राघवेन्द्र। कुछ भी कर लो लेकिन अगर जल्दी बड़ा बनना है तो पहले तीन बातों को साधो। जो इन तीन को साध लेते हैं वो बिना जनता के भी राज्यसभा से सांसद बन जाते हैं और सरकार को चौथी यानी जनता साधने के लिए सहयोग करते हैं। तुम ख़ुद अपने यूनिवर्सिटी के दिन सोचो। तुम कॉलेज के अध्यक्ष बने उससे रास्ता खुला पर यूनिवर्सिटी के बड़े नेता कब बने? कब तुम्हें अध्यक्ष के टिकट के क़ाबिल समझा गया?"

राघवेन्द्र सोचने लगा। जोशी जी ने ही उसे उत्तर दिया–"तब जब तुम्हारे सिर पर राज्येश सिंह ने हाथ रखा। तब जब तुम्हारे दोस्त ने तुम्हें छात्रसंघ का सांस्कृतिक सचिव बना दिया, तब जब तुम्हारे पास मयूर भारद्वाज जैसे कार्यकर्ता थे। मयूर तुम्हारे ख़िलाफ़ हुआ, जीत भी गया लेकिन उसके बाद? वो तो ग़ायब हो गया, मगर तुम युवा इकाई के महासचिव बने, राज्य मंत्री के बराबर का दर्जा मिला। विधानसभा चुनाव इतनी ताक़त से लड़ पाए क्योंकि तुम्हारे पास इस चुनाव में खर्च करने को पैसा था।"

राघवेन्द्र के लिए राजनीति का ये एकदम ही नया पाठ था। उसने सवाल पूछा–"अभी ऐसा क्या करूँ कि ये सब प्रभावशाली लोग मेरे साथ चलें। मुझे अगला चुनाव जीतना है।"

"राघवेन्द्र, राजनीति को जनता अपना हथियार मानती है। जनता को लगता है उनका काम हो रहा है लेकिन काम असल में व्यवसायियों का होता है। हम सड़क इसलिए नहीं बनवाते कि इससे जनता को आने-जाने में सुविधा होगी बल्कि इसलिए बनवाते हैं क्योंकि इन व्यवसायियों को अपने व्यवसाय के लिए उस सड़क की ज़रूरत होती है। हम सड़क बनवाते हैं ताकि जिसने चुनाव फाइनेंस किया उसे सड़क का ठेका दे सकें। अगर जनता के लिए ही सड़कें बनतीं तो हर गाँव-क़स्बे में बन जातीं। इन लोगों को तुमसे लाभ होता दिखना चाहिए। उन्हें यक़ीन दिलाओ कि तुम उनके व्यवसाय को बढ़ाओगे, वो तुम्हें बढ़ाएँगे।"

"ऐसे में तो वो मुझे नेता की जगह अपना नौकर न समझने लगेंगे?"

"वो तुम्हें नौकर समझने लगें तो तुम किस बात के राजनेता? उन्हें दबाए रखने के लिए डर भी बनाए रखना ज़रूरी है और ये डर दो तरह से बनेगा–एक जनता के समर्थन से और दूसरा समाज के अन्य ताक़तवर वर्गों से जिनमें अधिकारी और गुंडे दोनों आते हैं।"

"अभी तो आपने कहा था कि जनता सबसे आख़िरी है।"

"अरे भाई, जब और कोई साथ न हो तो जनता ही साथ रहेगी ना। मान लो कि राजनीति एक गाड़ी है जिसे तुम्हें चलाना है। अगर तुम्हें बहुत तेज़ पिकअप और सुरक्षित गाड़ी चाहिए तो ज़्यादा पॉवर का इंजन लगेगा, मज़बूत बॉडी, एयरबैग भी चाहिए। लेकिन गाड़ी चलेगी कब...जब उसमें पेट्रोल हो। अगर गाड़ी राजनीति है तो जनता पेट्रोल है। पेट्रोल हर गाड़ी के लिए ज़रूरी है लेकिन पेट्रोल से गाड़ी की गति, मज़बूती और पावर तय नहीं होता। यह तो इंजन और बॉडी पर निर्भर है। अधिकारी, प्रभावशाली लोग, दलाल, गुंडे ये सब इंजन की पॉवर और गाड़ी की मज़बूती बढ़ाने के लिए होते हैं...और नेता इस गाड़ी का ड्राइवर होता है। नेता को गाड़ी के लिए पेट्रोल का कोटा तो रखना ही चाहिए लेकिन साथ ही इंजन की ताक़त बढ़ाने पर काम करना चाहिए।"

राघवेन्द्र ने उठकर श्याम जोशी को प्रणाम कर लिया और कहा–"गुरुजी क्या ज़बरदस्त उदाहरण दिया है। अब सब स्पष्ट हो गया है।"

जोशी जी मुस्कुराए और राघवेन्द्र को बोले–"ये राजनीति एक ऐसी कड़ी है राघवेन्द्र जिसमें सब एक-दूसरे से जुड़े हैं। ये जो अधिकारी हैं, गुंडे हैं ये सब अपने लाभ के लिए किसी भी तरफ़ हो जाते हैं। तुम्हारा काम यही करेंगे। अधिकारी काम न करे तो उसे जन-आन्दोलन से डराओ। जनता न डरे तो उसे गुंडों से डराओ और अगर गुंडे हाथ से निकलने लगें तो उन्हें इन अधिकारियों से। तुम्हें तय करना है कि तुम्हें इस कड़ी में एक और कड़ी बनकर घूमना है या उस कड़ी को अपने हाथ में रखकर घुमाना है।"

"अब आगे क्या करूँ?"

"ये जगह छोड़ और कोई नई जगह देख जहाँ सवर्णों की संख्या ज़्यादा हो। थोड़ा पाँव जमा, जगह को समझ। लोगों को समझ, अपनी फ़ौज बना।"

"ये जगह छोड़ना अब सम्भव नहीं। यहाँ से जाने का मतलब है कि मैंने हार मान ली। मुझे यहीं रहकर यहीं से जीतना है। मैंने ग़लतियाँ कीं मगर अपनी ताक़त दिखा दी है। अब मुझे बस उन सब बातों पर ध्यान देना है जो आपने कही हैं।"

"आसान नहीं है राघवेन्द्र। फिर कह रहा हूँ ये तेरी ज़मीन नहीं। सवर्ण कम हैं और जो बाक़ी हिन्दू हैं वो शाहिद को वोट देते हैं।"

"आसान जगह से पहली बार जीतने वाला भी कभी बड़ा नेता बनता है क्या? ये अपनी पार्टी का इलाक़ा नहीं रहा। इस पर अगर मैं जीता तो पार्टी से ज़्यादा मेरी ताक़त बढ़ेगी। इस देश में आदमी को हिन्दू-मुसलमान बनने में देर

नहीं लगती। शाहिद जब मुसलमान बना, सुभाष यादव हिन्दू बन गए। शाहिद ने इस बार यह ग़लती नहीं की मगर जल्दी करेगा। यहाँ से जीतना बहुत मुश्किल है पर नामुमकिन नहीं।"

राघवेन्द्र की बात सुनकर श्याम जोशी मुस्कुराए और बोले–"तू बहुत ज़िद्दी है। जब तू इस मैदान में उतर ही गया है तो इस इलाक़े के चप्पे-चप्पे को छान। समझ कि कहाँ क्या होता है, कौन क्या धंधा करता है। इस जगह का इतिहास पढ़। इतिहास वर्तमान में राज करने का रास्ता दिखाता है। सबसे ज़रूरी बात यह सब कहने में जितना आसान है उतना आसान करने में नहीं होगा।"

"जी गुरुजी। मैं कल से ही काम पर लग रहा हूँ। इस इलाक़े में मुझे कुछ काम चुनाव से पहले करवाने हैं आप उसमें मेरा साथ दीजिए।"

राघवेन्द्र ने इलाक़े में घूमना शुरू किया, लोगों की उन तकलीफ़ों पर ध्यान दिया जिन्हें वो नियति मान स्वीकार कर चुके हैं। राघवेन्द्र ने शाहिद के सभी धंधों पर भी नज़र गड़ा दी और उन धंधों में कौन-कौन उसके साथ मिले हुए हैं उन सबकी सूची अब राघवेन्द्र के पास तैयार हो रही थी।

♟

"तुम हमेशा यहीं रहते हो बाबा? उस दिन कह रहे थे बेटों ने हाथ उठाया..." अमित ने चंगेज़ ख़ान से पूछा।

चमन ने अमित का हाथ दबाकर चुप होने का इशारा किया। चंगेज़ ने भी इशारा देखा लेकिन जवाब दिया–"बेटे जब अपना बोझ खुद उठाने लायक हो जाते हैं तो उन्हें बाप का बूढ़ा होता शरीर भारी लगने लगता है।" चंगेज़ ने हुक्के का पाइप मुँह में लगा लिया।

जवाब सुनकर अमित जैसा बदतमीज़ आदमी भी थोड़ा सा झेंपा और उसने बात बदलते हुए कहा–"बाबा तुम्हारा नाम सही है, चंगेज़ ख़ान..."

चंगेज़ हँसा और बोला–"मैंने खुद रक्खो है। आदमी कैसो भी हो नाम भारी होना चाहिए।"

"और हजारा का नाम कौन रक्खो? हजारा फूल के नाम पर या कुछ और?" अमित ने चंगेज़ ख़ान के अन्दाज़ में बोलने की कोशिश की।

जवाब चंगेज़ की जगह चमन ने दिया–"इस इलाके में पहले एक बड़ी

गौशाला हुआ करे थी। आसपास के इलाके की हजार से ज्यादा बूढ़ी गाय रखी थीं वहाँ भेसाब। सब मिलकर उनका इन्तजाम करते थे। बाद में सब बदल गो। लोग बाहर गए, बाहर ते लोग आए। थोड़े किलोमीटर दाएँ जाओ तो अलवर, थोड़े बाएँ जाओ तो भरतपुर। सीधे बढ़ जाओ तो हरियाणा और थोड़ा टेढ़े जाओ तो उत्तर प्रदेश आ जाता है। इसीलिए कोई यहाँ पर ब्रज भाषा बोले है, कोई राजस्थानी तो कोई हिन्दी।"

"कोई-कोई हिन्दी, राजस्थानी, ब्रज, हरियाणवी सारी बोली ने मिलाकर एक नई बोली बना देत हओ जैसो कि तेरो चमन।" चंगेज़ ख़ान ने चमन के सिर पर चपत लगाते हुए कहा।

इन दिनों अमित और चमन अक्सर चबूतरे पर चंगेज़ के साथ बैठ जाते थे और दुनिया-जहान की ख़बरें सुनते थे। ये उनकी इच्छा नहीं राघवेन्द्र का आदेश था कि चंगेज़ के पास आने-जाने वाले लोगों को वे सुनें, माहौल किस तरह का है यह समझें और ज़रूरत पड़ने पर अपनी कुछ ख़बर छोड़ दें। आगे तो चंगेज़ आकाशवाणी बना ही देगा।

बातचीत हो ही रही थी कि चबूतरे से कुछ ही दूरी पर दो गुटों में झगड़ा शुरू हो गया। दो लड़के सिर पर जालीदार टोपी, शरीर पर कुरता और नीचे धारीदार लुंगी पहने हुए गले में रस्सी बँधी गाय ले जा रहे थे। तीन अन्य लड़कों ने उन्हें रोका और पीटना शुरू कर दिया। अमित शर्मा उठकर झगड़ा छुड़ाने जाने लगा तो उसे चमन ने रोक लिया।

चंगेज़ ख़ान हुक्का गुड़गुड़ाता हुआ ज़ोर से बोला—"कब तक हाथ पाँव से लड़ेगो? अरे चाकू वाकू निकाल और मार डाल..."

अमित चंगेज़ ख़ान को हैरान होकर देखने लगा। इधर तीन लड़कों का गुट दोनों पर भारी पड़ा और वह गाय लेकर निकल पड़ा।

अमित ने पूछा—"ये था क्या?"

चमन—"धंधे का पॉवर इक्वेशन।"

चंगेज़—"तुमने आज देखी है, ये तो रोज को है यहाँ पे।"

चमन—"यहाँ पर गाय सिर्फ एक पशु या माता नहीं, अर्थव्यवस्था थी। अब पॉलिटिक्स बन गई है। गौरक्षा कानून ऐसा है कि सब गैर-कानूनी है। इसलिए सब पॉवर प्ले करे हैं। जो जीता वो ले गया।"

अमित—"करते क्या हैं? बीफ खाते हैं?"

चंगेज़—"मेव बीफ नहीं खाता।"

अमित–"क्यों? सारे मुसलमान तो खाते हैं।"

चंगेज़–"खाते होंगे पर मेव मुसलमान ना खावें। मेव तो हिन्दू ही हैं आधे।"

अमित–"कैसे?"

चंगेज़–"राजपूत गुजरई तो धरम बदल के मुसलमान बने। ये तो मुसलमान बनबे के बादउ कुआँ खोदें तो भैरों बाबा के नाम की पहली ईंट रखवावें। मेवन को भी हिन्दुअन की तरह गोत्र होवें और वे अपने गोत्रन में शादी ना करें। पहले तो गूजरन में मेवन की शादी है जावे। मेव और हिन्दुअन में बड़ो फरक नहीं है। तबहि तो तेरो भाई हारो, हिन्दुअन ने वोट दे दिए शाहिद कू।"

अमित–"अगर मेव और हिन्दू में फर्क नहीं तो ये गाय वाला झगड़ा क्या था?"

चंगेज़–"चमन ने कही ना, गौरक्षा कानून की वजह ते धंधो मुश्किल है। चमड़ा बेचो जाबे, बाके लिए अवैध रूप से गाय ले जामें। अब इनमें गुट बन गए हैं धर्म के आधार पे। जाकी संख्या ज्यादा होएगी वो दूसरे को मार के ले जाएगो। अब राजनीति बाले या खेल जामें। मुसलमान मरो तो बीफ खाबे का मसला बना देवें, हिन्दू मरो तो गौतस्करी को। कुल मिलाके मारे छोटे लोग जावें जो सामने आ जावें।"

अमित–"मुझे अब भी समझ नहीं आया। मेव और हिन्दू तो इकट्ठे होते थे ना? फिर गाय के लिए धर्म कहाँ से आया?"

चंगेज़ ख़ान–"पहले इकट्ठे हसन खाँ मेवाती राणा सांगा के संग बाबर के खिलाफ लड़ौ पर बाद में दुनिया बदल गई। 1923 में अंजुमन खादिम उल इस्लाम आयो और बाके संगही अलवर महाराजा ते मुसलमानन के रिश्ते खराब है गए। फिर आयो तबलीगी जमात, बा ने मुसलमानन को इस्लाम की ओर धकेलो। जो मुसलमान यहाँ साफा पहनते इनके प्रभाव ते जालीदार टोपी, छोटो और नीचे से कम चौड़ो पजम्मा पहनबे लागे। औरतें बुर्के में आईं। बिन को मानबो है कि औरतन कू ज़्यादा पढ़ानो नहीं चाहिए। सब लोग मेवन की जगह मुसलमान दिखने लगे। सब बदलतो गयो। हिन्दुअन को लगो मुसलमान अंग्रेजन से मिल गए और मुसलमानन को लगो हिन्दू मिल गए। बस तबहि से इनसान से हिन्दू और मुसलमान है गो।"

अमित–"फिर शाहिद क्यों जीतता है इधर से?"

चमन–"शाहिद इधर का सबसे बड़ा गुंडा है भेसाब। हथियारों के धंधे से लेकर, लूटपाट, शराब की तस्करी वगैरह सब उसी के इशारे पर चला करे है।

पैसा की कमी नहीं, आदमी की कमी नहीं। इधर लोगों के पास काम नहीं है तो अपराध करे हैं और शाहिद उन्हें रोजगार देवे है।"

चंगेज़–"गुज्जर यहाँ बहोत हैं। मार्शल कौम है, लड़बे झगड़बे को हमेशा तैयार रहमें लेकिन जो इनते प्यार ते बोले बाके साथ मिल जावें। बिन ने हिन्दू मुसलमान ते कोई फर्क ना पड़े। इनकू शाहिद ने पटा रक्खो है। बाके ज्यादातर गुंडा या तो मुसलमान हैं या गुज्जर। बाकी दलितउ मुसलमानन के बोट देवें और जा तरीका ते यहाँ ते शाहिद हुसैन जीत जावे।"

अमित–"यादव फिर क्यों अलग हैं? बाकी जगह तो यादव मुसलमान साथ होते हैं।"

चंगेज़–"एक यादव को मुसलमानन ने मारौ। शाहिद जीतते-जीतते भूल गयो कि सब बाको ही बोट देमें। उ पहल ते ज्यादा मुसलमान है गो। बस यही ते सुभाष यादव हिन्दू है गो और बाके संग सब।"

देर रात अमित ने राघवेन्द्र को सारी बात बताते हुए कहा–"गाय तस्करी हो, अवैध हथियार हों, शराब तस्करी हो, सारा धंधा शाहिद का है। उसके पास पैसा है, फौज है और सबसे जरूरी बात..." अमित थोड़ा रुका और बोला–"उसके विरोधियों का रोड एक्सिडेंट हो जाता है।"

राघवेन्द्र–"अपनी गाड़ी में एयर बैग है। चिन्ता मत कर, मैं ध्यान रखूँगा। शाहिद के जो धंधे तूने बताए वो सब तो जाली धंधे हैं। उसका दुनिया को दिखाने वाला जायज धंधा क्या है?"

अमित–"ट्रांसपोर्ट का बिजनेस।"

राघवेन्द्र–"हमें शाहिद को आर्थिक तौर पर कमज़ोर करना है। फ़ौज को ख़र्चा देने लायक़ पैसा नहीं रहना चाहिए उसके पास।"

"लेकिन ये सब करोगे कैसे? शाहिद एक तरह से राजा है इधर का।"

"अब डेमोक्रेसी है प्यारे, राजा नहीं रहेंगे। अब सरकार है और सरकार अपनी है। मुख्यमंत्री अपने हैं। तू चमन से बोल कि बस इसके ठिकाने और आदमियों का नाम दे।"

अमित जाने लगा तो राघवेन्द्र ने रोका और कहा–"एक काम और करना है...जैसे तबलीगी ने मेवों को मुसलमान बनाया वैसे ही हमें यादव, गुज्जर, दलित सबको हिन्दू बनाना होगा।"

अमित–"वो तो पहले से हिन्दू हैं।"

राघवेन्द्र–"हाँ, हमें हिन्दुओं को और हिन्दू बनाना होगा।"

2

4 जनवरी, 2001

"हेलो..."

"कौन बोल रहे हो?"

"भाईसाहब, तुम्हारा एड देखा अखबार में...उसी बारे में पूछना था।"

"हाँ भई, पूछ..."

"इतनी नई गाड़ी और इतनी कम चली हुई, तुम इतने सस्ते में क्यों बेच रहे हैं?"

"तेरे को महँगे में चाहिए क्या?"

"अरे भाई इतने सस्ते में है, कहीं कोई गड़बड़ तो नहीं?"

"भाई तेरे को गड़बड़ लग रही है तो मत ले। क्यों अपना और मेरा टाइम खराब कर रहा है?"

"अरे नहीं नहीं, मैं तो...हेलो...हेलो...हेलो..." अजय सिंह ने रिसीवर को कान से हटाकर देखा, फिर लगाया और एक बार फिर से हेलो बोला पर कोई आवाज़ ही नहीं आई। उसने झल्लाकर कहा, "अबे यार, फोन ही काट दिया इसने तो..."

अख़बार में सेकंड हैंड गाड़ियों के विज्ञापन ने अजय सिंह का ध्यान खींचा था। दो साल पुरानी सिल्वर कलर की होंडा सिटी, 20,000 किमी. चली हुई, सिंगल हैंड ड्रिवन, डॉक्टर मालिक और क़ीमत सिर्फ़ दो लाख रुपए। इस स्थिति की होंडा सिटी के कोई भी 4-5 लाख बड़े आराम से दे देता। डॉक्टर मालिक विज्ञापन में लिखा होने से गाड़ी के जल्दी बिकने की उम्मीद थोड़ी बढ़ जाती है क्योंकि सेकंड हैंड मार्केट में माना जाता है कि डॉक्टर, प्रोफ़ेसर वग़ैरह अपनी गाड़ी को काफ़ी मेंटेन करके रखते हैं।

अजय सिंह ने दुबारा नम्बर मिलाया। फ़ोन उठते ही उसने नर्म होकर कहा–"अरे भाई आप तो ग़ुस्सा ही हो गए। नौकरी वाला आदमी हूँ, थोड़ा देख-दाख के करना पड़ता है ना। इसीलिए पूछ रहा था।"

"क्या नाम है तुम्हारा?"

"अजय सिंह..."

"देक्खो भाई अजय सिंह, डॉक्टर साहब शिफ्ट हो रहे हैं अमेरिका। उनको पैसे की कमी थोड़ी है कि डेढ़-दो लाख ज्यादा मिलने के लिए इन्तजार करते

रहें। वो बस जल्दी से सब सामान निकाल रहे हैं। तुमने देर कर दी वर्ना सोफा, कलर टीवी, फ्रिज वगैरह भी दिला देता औने-पौने दाम में।"

"अच्छा, अच्छा...ऐसा है तो फिर ठीक है। ये बताइए कल गाड़ी देखने आ जाऊँ?"

"तुम कल आओ, परसों आओ, तुम्हारी मर्ज़ी लेकिन तब तक गाड़ी रहेगी इसकी कोई गारंटी नहीं। अब ऐसे दाम में गाड़ी खरीदने को खाली तुम थोड़ी निकले हो। कम-से-कम पन्द्रह लोग फोन कर चुके हैं। जो पहले आकर पैसे दे जाएगा वो गाड़ी ले जाएगा। अगर तुमको गाड़ी लेनी है तो आज 3 बजे आ जाओ बहरोड़ मिडवे पर। अपना आदमी मिलेगा, वो तुमको इधर ले आएगा।"

अजय ने सोचा इस दाम में वाकई गाड़ी फटाफट निकल जाएगी। उसने कहा–"ठीक है भाई साहब, बहरोड़ मिडवे पर कौन मिलेगा और कैसे बात होगी?"

"तुम वहाँ समय से पहुँच जाओ। सिल्वर होंडा सिटी में ही लड़का मिलेगा। टेस्ट ड्राइव भी करवा देगा...और भाई पैसे लेते आना। गाड़ी पसन्द आए तो वहीं सौदा हो जाएगा क्योंकि आज और लोग भी आ रहे हैं। डॉक्टर साहब से सीधे मिलवा देंगे तुमको, कागज वगैरह सब देख लेना। तसल्ली हो तो शाम को अपनी होंडा सिटी में वापस जाना।"

"अपनी होंडा सिटी में वापस...आप मेरे आने तक किसी को गाड़ी देना मत। मैं आ रहा हूँ।"

ठीक 3 बजे अजय सिंह एक बैग में पैसे लिये बहरोड़ मिडवे पर पहुँच चुका था। बहरोड़ जयपुर और दिल्ली के एकदम बीच में पड़ता है। उस समय जयपुर दिल्ली रूट की सभी वॉल्वो यहीं पर खाने-पीने को रुका करती थीं। सिल्वर कलर की नई सी दिखती गुड़गाँव नम्बर की एक होंडा सिटी भी उधर ही खड़ी थी। अजय ने गाड़ी के पास जाकर देखा, कोई नहीं था। उसने इधर-उधर देखना शुरू किया कि एक लम्बा लड़का उसके पास आया और बोला–"आप डॉक्टर साहब की होंडा सिटी लेने आए हो?"

अजय ने हाँ में सिर हिलाया। उस लड़के ने हाथ मिलाने के लिए हाथ बढ़ाया और अपना नाम बताया याक़ूब। अजय ने मुस्कुराकर हाथ मिलाया। याक़ूब ने पूछा–"पैसे लाये?" अजय ने हाथ में रखा छोटा सा भूरे रंग का बैग दिखाया। याक़ूब मुस्कुराया और अजय को चाभी देते हुए बोला–"लीजिए टेस्ट

ड्राइव ले लीजिए। नीमराणा तक चलना है। वहीं डॉक्टर साहब मिलेंगे। पसन्द आए तो ये गाड़ी आपकी और वो बैग हमारा।" अजय मुस्कुराया और चाभी लेकर ड्राइविंग सीट पर बैठ गया।

गाड़ी वाकई बहुत अच्छी मेंटेन की हुई थी। लेदर सीट, गाड़ी में परफ्यूम, डैशबोर्ड पर गणेश जी की छोटी सी मूर्ति...इस दाम पर इतनी अच्छी चीज़ मिलने के लिए अंग्रेज़ी में कहावत है 'Its a steal', बस ऐसा ही अजय को लगा। गाड़ी हाईवे पर ऐसे चल रही थी जैसे मक्खन में छुरी...अजय को पता ही नहीं चला कब नीमराणा पहुँच गए।

"अजय जी अब गाड़ी मुझे दे दो। आगे कई गलियों में जाना है और रास्ता सँकरा है। आगे मैं ले चलता हूँ।" याक़ूब ने अजय को गाड़ी रोकने को कहा। अजय ने बाईं तरफ़ के इंडिकेटर जलाए और धीरे-धीरे गाड़ी हाईवे के किनारे ले जाकर रोक दी और उतरकर पैसेंजर सीट पर बैठ गया।

याक़ूब ने गाड़ी अपने हाथ में ली और अजय की ड्राइविंग के उलट बहुत तेज़ गति से कार को दौड़ाया। क़रीब एक किमी. आगे जाकर उसने गाड़ी हाईवे से अन्दर छोटी सड़क और वहाँ से कुछ और छोटी सड़कों में मोड़ी। याक़ूब ने एक जगह गाड़ी रोककर अजय को अनामिका उँगली से पेशाब करने का इशारा किया। एक मिनट बाद जब याक़ूब गाड़ी में वापस बैठा तो साथ-साथ तीन लोग और आए। याक़ूब ने अजय को चाकू सटाया और पीछे की सीट पर दो लोगों के बीच बैठाया। उसके चेहरे को कपड़े से ढका गया। अजय कुछ विरोध करता उससे पहले याक़ूब का एक मुक्का उसके पेट में लगा। याक़ूब ने अजय का पैसों वाला बैग छीना और पैसे गिने। पूरे दो लाख थे। याक़ूब ने अजय को कहा कि अब वापस ज़िन्दा जाना है तो चुपचाप बैठ जा। शोर मचाएगा तो यहीं किसी मैदान में सुबह लाश मिलेगी।

अगले आधे घंटे तक अजय सिंह को गाड़ी में इधर-उधर घुमाते रहे और हाईवे के क़रीब जाकर उसे गाड़ी से बाहर निकालने वाले ही थे कि सामने से पुलिस की जीप आती दिखी। याक़ूब ने हड़बड़ाकर गाड़ी की गति बढ़ाई लेकिन जीप रास्ता रोक खड़ी हो गई। उसके साथियों ने अजय को गर्दन से पकड़कर नीचे झुकाया। याक़ूब ने गाड़ी पीछे करनी चाही लेकिन पीछे भी तीन मोटरसाइकिल पर छह पुलिस वाले आ चुके थे।

याक़ूब के पास गाड़ी से उतरने के अलावा कोई उपाय नहीं था। उसने अपने साथियों से पूछा–"उतरें?"

साथी ने जवाब दिया–"इस अजय के चाकू रख के उतरते हैं, क्या पता निकल ही जाएँ..."

तभी अजय बोल उठा–"पुलिस आ गई क्या?"

उसकी बात सुन सभी चौंके और बोले–"तुझे कैसे मालूम?"

अजय ने झुके-झुके अपनी पतलून ऊपर उठाई और जूतों से थोड़ा ऊपर बाँधी हुई पिस्तौल को निकालकर याक़ूब के साथी के पेट पर सटा दिया और फिर से कहा–"हाथ और कपड़ा हटा, चाकू पीछे कर।"

याक़ूब के साथी कुछ करते उससे पहले बन्दूकें ताने पुलिस वाले गाड़ी घेर चुके थे। उन्हें समझ आ गया कि उनका शिकार उन्हें ही शिकार बना चुका है। औने-पौने दाम में गाड़ी बेचने का विज्ञापन देकर लोगों को बुलाना और लूटना इधर के गैंगों की आमदनी के प्रमुख स्रोतों में से एक है। कई साल पहले ये काम अख़बारों में विज्ञापन देकर होता था और आजकल ऑनलाइन वेबसाइट पर विज्ञापन देकर होता है।

अगले दिन अख़बारों की ख़बर थी–पुलिस ने जाल बिछाकर पकड़ा कार से लूटने वाला गैंग। गाड़ी दिखाकर लूटने वाला सबसे प्रमुख गैंग याक़ूब का था। उसकी निशानदेही पर उसके गैंग के बाक़ी लोगों को भी पकड़ा गया।

याक़ूब की गिरफ़्तारी से इलाक़े के बाक़ी गैंग सतर्क हुए मगर पुलिस से ज़्यादा दिन नहीं बच पाए। कुछ मुठभेड़ में मरे, कुछ गिरफ़्तार कर लिए गए। पुलिस बहुत तेज़ी से हज़ारा और उससे जुड़े इलाक़े में अपराधियों के ख़िलाफ़ जुट गई थी। उनकी नज़र अब शराब तस्करी और अवैध हथियारों के धंधे पर थी।

शाहिद हुसैन हैरान था। बीस साल बाद पहली बार उसके इलाक़े में उसी के लोगों पर पुलिस ने कार्रवाई की और उसे पता नहीं चला।

"ये आकाशवाणी का हजारा केन्द्र है। याक़ूब गैंग को पकड़ने वाले अधिकारी अजय सिंह को हजारा थाने का एसएचओ बना दिया गया है। नए एसएचओ ने इलाक़े से अपराध को लगभग ख़त्म कर दिया है। पुलिस ने ये सब कार्रवाई युवा नेता राघवेन्द्र शर्मा के दबाव में की है। राघवेन्द्र शर्मा अब युवाओं के लिए 'अपराध नहीं रोज़गार' अभियान चला रहे हैं। समाचार समाप्त हुए।" चंगेज़ ख़ान फिर से हुक्का गुड़गुड़ाने लगा।

"इस बार सारे आदेश सीधे जयपुर से आए हैं। अपने सारे गैंग पकड़े गए या मारे गए। अजय सिंह के यहाँ तैनात होने से पुलिस से भी अपना तालमेल बिगड़ गया है और अब..." शाहिद का आदमी शाहिद को ख़बर दे रहा था।

"और अब?" शाहिद ने पूछा।

"राघवेन्द्र के 'अपराध नहीं रोज़गार' अभियान को भी अच्छा समर्थन मिल रहा है।"

"अपराध नहीं रोज़गार...हा हा हा" शाहिद हुसैन ज़ोर-ज़ोर से हँसा। "यहाँ का आदमी अपराध नहीं करेगा तो खाएगा क्या? यहाँ अपराध ही रोज़गार है।"

"सुन रहे हैं यहाँ के लोगों की आमदनी बढ़ाने के लिए राघवेन्द्र सरकार से कुछ योजना की बात कर रहा है।"

"सरकारी योजनाओं से लोगों की आमदनी बढ़ाएगा..." शाहिद ने ज़ोर से ठहाका मारा और कहा–"सरकारी योजना आम आदमी की आमदनी बढ़ाने के लिए नहीं होती। नज़र रखो इस राघवेन्द्र पर। ज़्यादा दिक़्क़त दिखे तो पता है क्या करना है..."

"अभी जो थोड़ा-बहुत बचा है हमें उसे एक-दो महीने रोक देना चाहिए।" आदमी ने सलाह दी।

"हाँ, बिलकुल रोको। विधायक हूँ मैं यहाँ का। मेरा भी तो फ़र्ज़ बनता है अपराध मिटाने में पुलिस का सहयोग करने का।" शाहिद और उसका सहयोगी दोनों ज़ोर से हँस पड़े। "वैसे रोज़गार के लिए सरकारी योजना के अलावा और क्या कर रहा है राघवेन्द्र?" शाहिद ने पूछा।

"हमारे समर्थक ढूँढ़ रहा है हर महकमे में।"

चुनाव हारने के बाद राघवेन्द्र ने महसूस किया था कि शाहिद को स्थानीय पुलिस और मीडिया से ज़बरदस्त समर्थन मिला था। पुलिस अब हाथ में थी। अधिकारियों को अलिखित आदेश था कि राघवेन्द्र के आदेश पर काम करना है लेकिन स्थानीय मीडिया अब भी ख़बरों में शाहिद का नाम नहीं ले रही थीं। स्थानीय स्तर पर अख़बार वाले स्ट्रिंगर रखते हैं जिनका ख़र्चा वहाँ के नेता, व्यापारी, अधिकारियों से ही चलता है। राघवेन्द्र ने जयपुर के मीडिया में अपने सम्पर्क घुमाए, ब्यूरो चीफ़ बदल दिया गया। ब्यूरो चीफ़ ने स्ट्रिंगरों के सुर बदल दिए। अब स्थानीय ख़बरों में धीरे-धीरे शाहिद गुंडा और राघवेन्द्र हीरो बताया जाने लगा।

हज़ारा के आसपास का इलाक़ा बड़े इंडस्ट्रियल हब के रूप में उभर रहा

था। जापानी कम्पनियाँ, रियल एस्टेट बिज़नेस, होटल इत्यादि खुलने शुरू हो गए थे। अपराध नहीं रोज़गार आन्दोलन के तहत राघवेन्द्र ने सरकार पर दबाव बनाना शुरू किया कि आसपास के सभी इंडस्ट्रियल एरिया में आने वाली कम्पनियों में एक निश्चित प्रतिशत तक स्थानीय युवाओं को रोज़गार देने की शर्त रखी जाए। राघवेन्द्र की इस मुहिम का लाभ उस कम पढ़े-लिखे तबके को मिलना था जो शाहिद का वोटर था।

राघवेन्द्र जानता था कि सरकार यह काम पहले ही कर चुकी है लेकिन जनता को कहाँ याद। श्याम जोशी से बयान दिलवाकर उसने इसे ऐसे भुनाया जैसे ये सब उसी का किया हुआ हो। चमन यादव और उसके लड़कों ने पूरे इलाक़े में होर्डिंग-पोस्टर लगाकर राघवेन्द्र को हीरो बनाना शुरू कर दिया।

राघवेन्द्र की तैयारियों से अब शाहिद ही नहीं बल्कि इलाक़े के सांसद और अगल-बगल के इलाक़ों के विधायक भी परेशान थे क्योंकि राघवेन्द्र की चर्चा सिर्फ़ हज़ारा नहीं बल्कि पूरे इलाक़े में हो रही थी। सबको लग रहा था कि राघवेन्द्र उसकी सीट से लड़ सकता है। इस घबराहट में जल्दी ही इलाक़े का हर नेता अपने क्षेत्र का दौरा करने लगा। राघवेन्द्र ने इन दौरों को अपने बढ़ते प्रभाव का सूचक माना। अब उसे अगली लम्बी छलाँग के लिए एक बड़े मौक़े का इन्तज़ार था।

♟

अगस्त, 2001

"अबे अमित, चमन की भी गर्लफ्रेंड बन गई, तू ही रह गया।" राघवेन्द्र ने अमित को छेड़ते हुए चमन पर निशाना लगाया।

"मेरी कौन-सी गरलफ्रेंड बन गी भेसाब जो मुझे ही नहीं पता।"

"वही जिसे आज बाइक पर रेस्टोरेंट ले गया था। कौन है?"

"अरे नहीं-नहीं..." चमन यादव हँसने लगा और बोला–"वो माधवी है। कॉलेज की लड़कियों में खूब चला करे है उसकी। मेरे छात्रसंघ चुनाव प्रचार के लिए मान गी तो लड़कियों के वोट मिल जांगे। और तो और गुज्जर भी है।"

"उसे अपने साथ महासचिव पद के लिए खड़ा कर दे। हर जगह उसके साथ प्रचार करना। लड़कियों के वोट तो आएँगे ही, तेरे साथ घूमेगी तो लड़के

भी लड़की देखने के चक्कर में तेरे भाषण सुनने को रुक जाएँगे। तेरा माहौल और ज़बरदस्त हो जाएगा।"

"उसका बाप तो चुनाव प्रचार करने दे वही बहुत, चुनाव ना लड़ने देगा।"

"मैं बात करके देखूँ?"

"आप बात करोगे...धक्के मार के निकालेगा भेसाब आपको। आपकी वजह से उनका डेंटल कॉलेज का प्रोजेक्ट अटक गया।"

"मेरी वजह से?" राघवेन्द्र को समझ नहीं आया कि जिससे आज तक मिला नहीं उसका प्रोजेक्ट उसकी वजह से कैसे अटका पड़ा है।

"और क्या...माधवी गंगाराम गुज्जर की छोरी है।"

"वो जी.जी. पब्लिक स्कूल और जी.जी. इंजीनियरिंग कॉलेज वाला?" राघवेन्द्र ने पूछा।

"हाँ वोई...उसके कागजों में गड़बड़ है। होती तो हमेशा ही है लेकिन पहले शाहिद काम करवा दिया करे था। अब आपकी वजह से शाहिद की कोई सुन ही ना रहा।"

'ओह! तो ये उस गंगाराम गुज्जर की बेटी है...' राघवेन्द्र ने सोचा कि श्याम जोशी से कहकर यदि गंगाराम गुज्जर का कॉलेज खुलवा दे तो एक तीर से दो नहीं तीन शिकार हो जाएँगे। पहला–इलाक़े के प्रभावशाली लोगों में पैठ करने का रास्ता खुलना और अपने चुनाव के लिए फंड का इन्तज़ाम करना। दूसरा–शाहिद हुसैन के सबसे बड़े फाइनेंसर को उससे छीनकर उसे और कमज़ोर करना। तीसरा–माधवी को अपने प्रभाव में लेकर इलाक़े की महिला वोटरों को पक्ष में करना।"

राघवेन्द्र ने चमन से कहा–"मेरी मुलाक़ात करवा दे गंगाराम गुज्जर से। उसका डेंटल कॉलेज खुल जाएगा।"

तीन मुलाक़ातें और दो बार राजधानी के चक्कर लगाने के बाद स्थानीय अख़बार में ख़बर छपी कि जी.जी. एजुकेशनल ट्रस्ट को नेशनल हाईवे 8 पर डेंटल कॉलेज खोलने की अनुमति मिली।

इसी अनुमति के मिलने के साथ गंगाराम गुज्जर ने माधवी को चुनाव लड़ने की न सिर्फ़ इजाज़त दी बल्कि प्रचार के लिए गाड़ियाँ भी उपलब्ध करवा दी। राघवेन्द्र ने गाड़ियाँ इस्तेमाल करने से मना कर दिया। राघवेन्द्र का कहना था कि चमन और माधवी आम छात्रों की तरह ही चुनाव लड़ेंगे। उसने दोनों से कहा–"चुनाव लड़ने के लिए कॉलेज में विद्यार्थियों से एक-एक रुपए का चन्दा

माँगो। उनको बोलो कि तुम दोनों उनके लिए चुनाव लड़ रहे हो और इसके लिए न घर से पैसा लोगे न ही किसी ऐसे आदमी से जो तुम्हारा इस्तेमाल ग़लत कामों के लिए करे। उन्हें समझाओ कि बाक़ी के प्रत्याशी शहर के अपराधियों और गुंडों से पैसे लेकर चुनाव लड़ते हैं। जो भी तुम्हें एक रुपया देगा वो तुमसे इमोशनली जुड़ जाएगा। उसे लगेगा कि उसने तुम पर निवेश किया है। उसके द्वारा तुम्हें वोट देने की सम्भावना बढ़ जाएगी।"

राघवेन्द्र ने गंगाराम से कहा–"आपकी गाड़ियाँ आज ले जाएँगे तो इनमें और बाक़ियों में फ़र्क़ नहीं रहेगा, लेकिन जिस दिन वोटिंग होगी उस दिन लड़कियों को उनके घर से कॉलेज तक लाने में हम आपकी गाड़ियाँ इस्तेमाल करेंगे।" माधवी और गंगाराम गुज्जर दोनों ही राघवेन्द्र के इस प्लान के कायल हो गए।

प्रचार शुरू हुआ। राघवेन्द्र चमन और माधवी का नामांकन भरवाने गया और पहले दिन उन दोनों का प्रचार भी कॉलेज में किया। राघवेन्द्र के आने से लड़कों को चमन एक मज़बूत नेता के रूप में दिखने लगा। छात्रसंघ का परिणाम पक्ष में आया। यह जीत चमन और माधवी से ज़्यादा राघवेन्द्र की थी। उसने इलाक़े में अपनी ताक़त दिखाई, कॉलेज से नए कार्यकर्ता खड़े किए और गंगाराम गुज्जर जैसा फाइनेंसर भी मिल गया।

जहाँ इस जीत से राघवेन्द्र, चमन और गंगाराम गुज्जर ख़ुश थे शाहिद हुसैन के माथे पर चिन्ता की लकीरें और गहरी उभर आई थीं।

"बेटी की जीत की बधाई हो।" शाहिद ने गंगाराम गुज्जर को बधाई दी।

"हो हो हो हो हो...लो मिठाई खाओ।" गंगाराम गुज्जर ने सेंटा क्लॉज़ की तरह हँसते हुए मिठाई बढ़ा दी।

मिठाई हाथ में लेते हुए शाहिद ने ताना मारा–"तो हुज़ूर भी उस पंडित के साथ मिल गए।"

शाहिद हुसैन अपने गैंग पकड़े जाने या धंधे रुक जाने से उतना चिन्तित नहीं था जितना गंगाराम के राघवेन्द्र से मिल जाने से हुआ। वह जानता था कि आज नहीं तो कल उसके सब धंधे फिर से शुरू हो जाएँगे लेकिन गंगाराम गुज्जर का राघवेन्द्र के साथ होना शाहिद के लिए राजनैतिक तौर पर चिन्ता का

विषय था। शाहिद गुज्जर वोटों से ही जीतता रहा था। गंगाराम गुज्जर के राघवेन्द्र के साथ मिल जाने से न सिर्फ़ गुज्जर वोट खिसक सकते थे बल्कि इलाक़े के और बड़े व्यवसायी भी पाला बदल सकते थे।

"मिल गया मतलब?" शाहिद की बात में छुपे ताने को गंगाराम गुज्जर ने सुन लिया था। "बिजनेसमैन हूँ भाई, धंधा करना है। काम के आदमी से तो मिलकर ही रहूँगा ना?"

"राघवेन्द्र को तुम्हारे बिज़नेस से कोई मतलब नहीं। उसको तो सिर्फ़ गुज्जरों के वोट चाहिए।"

"वो तो तुम्हें भी चाहिए...तुम भी तो इसीलिए मुझसे दोस्ती रखते हो। है कि नहीं?" गंगाराम गुज्जर को पहले शाहिद की ज़्यादा ज़रूरत थी किन्तु अब उसके पास दूसरा विकल्प भी था। उसने अपने तेवर कड़े करते हुए शाहिद को कहा–"देख शाहिद, न मैं गुज्जर जानता न पंडित। मैं व्यापारी हूँ। तुमने कहा सुभाष रास्ते का काँटा है, उसे हटा दिया फिर भी मेरा काम तो नहीं हुआ। तुम्हारी पार्टी सत्ता में भी नहीं है।"

"कल थी, आज नहीं है, कल फिर आएगी। तब क्या करोगे? वैसे भी हज़ारा से पंडित तो जीतने से रहा।"

गंगाराम गुज्जर ने इधर राघवेन्द्र की पहुँच देखी थी। राघवेन्द्र नया होने के बावजूद शाहिद से ज़्यादा काम का था, फिर भी राजनीति में किसी को शत्रु बनाना ठीक नहीं। राघवेन्द्र के हारने और शाहिद की पार्टी के दुबारा सत्ता में आने की स्थिति की कल्पना करके गंगाराम कुछ नर्म पड़ा और बोला–"शाहिद, मुझे अपने काम से मतलब है, उसके जीतने-हारने से नहीं। वो मुख्यमंत्री का ख़ास है और काम करवा सकता है। उसके साथ काम करने का ये मतलब नहीं कि मैं तुमसे अलग हो रहा हूँ। तुम मेरे पुराने दोस्त हो। तुम्हें भी इलेक्शन फंड मेरी तरफ़ से मिलता रहेगा। चिन्ता मत करो।" कहते हुए गंगाराम गुज्जर हँस दिया।

हँसी ग़लत समय पर आ जाए तो महाभारत करा देती है। गंगाराम न हँसना चाहता था न हँसने की कोई वजह थी मगर शाहिद को यह हँसी अपना मज़ाक़ उड़ाती लगी। वह उठकर खड़ा हुआ और गंगाराम को नमस्ते करते हुए बोला–"चिन्ता में आप न पड़ें हुज़ूर। आप सब राघवेन्द्र को दे दें क्योंकि शाहिद हुसैन को जब जिससे जो चाहिए वो निकाल ही लेता है।"

2

15 अक्टूबर, 2001, सुबह 11 बजे

घंटी बजी लेकिन हिन्दी वाले मास्टर जी पढ़ाते ही जा रहे थे। आगे से तीसरी बेंच पर बैठे दोनों लड़के बेचैन होने लगे। एक ने टोका–"माटसाब घंटी बज गी।" मास्टर साहब ने उस लड़के को घूरा और बच्चों को होमवर्क लिखाने लगे। अगले पीरियड के मास्टर भी कक्षा के दरवाज़े पर आ खड़े हुए। उन्हें देख दोनों लड़के निराश हो गए। हिन्दी वाले मास्टर साहब ने किताब बन्द की और कक्षा के दरवाज़े पर खड़े विज्ञान के मास्टर से कुछ बात करने लगे।

दोनों लड़कों की आँखें चमकीं। वे सीट से उठे और कक्षा के दरवाज़े के पीछे खड़े हो गए। बात ख़त्म होने पर हिन्दी वाले आगे बढ़े और विज्ञान वाले कक्षा में घुसे। जैसे ही विज्ञान वाले मास्टर कक्षा में घुसे, दोनों लड़के तेज़ी से दरवाज़े के पीछे से निकलकर बाहर भाग गए। साइंस के मास्टर जी ने टेबल पर किताब रखी और बच्चों को पाठ संख्या 6 खोलने को कहा।

पन्द्रह-सोलह साल के दोनों लड़के स्कूल की दीवार के साथ लगे नीम के पेड़ के सहारे दीवार पर चढ़े। कुछ क़दम दीवार पर चलकर बाहर की तरफ़ रखी सीमेंट की पानी की टंकी पर कूदे और हो गए स्कूल के बाहर। दोनों का स्कूल से निकलने और घुसने का यही रास्ता था। बाहर निकल दोनों ने एक-दूसरे को हाई फाइव दिया। एक ने दूसरे से कहा–"परसों से नवरात्रे चालू हो रहे हैं इसलिए आज और कल अपन सिर्फ चिकन दबाएँगे।" दूसरा हँसा और बोला, "चल।"

दोनों ने चलना शुरू भी नहीं किया था कि पानी की टंकी से थोड़ा पीछे खड़ी एक मारुति वैन धीरे-धीरे आगे बढ़ी। अगले दिन के अख़बार में ख़बर छपी–'जी.जी. एजुकेशन ट्रस्ट के मालिक गंगाराम गुज्जर के बेटे का स्कूल के बाहर से अपहरण। एक करोड़ की फिरौती माँगी।'

इतनी बड़ी फिरौती की रकम सुनकर पूरे शहर में हल्ला मच गया। पुलिस को कोई सुराग नहीं मिला। ऐसे मामले में नम्बर प्लेट नकली ही होती है। इंस्पेक्टर अजय सिंह ने चारों ओर अपने लोग फैला रखे थे। घटना के चौथे दिन पुलिस को वह वैन हाईवे पर लावारिस मिली। गाड़ी में एक सन्देश था–'यह गाड़ी पुलिस ने नहीं ढूँढ़ी, हमने ख़ुद भेजी है। बच्चे को भी पुलिस नहीं ढूँढ़ पाएगी।

एक करोड़ का इन्तज़ाम रखो।' गाड़ी के चेसिस नम्बर की छानबीन से पता चला कि यह गाड़ी शाहिद हुसैन की ट्रांसपोर्ट कम्पनी के नाम पर रजिस्टर्ड है।

अपहरण में इस्तेमाल हुई गाड़ी शाहिद हुसैन की होने की ख़बर आग की तरह फैल गई। मामला गरमाना शुरू हो गया। राघवेन्द्र थाने के बाहर धरने पर बैठ गया। राघवेन्द्र के भाई अमित शर्मा ने इस ख़बर को सुनते ही भीड़ के साथ शाहिद के ट्रांसपोर्ट दफ़्तर पर हमला कर दिया। वहाँ कर्मचारियों को पीटा गया, खड़ी गाड़ियाँ तोड़ दी गईं। दफ़्तर में आग लगाने की भी कोशिश हुई।

न्यूटन कह गए हैं–फ़ॉर एवरी एक्शन, देयर इज़ एन इक्वल एंड अपोजिट रिएक्शन। शाहिद के दफ़्तर पर हमले की ख़बर फैलने के साथ ही उसके समुदाय के लोग इकट्ठे होने लगे। एजाज़ समर्थकों के साथ अमित को जवाब देने निकल पड़ा। तनावपूर्ण स्थिति देखते हुए एसपी ने तुरन्त अमित और एजाज़ दोनों को हिरासत में ले लिया। दोनों की गिरफ़्तारी ने मामला सँभालने की जगह बिगाड़ दिया और हज़ारा दो हिस्सों में बँटता हुआ नज़र आने लगा। थाने के बाहर दोनों पक्षों के लोगों की भीड़ जमा होनी शुरू हो गई।

पुलिस की सारी ताक़त अपहरणकर्ताओं को ढूँढ़ने की जगह सम्भावित दंगे को रोकने में लग गई। एसपी ने स्थिति सँभालने के लिए गंगाराम गुज्जर और शाहिद हुसैन से मदद माँगी। शाहिद ने पहले एजाज़ को छोड़ने की शर्त रखी। एजाज़ के ख़िलाफ़ कोई मामला भी नहीं बनता था इसलिए उसे तुरन्त छोड़ दिया गया लेकिन अमित अभी भी गिरफ़्तार था। एजाज़ को छोड़ने से राघवेन्द्र भड़क उठा लेकिन उसे गंगाराम गुज्जर ने सँभाल लिया। गंगाराम गुज्जर ने अपने पक्ष के लोगों से हाथ जोड़कर विनती की–"मेरा बच्चा अभी भी उनके कब्जे में है। यह समय हमारे लड़ने का नहीं बल्कि बच्चे को ढूँढ़ने का है। अगर आपको कुछ भी खबर मिले तो पुलिस को बताएँ। अभी आप लोग वापस अपने घर चले जाएँ ताकि पुलिस बच्चे को ढूँढ़ने में लगे।"

शाहिद ने कुछ कहने की जगह अपने लोगों को सिर्फ़ हाथ के इशारे से हटने को कहा। भीड़ जब छँट गई तो शाहिद हुसैन और गंगाराम गुज्जर एसपी के सामने बैठे। एसपी के बग़ैर कुछ पूछे शाहिद हुसैन ने अपनी गाड़ी चोरी की रिपोर्ट कॉपी एसपी को देते हुए कहा–"कर क्या रहे हैं आप लोग? विधायक की गाड़ी दस दिन पहले चोरी हो गई लेकिन आप खोज नहीं पाए। उसी चोरी की गाड़ी को अपहरणकर्ता इसी इलाक़े में दिन-दहाड़े अपहरण में इस्तेमाल करते हैं और आप लोगों को इसका भी नहीं पता। चलिए बच्चे के बहाने ही

सही मेरी गाड़ी तो वापस मिली।" कहकर शाहिद वैसे ही हँसा जैसे उस दिन गंगाराम हँसा था। "और तो कुछ नहीं पूछना ना आपको?" शाहिद एसपी का जवाब सुने बिना उठा और गंगाराम गुज्जर के कंधे पर हाथ रखकर बोला–"मेरा दफ़्तर जलवाकर अच्छा नहीं किया तूने। ये भी तेरे खाते में लिख रहा हूँ।" शाहिद हुसैन तेज़ी से कमरे से निकल गया।

"यही मुझे धमकाकर गया था एसपी साहब कि जब चाहूँगा, जितना चाहूँगा, निकाल लूँगा।" गंगाराम गुज्जर ने काफ़ी दुखी मन से एसपी से कहा।

"सिर्फ़ इतना बोलने के आधार पर मैं एक विधायक को नहीं पकड़ सकता। गाड़ी की चोरी की रिपोर्ट भी दर्ज है। कोई आधार नहीं है। अगर ज़बरदस्ती की तो दंगे हो सकते हैं लेकिन इसका ये मतलब नहीं कि हमने शाहिद हुसैन को छोड़ दिया है। उस पर हमारी पूरी नज़र है। आप घर जाइए, हम बच्चे को ढूँढ़ते हैं।"

राघवेन्द्र गंगाराम गुज्जर के घर पहुँचा और ग़ुस्से में बोला–"पुलिस से नहीं होगा, हमें ख़ुद ही कुछ करना होगा इस शाहिद का..."

"पहले लड़के को वापस लाना ज़रूरी है..." गंगाराम की आँखें भर आईं। "मेरे से दुश्मनी थी, जो करना था मेरे साथ करता...बच्चे को क्यों ले गया... खुद को दोस्त कहता था मेरा।" गंगाराम गुज्जर ऐसी परिस्थिति में था जहाँ वह ख़ुद नहीं समझ पा रहा था कि वह व्यथित ज़्यादा है या क्रोधित।

गंगाराम गुज्जर ने फिरौती की रकम दे दी। फिरौती की रकम मिलने के दो दिन बाद एक बोरे में गंगाराम गुज्जर के बेटे की लाश उसी स्कूल के बाहर मिली जहाँ से उसे किडनैप किया गया था।

"इंडियन रीडरशिप सर्वे में हम लोग सूर्योदय समाचार से आगे हैं। ग्रामीण और शहरी इलाक़ों में हमारी पहुँच ज़्यादा है फिर भी केन्द्र में बैठी आपकी पार्टी विज्ञापनों में हमसे भेदभाव कर रही है। क्या नाराज़गी हो गई हमसे?"

"आप तो सम्पादकीय प्रमुख थे, विज्ञापन प्रमुख कब बने?" राज्य में विपक्ष के नेता सचिन माथुर ने मरुधर समाचार के सम्पादक से पूछा।

"यहाँ मेरी नौकरी पर बनी हुई है और आप मज़ाक़ कर रहे हैं। जब इन सेल्स वालों का टारगेट पूरा नहीं होता तो अपनी चमड़ी बचाने के लिए सारा इल्ज़ाम सम्पादक पर डाल देते हैं।"

"ये भी तो हो सकता है सम्पादक ही ज़िम्मेदार हो उनके टारगेट पूरे न होने का?" सचिन माथुर ने पूछा।

"मैं?" सम्पादक सहानुभूति चाहते थे लेकिन सचिन माथुर का ऐसा कोई इरादा नहीं था।

हर अख़बार की कमाई का एक बड़ा हिस्सा सरकारी विज्ञापनों से आता है। कोई भी टेंडर, पब्लिक नोटिस सरकार को तीन बड़े अख़बारों में नियमानुसार देना ही होता है लेकिन सरकार उस विज्ञापन का साइज़ तय कर सकती है। अगर विज्ञापन ब्रांडिंग के हों जैसे कोई मंत्रालय अपनी उपलब्धि बताए तो ये उसकी मर्ज़ी है कि वह कहाँ विज्ञापन देगा। कुछ महीनों से केन्द्र सरकार राजस्थान में दिए जाने वाले विज्ञापनों में मरुधर समाचार की जगह उसके प्रतिद्वंद्वी को तरजीह दे रहा था। लोकसभा चुनाव 2003 में होने थे। केन्द्र सरकार विज्ञापनों पर अच्छा-ख़ासा ख़र्च कर रही थी। मरुधर समाचार के सेल्स हेड के प्रोजेक्शन के हिसाब से इस साल उनके सरकारी विज्ञापन का 35 प्रतिशत टारगेट केन्द्र सरकार के विज्ञापन से पूरा होना था। उन्हें यह इशारा मिला कि राज्य में पार्टी के नेता सचिन माथुर अख़बार की सम्पादकीय नीति से नाराज़ हैं इसलिए मरुधर समाचार को सिर्फ़ उतने ही विज्ञापन मिल रहे हैं जितने नियमानुसार आवश्यक हैं।

"जो अख़बार जनता की आवाज़ न उठाए उसे हमारी सरकार क्यों विज्ञापन दे।"

"जनता की आवाज़ उठाना तो विपक्ष का काम है। हमारा काम तो ख़बरें देना है। कहीं आप ये तो नहीं कह रहे कि हम आपकी आवाज़ नहीं उठा रहे।" सम्पादक ने इशारा समझकर तंज़ मारा।

"हमारी आवाज़ क्या जनता की आवाज़ नहीं है सम्पादक महोदय? केन्द्र में हमारी सरकार की कोशिश है कि समाज के सभी वर्ग बराबरी से रहें और भेदभाव करने वालों को सज़ा मिले। आप बताइए क्या हमारे राज्य में कहीं भी ऐसा है? पिछले महीने दो दलित लड़कों को शादी में घोड़ी पर चढ़ने पर मारा गया। एक दलित महिला को गाँव में नंगा घुमाया गया। क्या उन्हें सवर्णों की तरह जीने का हक़ नहीं है? ये तो मैं सिर्फ़ पिछले महीने की बात बता रहा हूँ, आप पिछले एक साल के आँकड़े उठाकर देखिए। दलितों पर अत्याचार के कितने मामले दर्ज हैं...उन मामलों में क्या कार्यवाही हुई? कुछ नहीं...होगी भी क्यों? राज्य का मुख्यमंत्री एक घमंडी ब्राह्मण है। उनकी पार्टी के नेता कौन हैं–ठाकुर, ब्राह्मण, बनिया...उनकी पार्टी में दलित चेहरे देखे आपने?"

"आपकी पार्टी में टॉप पर कितने दलित चेहरे हैं माथुर साहब? आपने कितने दलित नेताओं को ऊपर उठने दिया अपनी पार्टी में? आपकी पार्टी के सबसे ज़्यादा मुखर होने वाले नेता ब्राह्मण, जाट और ठाकुर हैं। आप ख़ुद कायस्थ हैं। दलितों के समर्थन में कही जाने वाली अपनी ख़ुद की ही बातों को आप नेता अगर आचरण में ले आएँ तो भविष्य में हमें ऐसी चर्चा करने की ज़रूरत नहीं पड़ेगी। आप लोग वही हैं जो बात जातिवाद के ख़िलाफ़ करते हैं लेकिन वोट अपनी जाति के नाम पर माँगते हैं।"

"आप तो सत्ता पक्ष के नेता की तरह बात कर रहे हैं सम्पादक जी और यही मेरी शिकायत है। आप उनके लोगों को ऊपर उठा रहे हैं। जोशी जी के चेले राघवेन्द्र ने हमारी पार्टी के विधायक शाहिद हुसैन के दफ़्तर में आग लगवा दी और आपका अख़बार उसके बारे में ऐसे लिखता है जैसे हज़ारा गोथम सिटी हो और राघवेन्द्र शर्मा उस गोथम का बैटमैन। शाहिद मुसलमान है इसलिए आप उसे विलेन बना देते हैं।"

"शाहिद उस इलाक़े का माफ़िया भी है माथुर साहब..."

"चलिए शाहिद को छोड़िए, बाक़ी भी बहुत मुद्दे हैं जहाँ श्याम जोशी असफल रहे हैं। सरकार के साथ होना पड़ता है पर देखिए सूर्योदय समाचार को, कितना अच्छा बैलेंस किया है। थोड़ा आप भी बैलेंस करिए तभी केन्द्र सरकार के विज्ञापन बैलेंस होंगे। ऐसा न हो कि आप एक तरफ़ झुके रहें और अगली बार हमारी सरकार बनने पर आपको तकलीफ़ हो। अगले एक साल में केन्द्र सरकार राजस्थान में करोड़ों के विज्ञापन देगी, इसीलिए आपके अख़बार के मालिक ने आपको भेजा है। अगले हफ़्ते दिल्ली जा रहा हूँ। जनता की आवाज़ उठाने के लिए एक हफ़्ता कम नहीं होता। श्याम जोशी के ख़िलाफ़ लिखेंगे तो सिर्फ़ हम नहीं उनकी पार्टी के नेता भी आपसे ख़ुश रहेंगे।"

"मैं अपने बॉस तक आपकी बात पहुँचा दूँगा। बाक़ी उनकी मर्ज़ी।" सम्पादक नमस्ते करते हुए उठे।

सचिन माथुर भी उठते हुए बोले–"ग़लत मत समझिएगा सम्पादक जी। मैं आप पर दबाव नहीं डाल रहा। मैं सिर्फ़ चाहता हूँ कि आप ईमानदारी से सरकार के कार्यों का आकलन करें। बाक़ी जनता तय करेगी। दलितों वाला विषय मेरे लिए महत्त्वपूर्ण है। उन्हें न्याय दिलाने में मेरी मदद करिए। हमारे लिए समाज में सबका उत्थान महत्त्वपूर्ण है ना कि अपना प्रचार।"

रविवार को अख़बार के मालिक सम्पादकीय लिखा करते थे जो बहुत पढ़ा

जाता था। उस दिन उनके सम्पादकीय का शीर्षक व्यंग्यात्मक था–"जनता के लिए मुख्यमंत्री ज़्यादा काम के या आलू?"

उसी रविवार को मरुधर समाचार के पहले पेज पर केन्द्र सरकार का एक फुल पेज विज्ञापन था जिसमें प्रधानमंत्री, पार्टी के राष्ट्रीय अध्यक्ष और सचिन माथुर की मुस्कुराती तस्वीर थी।

♟

1 मार्च, 2002

"ये आकाशवाणी का हज़ारा केन्द्र है। गुजरात के गोधरा में 28 फरवरी को एक रेल बोगी में आग लगने के बाद पूरे गुजरात में साम्प्रदायिक दंगे हो गए हैं। इस दंगे का राजनैतिक प्रभाव पूरे देश में दिख रहा है। देश भर में ध्रुवीकरण शुरू हो चुका है। समाचार समाप्त हुए।" चंगेज़ ने हुक्का फिर मुँह में लगा लिया।

"हजारा में का होएगो चंगेज?"

"गुजरात को असर दिखेगो...गंगाराम के छोरा के मरबे के बाद ते शाहिद फिर ते मुसलमान दिखबे लग गो है। पंडत अब गुज्जरन ने हिन्दू बनायगो।" चंगेज़ इतना कहकर चुप हो गया।

♞

अप्रैल, 2002

शाहिद हुसैन भले ही मुसीबत में था लेकिन राघवेन्द्र भी किसी अच्छी स्थिति में नहीं था। उसके गॉडफादर श्याम जोशी पर दलितों पर अत्याचार के अलावा अन्य कई मामलों में विपक्ष के साथ-साथ मीडिया के हमले काफ़ी तेज़ हो गए थे। उनके हाथ से चीज़ें फिसल रही थीं। चुनाव आयोग ने मई में चुनाव की तारीख़ घोषित कर दी। इसी दौरान श्याम जोशी को दिल का दौरा पड़ा। मौक़े का फ़ायदा उठाकर पार्टी के अन्य नेता श्याम जोशी और उनके लोगों को किनारे लगाने लगे जिनमें राघवेन्द्र भी एक था। पार्टी हज़ारा से जिन नामों पर विचार कर रही थी उसमें राघवेन्द्र का नाम नहीं था। वहाँ के समीकरण और पिछले चुनाव के परिणाम के आधार पर राघवेन्द्र को खेल से बाहर कर दिया गया।

इतनी तैयारी के बाद अब राघवेन्द्र यूँ मैदान छोड़ने को तैयार नहीं था।

उसने काफ़ी मंथन के बाद श्याम जोशी से अस्पताल में मुलाक़ात की और निवेदन किया–"मेरे लिए बस एक काम कर दीजिए। हज़ारा से टिकट किसी दलित को दिलवा दीजिए, यादव या गुज्जर को नहीं।"

"उससे क्या होगा? दलित तो सिर्फ़ 15 प्रतिशत हैं वहाँ पर। सवर्ण के 20 प्रतिशत वोट होने पर तू नहीं जीता तो दलित कैसे जीतेगा?"

"पार्टी कौन-सा जिताने के लिए प्रत्याशी ढूँढ़ रही है? पार्टी जिस भी यादव या गुज्जर को टिकट देगी वो क्या शाहिद के आगे टिकेगा? जब हारने वाला ही चाहिए तो ऐसा लड़ाइए जो हमारे काम तो आए। आपको मनुवादी, ब्राह्मणवादी कह रहे हैं सब। पार्टी को दलित विरोधी घोषित कर दिया है। आप हज़ारा से एक दलित को टिकट दिलाने के लिए अड़ जाइए। आप कहिए, हम दलित समाज को सिर्फ़ रिजर्व सीट पर नहीं, बल्कि वहाँ भी प्रतिनिधित्व देंगे जहाँ उनकी संख्या कम है। इसी तरीक़े से दलितों को पार्टी की मुख्यधारा में ला पाएँगे। हम एक सीट हारेंगे लेकिन पार्टी को बाक़ी सीटों पर दलित वोटों का फ़ायदा होगा। आपके इस विचार को मीडिया में लीक भी कर देते हैं। एक बार आपने दलित कार्ड खेल दिया, तो जो बोला वो दलित विरोधी कहलाएगा।"

राघवेन्द्र श्याम जोशी को उतना ही प्रिय था जितना द्रोणाचार्य को अर्जुन। श्याम जोशी का स्वास्थ्य उन्हें ज़्यादा सक्रिय रहने की इजाज़त नहीं देता था इसलिए उन्होंने अपने वीटो पावर का इस्तेमाल सिर्फ़ तीन सीटों पर किया जिसमें एक सीट हज़ारा थी। यहाँ से पार्टी ने एक दलित प्रत्याशी को टिकट दिया।

दलित प्रत्याशी अचानक मिले इस टिकट से अभिभूत था। जोशी जी ने प्रत्याशी के माथे पर हाथ रखते हुए कहा–"डरना नहीं किसी से। जमकर लड़ो।" प्रत्याशी ने आदर से सिर झुकाया।

हज़ारा पहुँचने पर प्रत्याशी का स्वागत गंगाराम गुज्जर ने उसके हाथों में नोटों के बंडल रखते हुए किया और कहा–"तुम एक बड़ी रैली के साथ नामांकन भरो। शाहिद परसों नामांकन भरेगा। तुम भी उसी समय भरने जाना। शाहिद के सामने मज़बूत दिखने के लिए शक्ति प्रदर्शन आवश्यक है।

शाहिद मानकर चल रहा था कि पार्टी राघवेन्द्र को नहीं तो किसी यादव को टिकट देगी। उसके गुज्जर वोट भी इस बार खिसकने ही थे। ऐसी स्थिति में वह मुसलमानों के अलावा दलितों के वोट पर निर्भर था। दलितों ने पिछले बीस सालों में उसे छोड़ किसी और को वोट नहीं दिया था, मगर अब दलित को ही टिकट मिल जाने से परिस्थितियाँ बदल गईं। हालाँकि उसके लिए ये उम्मीद

की किरण थी कि मैदान में कोई गुज्जर या यादव नहीं है, राघवेन्द्र भी नहीं है।

नामांकन भरने शाहिद और दलित प्रत्याशी एक साथ पहुँचे। इस दौरान दोनों के समर्थकों के बीच बिना किसी ख़ास कारण के झड़प हो गई। यह झड़प नियोजित थी या आकस्मिक इस पर विद्वानों में मतभेद है लेकिन अन्तिम सत्य यह ज़रूर था कि दलित प्रत्याशी को काफ़ी चोटें आईं।

"चुनाव से पहले दलितों की आवाज़ उठाने वाली पार्टी के प्रत्याशी शाहिद हुसैन अपने सामने एक दलित को चुनाव में नहीं देख सकते। अब तक हम शाहिद के घर के लोग थे पर आज चुनाव लड़ने उतरा हूँ तो मुझ पर हमला हुआ है। इसलिए भाइयों आप जात-पाँत छोड़कर मुझ ग़रीब का समर्थन करें।" दलित प्रत्याशी ने हिन्दू समाज के लोगों से अपील की।

राघवेन्द्र जो अब तक चुप बैठा था उसने नामांकन के आख़िरी दिन अपने समर्थकों के साथ एक बड़ी रैली निकाली और निर्दलीय प्रत्याशी के रूप में नामांकन भर दिया। राघवेन्द्र ने भाषण देते हुए कहा–"पिछले डेढ़ साल से हज़ारा के लोगों के लिए लड़ रहा हूँ। हार गया तब भी यहीं था आपके बीच, अपराध मिटाया, रोज़गार दिलाया। आज फिर से एक गुंडे को जीतते हुए नहीं देख सकता इसलिए मैदान में आपके भरोसे उतर गया हूँ।"

गंगाराम गुज्जर ने भी राघवेन्द्र के पक्ष में भावुक अपील की। उसके बेटे की हत्या के बाद नाराज़ गुज्जर वोटरों ने अपील सुनी। यादव पहले ही शाहिद के ख़िलाफ़ थे। हज़ारा से दलित प्रत्याशी को टिकट दिलाकर राघवेन्द्र ने शाहिद हुसैन का एक और वोट बैंक काट दिया था। दलित प्रत्याशी पर हुए हमले ने यह पक्का कर दिया था कि शाहिद दलित वोट बैंक में किसी भी तरह सेंध न लगा पाएगा।

क्या अब भी आपको यह बताने की ज़रूरत है कि चुनाव कौन जीता? हज़ारा सीट पर इतिहास रचा गया।

♝♝

कोर्ट में माधवी और राघवेन्द्र बैठे थे। अपहरण मामले में शाहिद पर उँगली तो उठी लेकिन पुलिस ने ठोस सबूत न होने के कारण कार्यवाही नहीं की थी। माधवी ने सन्देह के आधार पर शाहिद के ख़िलाफ़ मुक़दमा किया था। कोर्ट ने भी शाहिद के पक्ष में ही फ़ैसला सुनाया। माधवी कोर्ट में ही फूट-फूट कर रोने लगी।

गंगाराम के बेटे की मौत के बाद से राघवेन्द्र उसका सहारा बना। गंगाराम जब सब कुछ छोड़ बैठा था तब उसने गंगाराम के व्यवसाय को न सिर्फ़ सँभाला बल्कि बड़े अधिकारी, विधायक और मंत्रियों को पार्टनर बनाकर उनके इलाक़े में भी स्कूल-कॉलेज खोले। शिक्षा का धंधा ऐसा धंधा है जिसमें कमाई और इज़्ज़त दोनों है। तमाम प्रभावशाली लोग उसके पार्टनर बने, कुछ सामने से, कुछ पर्दे के पीछे से। मुख्यमंत्री सचिन माथुर भी अब इस बिज़नेस में पार्टनर थे।

माधवी ने जब कोर्ट जाने का फ़ैसला लिया तो गंगाराम की स्थिति देखते हुए उसे कुछ नहीं बताया गया। गंगाराम अब सदमे से बाहर निकल रहा था, तब कोर्ट का फ़ैसला शाहिद के पक्ष में था। राघवेन्द्र गंगाराम को इस फ़ैसले के बारे में बताकर वापस निराशा की स्थिति में नहीं धकेलना चाहता था। वह माधवी को उसके घर छोड़ने की जगह अपने घर ले आया और बोला–"तुम थोड़ी सँभल जाओ, फिर घर चलेंगे।"

"क्या सँभलूँ मैं? जब गुंडों को ऐसे ही छूटना है तो कोर्ट, पुलिस है ही क्यों?"

"चिन्ता मत करो। शाहिद की पार्टी के लोग अब हमारे पार्टनर बन रहे हैं। उसकी पार्टी में ही उसकी जड़ें खोदनी शुरू कर दी है मैंने।"

"उससे मेरा भाई वापस आ जाएगा क्या? शाहिद को सज़ा मिल जाएगी क्या?" कहते हुए माधवी एक बार फिर रोने लगी।

राघवेन्द्र उसके क़रीब जाकर उसे बाँहों में लेकर सांत्वना देने लगा। रोती हुई माधवी ने उसके कंधे पर सिर रख दिया। राघवेन्द्र की गर्दन को माधवी की गर्म साँसें छूने लगीं। राघवेन्द्र ने माधवी की पीठ को सहलाते हुए उसके आँसू में भीगे गालों को चूम लिया।

शाम को राघवेन्द्र माधवी को घर छोड़ने के बाद गंगाराम के साथ बैठा था। गंगाराम ने उसे कहा–"शाहिद कह रहा है अपने लोग बढ़ाओ, गाँवों से मुसलमानों को लाकर हज़ारा में बसाओ। अगले चुनाव में अपने बेटे एजाज़ को लड़ाएगा मुबारकपुर से।"

"मारने दीजिए हाथ-पाँव। मुसलमान बढ़ेंगे तो हमारे लोग ख़ुद-ब-ख़ुद इकट्ठे होते जाएँगे। अगले चुनाव तक इसकी पार्टी में भी इसका साथ देने वाला कोई नहीं होगा।"

"पार्टी साथ हो न हो, इलाक़े में अभी भी शाहिद का प्रभाव है। कल को कोई गुज्जर या यादव खड़ा हो गया तो तुम्हारा नुक़सान होगा। 2 प्रतिशत वोट इधर-उधर होते ही..."

"हमें इस इलाक़े की राजनीति पर पूरा क़ब्ज़ा करना पड़ेगा। यहाँ के विधायकों को लगना चाहिए कि उन्हें जीतने के लिए हमारे आशीर्वाद की ज़रूरत है। आसपास की जितनी पंचायतें हैं, उनमें हमारे अपने आदमी होने चाहिए। जिन्हें हरा नहीं सकते उन्हें अपनी तरफ़ मिलाते हैं और जहाँ हरा सकते हैं वहाँ नए लोगों को तैयार करते हैं। एक बार यह हो गया तो हमें 2 प्रतिशत वोटों के बारे में नहीं सोचना होगा। मुबारकपुर सीट से भी एजाज़ के ख़िलाफ़ कोई हमारा होना चाहिए।"

गंगाराम प्रभावित होते हुए बोला–"कोई है नज़र में?"

"चमन लड़ना चाहता है लेकिन एजाज़ को टक्कर नहीं दे पाएगा। विधायक के लिए एजाज़ के सामने माधवी होगी। छात्र नेता रही है। आगे की राजनीति में जाने लायक़ सभी गुण हैं उसमें। चमन को सरपंच लड़ा देंगे।"

"माधवी...अरे कॉलेज का चुनाव अलग बात है और..." गंगाराम ने राघवेन्द्र की बात ख़ारिज करते हुए कहा।

"माधवी तो लड़ना चाहती है।"

"बच्ची है, उसे क्या पता ये सब। उससे नहीं हो पाएगी यह राजनीति। शादी करनी है अब उसकी। आगे उसका पति सोचेगा क्या करना है उसे...ना ना, माधवी नहीं है इस सबमें।" गंगाराम ने चर्चा को ख़त्म करने की ग़रज़ से बेरुख़ी के साथ कहा।

"अगर उसका पति..." राघवेन्द्र बोलता-बोलता चुप होकर नीचे देखने लगा फिर झटके से सिर उठाकर बड़ी तेज़ी से बोला–"अगर उसका पति मैं बन जाऊँ तो?"

गंगाराम गुज्जर के चेहरे के सारे रंग उड़ गए। वह राघवेन्द्र को जवाब देने के लिए शब्द खोजने लगा। राघवेन्द्र को एहसास था कि गंगाराम गुज्जर जो कहेगा उसका जवाब ज़रूरी नहीं कि उसके पास हो इसलिए उसने गंगाराम को सँभलने का मौक़ा नहीं दिया और कहा–"माधवी और मैं एक-दूसरे को पसन्द करते हैं। अपने भाई की मौत के बाद वह काफ़ी टूटी हुई थी। आप भी सहारा देने को नहीं थे। इसी दौरान हम लोग क़रीब आ गए। हम दोनों का...अब मैं कैसे कहूँ आपसे, आप पिता हैं उसके और मेरे भी बड़े।" राघवेन्द्र फिर से चुप हो गया।

गंगाराम गुज्जर के कान खड़े हो गए। अब तक आराम से बैठे गंगाराम का शरीर रक्षात्मक मुद्रा में तन गया। उसे महसूस हुआ कि राघवेन्द्र कुछ ऐसा कहने वाला है जो वह सुनने को तैयार नहीं है और ऐसा ही हुआ। राघवेन्द्र ने

गंगाराम की आँखों में देखा और कहा–"हम दोनों लोग जवान हैं। एक-दूसरे के क़रीब आ चुके हैं। आप समझ रहे हैं ना मैं क्या कह रहा हूँ।"

जवान और क़रीब होने का आशय गंगाराम समझ गया। उसका तना हुआ शरीर ढीला पड़ गया। राघवेन्द्र के चेहरे से नज़र हटाकर वह शून्य में देखने लगा। राघवेन्द्र जानता था कि अगर अभी गंगाराम को नहीं मनाया तो आगे मनाना मुश्किल होगा। उसने गंगाराम की स्थिति की परवाह किए बग़ैर कहना शुरू किया–"मैं माधवी से शादी करना चाहता हूँ। अगर आप भी उसके लिए कोई लड़का ढूँढ़ेंगे तो मुझसे बेहतर होगा क्या? मैं विधायक हूँ, जल्दी मंत्री भी बनूँगा। आपके परिवार की सुरक्षा कर सकता हूँ। आपके बिज़नेस को देखिए कहाँ तक ला चुका हूँ। मुझमें सिर्फ़ एक कमी है कि मैं आपकी जाति का नहीं हूँ। मैं जाति में यक़ीन नहीं करता, आपको भी नहीं करना चाहिए। हम हिन्दू हैं यही काफ़ी है मेरे लिए। लेकिन इन सबसे ज़रूरी बात है कि हम दोनों एक-दूसरे के काफ़ी क़रीब आ चुके हैं इसलिए मान जाइए।" राघवेन्द्र ने क़रीब आ चुके हैं पर काफ़ी ज़ोर दिया।

गंगाराम गुज्जर ने कोई जवाब नहीं दिया और वैसे ही एक तरफ़ देखता रहा। राघवेन्द्र उठा और पैर छूते हुए बोला–"आप पंडित से बात करेंगे तारीख़ की या मैं करूँ ये बता दीजिएगा। अभी चलता हूँ।"

राघवेन्द्र के जाने के बाद गंगाराम गुज्जर काफ़ी देर तक यूँ ही बैठे रहे। माधवी ने देखा और आकर पूछा–"खाना नहीं खाया आपने?"

"तुम राघवेन्द्र को पसन्द करती हो? उससे शादी करना चाहती हो?" गंगाराम गुज्जर ने एकदम सपाट तरीक़े से सवाल दाग़ दिया। माधवी ऐसे किसी प्रश्न के लिए तैयार ही नहीं थी। यह सवाल उसके ऊपर एक बम गिरने जैसा था। उसे पता ही नहीं था कि कुछ घंटे पहले यहाँ क्या हुआ।

"जी..." माधवी चौंकी..."वो...नहीं...ऐसा नहीं...वो मैं..." वह इस सवाल का सही जवाब ढूँढ़ रही थी कि गंगाराम ने उस पर एक और बम गिराया–"अगर तुम सोच रही हो कि मुझे कुछ नहीं पता तो तुम ग़लत हो। राघवेन्द्र ने मुझे सब कुछ बता दिया। मुझे बस इतना पूछना है कि क्या वाकई तुम दोनों के बीच वो सब हुआ जो वह कह के गया है?"

माधवी का मुँह खुला का खुला रह गया। उसे समझ नहीं आ रहा था कि इस सवाल का जवाब अपने पिता को कैसे दे। वह शर्म से गड़ी जा रही थी। पिता का क्रोध और दुख मिश्रित चेहरा देख जो थोड़ा-बहुत बोलने की उसकी

हिम्मत थी वो जाती रही। उसने सिर झुका लिया और रोने लगी।

"ठीक है जवाब मिल गया मुझे। माँ की कमी पूरी नहीं कर सकता... लेकिन बाप तो हूँ तुम्हारा, कोई दुश्मन नहीं। ख़ुद कह देती मुझे, यूँ शर्मिंदा तो न होना पड़ता।" गंगाराम माधवी के जवाब का इन्तज़ार किए बिना अपने कमरे में गए और दरवाज़ा बन्द कर लिया।

2003 में राघवेन्द्र गुज्जर समाज का दामाद बन चुका था जिसका फल उसने 2007 के विधानसभा चुनाव में भी खाया। राघवेन्द्र इस बार सिर्फ़ विधायक नहीं था, मंत्री भी बन चुका था।

♝

2006, राघवेन्द्र के मंत्री बनने से एक साल पहले

"शाहिद फिर से हथियारों और शराब का धंधा शुरू करने की जुगत में लगा है। अपने पुराने पहचान के अधिकारियों से मिल रहा है। मेरे एसपी से भी मिलकर गया।" हज़ारा थाने के एसएचओ अजय सिंह ने अपने मित्र राघवेन्द्र से कहा।

"और अधिकारी क्या कहते हैं?"

"कमाई को कौन न कहता है। वैसे भी आपके जीतने के बाद सबकी कमाई कम हुई है। अधिकारी लोग कह रहे हैं कि राघवेन्द्र बस धर्म-धर्म कर रहा है कर्म कुछ नहीं।"

राघवेन्द्र हँसा और बोला–"सही कहते हैं। हमें भी अब कमाना चाहिए और उन्हें भी कमाने देना चाहिए। एक साल बाद फिर चुनाव है। इससे पहले कि शाहिद उठे, हमें शराब और हथियार का धंधा अपने हाथ में लेना है। हज़ारा से दिल्ली, हरियाणा, उत्तर प्रदेश बार्डर पास में हैं। माल भी आसानी से आएगा-जाएगा और पुलिस पकड़े उससे पहले बार्डर पार।"

अजय बोला–"लेकिन मैं सोच रहा हूँ कि अगर क्राइम बढ़ा तो जनता भी तो..."

"क्राइम होगा तभी तो जनता इस सिस्टम पर निर्भर रहेगी। निडर जनता एक नेता के लिए बहुत ख़तरनाक होती है। अजय, मुझे भरोसे के कुछ आदमी दो जो ये धंधा सँभाल सकें।"

"हैं कुछ लोग मेरी नज़र में जो धंधा जानते हैं। दो दिन अन्दर करता हूँ उन्हें, उसके बाद आप सँभालो।" अजय ने कहा।

तीन दिन बाद

"यार अमित भाई, तुम्हारा नाम ठीक है, एकदम छोटा सा। राघवेंदर भेसाब का नाम बोलने में तो जबान ऐंठ जाती है।" चमन अमित के साथ बैठा चुहल कर रहा था।

"मेरे माँ-बाप की भी ज़बान ऐंठ जाती थी इसलिए उन्होंने मेरा छोटा नाम रखके ग़लती सुधार ली। ये अलग बात है कि वो बाद में मुझे ही ग़लती मानने लगे।" अमित ने ठहाके मारते हुए कहा।

दोनों की हँसी-मज़ाक़ के बीच दो आदमी आए–"अजय सिंह ने भेजा है।"

"नाम?"

"सतबीर सिंह...ये मेरा बड़ा भाई रामफूल सिंह।"

अमित ने दोनों भाइयों को ऊपर से नीचे तक देखा। सतबीर भी अमित की तरह ही लम्बा लेकिन उससे बलिष्ठ शरीर वाला था। उसके चेहरे से काइयाँपन और धूर्तता टपक रही थी। शरीर के हाव-भाव उसकी अकड़ और घमंड दोनों दर्शा रहे थे। फ़िल्मों में विलेन के ठीक पीछे खड़े उसके गैंग के किसी गुंडे की शक्ल याद कर लीजिए जो बस हमला करने के आदेश का ही इन्तज़ार कर रहा हो, बिलकुल वैसा था सतबीर। वहीं रामफूल अपने भाई के एकदम उलट थोड़ा पतले क़द-काठी का था। चेहरा कुछ मलिन, लेकिन आँखें शान्त थीं। क़रीब 35-40 साल का रामफूल उस धंधे के लायक़ लगता ही नहीं था जिसके लिए उसे बुलाया था। वो देखकर ही ऐसा घरेलू आदमी लगता था जो नौकरी के बाद शाम को घर जाते समय मंडी से थैले में सब्ज़ियाँ ले जाता होगा और रविवार को बनियान पहन खाट पर लेटा टीवी देखता होगा।

अमित ने एक पिस्तौल सतबीर के हाथ में रखी। सतबीर ने पिस्तौल देखी और कहा–"9 एमएम...पुलिस और आर्मी इस्तेमाल करे है। पब्लिक के लिए नहीं है लेकिन डिमांड है गैंगस्टर लोगों में। सबसे ज़्यादा 0.32 और 0.315 कैलिबर बिके है।

"क्यों?"

"क्योंकि गोलियाँ मिल जाए हैं दोनों की आराम से।"

"माल कहाँ से आएगा, कहाँ बिकेगा?"

"माल बहुत जगह से आए है और बहुत जगह जाए है। लोकल भी बने है। सबसे ज्यादा दिल्ली एनसीआर में बिके है।"

"ख़रीदता कौन है इतना माल?"

"छोटे-मोटे गुंडे, प्रॉपर्टी वाले, फार्महाउस के मालिक, नए-नए रईस बने लोग..."

"जो हथियार लेगा वो कांड भी करेगा। पकड़ा भी जाएगा। अपन भी पकड़े जाएँगे?"

"ना...ग्राहक को कभी सीधा नहीं बेचना। डिस्ट्रीब्यूटर हैं, आगे उनके सब-डिस्ट्रीब्यूटर हैं। सारो सिस्टम ऐसो है कि कोई किसी का पूरा ठिकाना नहीं जानता। हम तक पहुँचने से पहले ही पुलिस का टारगेट पूरा हो जाए है। अगर पुलिस इस चेन में एक सीमा से आगे बढ़े है तो सब जगह घंटी बजन लागे है और पुलिस ने वहीं रुकनो पड़ जाए है। अब पुलिस की घंटी आपने ही बजानी है।"

"शाहिद का आदमी था ना तू...फिर हमारे पास क्यों आया है?" चमन ने पूछा। स्थानीय होने के नाते उसे इन लोगों को परखने का काम मिला था।

"शाहिद के पास अपने खास आदमी हैं। मैं जित्तो भी करूँ, भरोसा तो तब भी अपने आदमीयन पर ही करे है। अपने आदमीयन ने हमसे ज़्यादा पैसा भी दे है। उन्हें मिले रुपैया, हमें मिले अठन्नी..."

"कितना चाहिए?"

"धंधे का प्रतिशत 25 प्रतिशत। मैं जानूँ हूँ धंधे ने, सब डिस्ट्रीब्यूटरन ने..."

दोनों पार्टियों में कुछ देर हील-हुज्जत के बाद सतबीर सिंह को 20 प्रतिशत का हिस्सा देना तय हुआ।

अमित ने कहा–"धंधे का चेहरा तुम रहोगे। सप्लायर से माल ख़रीदने का पैसा मैं दूँगा। आगे माल बेचना, वसूली करना ये सब तुझे करना होगा। कोई लड़का पकड़ा गया तो मामला वहीं ख़त्म होना चाहिए। हममें से किसी का नाम नहीं। कर पाएगा?"

"सब हो जाएगो। ऐसे लड़कन ने रखूँगो, कि मर जाएगो पर मुँह न खोलेगो।"

"और तेरा ये भाई क्या करेगा?" अमित ने रामफूल की ओर इशारा करते हुए कहा।

सतबीर ने रामफूल के कंधे पर हाथ रखते हुए कहा–"हिसाब-किताब रखेगा। थोड़ो डरपोक है लेकिन हिसाब-किताब को एकदम पक्का। बाहर डिस्ट्रीब्यूटर सँभालन को काम मेरो। बाक़ी लड़कन को, रुपए-पैसन को रामफूल सँभालेगो।"

अमित ने कुछ देर सोचा और कहा–"रामफूल तेरे साथ नहीं मेरे साथ

काम करेगा। ये हमारे शोरूम में अकाउंटेंट की नौकरी करेगा, और पीछे इस धंधे का हिसाब-किताब रखेगा। आज के बाद तू मेरे से सीधे नहीं मिलेगा। हम दोनों के बीच सारी बात रामफूल के ज़रिए होगी।"

सतबीर सहमत हो गया और कहा–"थोड़ा-बहुत हथियार तो हम अपने घर में गाड़कर छुपा दिया करे हैं पर अब तो माल बढ़ेगो...जगह चाहिए। इन्तजाम करवा दो।"

कुछ ही समय में शाहिद का हथियारों का धंधा भी अब राघवेन्द्र के क़ब्ज़े में था। सतबीर ने अपना दबदबा बना लिया और रामफूल अपनी ईमानदारी और सरल स्वभाव से अमित का चहेता बन गया था। राघवेन्द्र की कमाई बढ़ने लगी। हिस्सा हज़ारा से लेकर जयपुर तक सबको मिल रहा था। शाहिद कमज़ोर पड़ गया।

2007 के विधानसभा चुनाव में फिर से राघवेन्द्र ने शाहिद को हराया और माधवी भी मुबारकपुर से एजाज़ को हराकर निर्दलीय विधायक बन चुकी थी।

सचिन माथुर की पार्टी की सीटें इस बार भी ज़्यादा थीं लेकिन बहुमत में तीन कम थे। उनके बिज़नेस पार्टनर और निर्दलीय विधायक राघवेन्द्र और उसकी पत्नी माधवी के समर्थन से सचिन माथुर फिर से मुख्यमंत्री बने और बदले में राघवेन्द्र राज्य का सबसे युवा मंत्री।

मंत्री बनने के बाद राघवेन्द्र की कमाई के कई और रास्ते खुल गए। उसने नए दोस्त बनाए, स्कूल के धंधे में इन दोस्तों को पार्टनर बनाया और राज्य के सबसे ताक़तवर मंत्रियों में गिना जाने लगा। 2003 में जिस राघवेन्द्र के लिए राजनीति का सबसे तेज़ उभरता सितारा लिखा गया था वह अब राज्य की राजनीति में स्थापित होकर चमक रहा था।

22 मार्च, 2016

"बॉस बुला रहे हैं..." मयूर ने सुनकर एक्सटेंशन का रिसीवर रखा। एक मिनट बाद मयूर ने राहुल बंसल के केबिन का दरवाज़ा ठकठकाया और अन्दर चला गया। 11 × 12 के उस केबिन में सामने राहुल बैठा था राहुल ने एक नज़र ऊपर उठाई, मयूर को बैठने का इशारा किया और वापस अपने काम में लग गया। अर्क टाइम्स के सम्पादक वहाँ पहले से बैठे हुए थे। मयूर ने अभिवादन

किया और बैठते हुए आँखों के इशारे से पूछा कि क्या बात है? सम्पादक ने भी आँखों के इशारे से ही बता दिया कि ऐसा कुछ गम्भीर नहीं, बस रूटीन का काम है। दफ़्तरों में काम करते-करते सभी कर्मचारी ये कुशलता भी हासिल कर ही लेते हैं कि सिर्फ़ आँख के इशारे से बॉस का मूड और मीटिंग एजेंडा की गम्भीरता समझ लें।

राहुल का केबिन जितना बड़ा था उस साइज़ में तो आजकल बिल्डर एक बेडरूम बना देते हैं। राहुल की टेबल पर एक 24 इंच का कम्प्यूटर स्क्रीन रखा था। राहुल को लैपटॉप पर पढ़ना ज़्यादा पसन्द नहीं था इसलिए बड़ी स्क्रीन को लैपटॉप से जोड़ देता। टेबल पर एक तरफ़ अर्क न्यूज़ ग्रुप के सभी अख़बारों के सभी एडिशनों की एक-एक प्रति रखी हुई थी। राहुल की टेबल के दाईं तरफ़ एक बुक रैक थी जिसमें ब्रांड मैनेजमेंट की कुछ किताबें, कुछ जीवनियाँ और अर्क टाइम्स द्वारा छापी हुई कॉफ़ीटेबल बुक थीं। उनमें से एक कॉफ़ीटेबल बुक का प्रोजेक्ट मयूर ने भी तैयार किया था जिसका उद्देश्य उन लोगों से पैसा निकलवाना था जो विज्ञापन नहीं देते। राहुल के पीछे एक और छोटी टेबल थी जिस पर उसकी पोर्टेबल कॉफ़ी मशीन रखी हुई थी। राहुल सिर्फ़ ब्लैक कॉफ़ी पीता था। मयूर को अब तक यह समझ नहीं आया कि ब्लैक कॉफ़ी पीने से आदमी डायरेक्टर बनता है या डायरेक्टर बनने के बाद ब्लैक कॉफ़ी पीना एक प्रोटोकॉल होता है।

राहुल बंसल ने काग़ज़ पढ़े, कुछ रिमार्क डाला, साइन करने के बाद उन्हें साइड में रखा और टेबल पर दोनों हाथ रख आगे झुककर मयूर को कहा–"पॉपुलर मैन, बड़ी डिमांड में हो आजकल।"

"कौन ढूँढ़ रहा है? सरकार या विपक्ष?" मयूर का नया प्रोजेक्ट जनतान्यूज़.कॉम सात दिन पहले लाइव हो गया था। पहले ही हफ़्ते मयूर ने एक ख़बर सरकार के एक प्रोजेक्ट की बखिया उधेड़ते हुए छापी तो दूसरी ख़बर में विपक्षी पार्टी की राज्यों में बनी सरकारों में बढ़े महिला अपराधों पर रिपोर्ट की थी।

"सरकार, पर यहाँ की नहीं राजस्थान की। मुख्यमंत्री अचला सिंह तुम्हें इंटरव्यू देना चाहती हैं।" राहुल ने एक मेल का प्रिंटआउट उसके सामने रख दिया।

"फिर पेपर वेस्ट..." मयूर ने राहुल को टोका। अगर कोई ईमेल बड़ा हो या महत्त्वपूर्ण हो तो राहुल उसका प्रिंट निकालकर पढ़ता था। मयूर उसे हमेशा इसके लिए टोकता और राहुल हमेशा आँख मिचकाकर कहता–"अच्छा सॉरी,

आगे देख।" मयूर ने मेल पढ़ा, उसमें विशेष रूप से उसका नाम लिखा था।

राहुल ने मयूर को कहा–"अचला सिंह राजस्थान में निवेश के लिए कॉरपोरेट को टारगेट कर रही है और इसके लिए हमारे अख़बार में इंटरव्यू देने से बेहतर पब्लिसिटी और क्या होगी! तुम जो इंटरव्यू लोगे वही दो दिन बाद अर्क टाइम्स में भी छपेगा।"

"अर्क बिज़नेस ठीक है पर अर्क टाइम्स में हम उसे मुफ़्त में इतनी जगह क्यों दे रहे हैं? हमारी ऑडियंस को राजस्थान की सीएम के इंटरव्यू से क्या मिलेगा?"

"मुफ़्त में तो मैं किसी को गाली नहीं देता एंड यू थिंक आई विल गिव हर 6 कॉलम स्पेस, दैट टू इन अर्क टाइम्स?" राहुल ने अपने चश्में का लेंस साफ़ करते हुए कहा।

"सो व्हाट वी आर गेटिंग आउट ऑफ़ इट?"

"हमें अगले एक महीने में चार फुल पेज ऐड अर्क बिज़नेस में और दो अर्क टाइम्स में मिलेंगे और वह भी कार्ड रेट पर। शर्त ये है कि इंटरव्यू के अलावा हमें राजस्थान के बारे में कुछ सक्सेसफुल बिज़नेस स्टोरीज़ भी करनी हैं। ये स्टोरीज़ ऐसी करनी हैं जिससे निवेशक राजस्थान की ओर देखे और मुख्यमंत्री की इंडस्ट्री फ्रेंडली छवि बने। विन विन फॉर ऑल।"

"ऑसम...लेकिन क्या ऐसा हो सकता है कि इंटरव्यू लेने ये चले जाएँ। ये बड़े सम्पादक हैं।" मयूर ने अर्क टाइम्स के सम्पादक की ओर इशारा करते हुए कहा। राहुल ने जवाब देने की जगह मयूर को सिर्फ़ घूरा। मयूर ने पूछा–"कब जाना है?"

27 मार्च, 2016

मयूर जयपुर जाने के लिए इंडिया गेट के पंडारा रोड पर स्थित बीकानेर हाउस पर आ चुका था। यहीं से जयपुर की वॉल्वो बस जाती थी। साल 2000 में जयपुर छोड़ने के बाद मयूर कभी वापस नहीं गया, तब भी नहीं जब घरवाले जयपुर छोड़कर उसके बड़े भाई शेखर के साथ दुबई शिफ़्ट हो रहे थे।

बचपन में किताबों में चार मौसम के बारे में पढ़ा था लेकिन दिल्ली में ऐसा लगता है कि दो ही मौसम होते हैं–सर्दी और गर्मी। बस में बैठते ही ए.सी. की

हवा के साथ मयूर को अहसास हुआ कि बाहर गर्मी काफ़ी थी। दिल्ली मार्च के महीने में ही तपने लगी थी। वक़्त और सुविधाएँ इनसान को कितना बदल देती हैं, मयूर को याद आया कि एक ऐसा भी समय था जब वह मई-जून की भरी दुपहरी में भी सड़क पर प्रदर्शन करने बैठ जाता और अब मार्च के महीने में शाम के वक़्त भी 15 मिनट बाहर खड़े होना भारी लगता है। बस एम्स, धौला कुआँ होते हुए गुड़गाँव की तरफ़ निकल पड़ी। दिल्ली-गुड़गाँव का ट्रैफ़िक देखते-देखते ही मयूर को थकान महसूस होने लगी और गुड़गाँव पार करने से पहले ही उसे झपकी आ गई।

राजस्थान कॉलेज के सामने मयूर भारद्वाज ज़िन्दाबाद के नारे लगाते लड़के घूम रहे थे, लूना पर जा रही श्रुति ने मयूर को देखकर हाथ हिलाया। तभी गांधी नगर थाने की पुलिस लड़कों को भगाने के लिए डंडा भाँजने लगी। मयूर भागता हुआ 'जनता स्टोर' पहुँच गया। उसे भागकर आता देख दुकान के बाहर बैठे एक लड़के ने उसे आवाज़ लगाई। मयूर उसके पास गया तो देखा दुष्यन्त बैठा है और पूछ रहा है–"इतने साल कहाँ मर गया था साले? पता है कब से तेरा इन्तज़ार कर रहा हूँ यहाँ बैठे हुए..."

फिर से सपने में दुष्यन्त...मयूर की नींद खुल गई। एसी के बावजूद उसके माथे पर पसीने की कुछ बूँदें थीं। उसने खिड़की से बाहर देखा, बस जयपुर से सिर्फ़ 50 किमी. दूर रह गई थी। मयूर को ऐसी नींद आई कि मिडवे पर बस रुकने पर भी उसकी आँख नहीं खुली थी लेकिन एक सपने ने उसकी नींद उड़ा दी। मयूर ने सीट पॉकेट में खोंसी पानी की बोतल निकाली और पानी पीकर जयपुर पहुँचने का इन्तज़ार करने लगा।

जयपुर बस स्टैंड पर सरकारी नम्बर प्लेट वाली एक मारुति सिआज़ उसे लेने आई थी। मयूर सर्किट हाउस पहुँचकर सोने ही जा रहा था कि उसके फ़ोन पर मानव सिंह का मैसेज फ़्लैश हुआ–"मयूर सा, जयपुर में स्वागत है। सुबह का नाश्ता मेरे साथ करें।"

मयूर समझ नहीं पाया कि उसके आने की ख़बर मानव को कैसे हुई। वह पूछकर बातचीत को बढ़ाना नहीं चाहता था इसलिए जवाब दिया–"मैं व्यस्त हूँ और यहाँ काम से आया हूँ।"

"मुख्यमंत्री तो 11.30 बजे आपसे मिलेंगी। नाश्ता मेरे साथ करें।"

"अच्छा, आपको पता है मैं यहाँ क्यों आया हूँ..."

"हुकुम, आपको क्या मालूम कि इस नाचीज़ ने आपको यहाँ बुलाने के

लिए क्या-क्या जतन किए हैं...मैडम के कान में डलवाया कि ऐसा बिज़नेस इंटरव्यू चुनाव से पहले करना चाहिए। मैडम इंटरव्यू सिर्फ़ आपको ही दें यह समझाने के लिए दो आदमी अलग से लगे। यह सब जाने दीजिए, आपको इतना विज्ञापन भी दिलवाया कम-से-कम उसी नाते आ जाइए।"

सच में ये सब मानव का रचा प्रपंच है या फेंक रहा है? मयूर ने मन में सोचा और जवाब भेजा–"बुलशिट।"

मानव ने फिर निवेदन भरा जवाब भेजा–"इतने कठोर न बनिए। एक बार मिल लीजिए मयूर सा। आपको लेने गाड़ी 9 बजे पहुँच जाएगी।"

मयूर ने मैसेज का जवाब नहीं दिया और सो गया।

जून, 2012

"...संगठन में शक्ति है। सचिन माथुर की सरकार निकम्मी थी फिर भी दस साल शासन करती रही क्योंकि हमारी पार्टी की कार्यकर्ता इकट्ठे नहीं थीं। अब आप सब इकट्ठी हुईं तो हमने उनको सत्ता से बाहर फेंकी। आप सब कार्यकर्ताओं को बहुत बधाई। मैं आज जयपुर आए हैं, विधायकों से मिलेंगे और कल मुख्यमंत्री का नाम घोषित करेंगे। जय कार्यकर्ता, जय राजस्थान।" पार्टी के राष्ट्रीय अध्यक्ष नारायण नाम्बियार उर्फ़ नाना ने हाथ जोड़कर भाषण समाप्त किया।

केरल निवासी होने के बावजूद नारायण नाम्बियार की हिन्दी बहुत अच्छी थी लेकिन कभी-कभी उनसे लिंग सम्बन्धी ग़लतियाँ हो जाती थीं, ख़ासकर तब जब जल्दी-जल्दी बोलें या ग़ुस्सा होने लगें। पार्टी कार्यकर्ताओं ने नाम्बियार के जोशीले भाषण में लिंग सम्बन्धी ग़लतियों को दरकिनार करते हुए ख़ूब ज़ोर से तालियाँ बजाईं। ये अलग बात है कि भाषण के बाद कार्यकर्ताओं और नेताओं में फुसफुसाहट थी कि विधायकों की बैठक तो नाटक है। अचला सिंह का नाम पहले से मुख्यमंत्री पद के लिए तय है। कुछ नेताओं के लिए यह ख़ुशख़बरी थी तो मानव के लिए वज्रपात। मानव नारायण नाम्बियार से मिलकर अपना विरोध प्रकट करने पहुँचा।

"अगर विधायकों के ही समर्थन की बात है ना हुकुम तो इतने ही विधायक मेरे भी समर्थन में हैं। फिर अचला मुख्यमंत्री क्यों?"

आसमानी रंग की नेहरू जैकेट, हल्की दाढ़ी, डोलचे एंड गब्बाना का चश्मा पहने थोड़े स्थूल शरीर वाले नारायण नाम्बियार ने अपने आधे गंजे सिर पर हाथ फिराया और कहा–"अभी तय कहाँ हुआ है? आप लोगों से मिलकर राय ले रहे हैं अभी हम। मेरा आपसे इतना ही निवेदन है कि जो फ़ैसला हो उसे स्वीकार करिएगा।"

पार्टी की विचारधारा को बहुत सख़्ती से मानने वाले नारायण नाम्बियार की छवि एक सख़्त, कठोर और दृढ़निश्चयी व्यक्ति की थी। सभी कार्यकर्ताओं, अधिकारियों, विरोधियों से अपने निवेदन (आदेश) को येन-केन-प्रकारेण मनवाने के लिए मशहूर नारायण नाम्बियार के लिए पार्टी में हँसी-मज़ाक़ में कहा जाता था कि नाना बाहुबली में होते तो कहते–"मेरा निवेदन ही मेरा आदेश है।"

"मेरे नाम पर विचार नहीं कर रहे नाना, कोई बात नहीं, मगर आप कल अचला के नाम की घोषणा नहीं कर सकते..." मानव सिंह ने नारायण नाम्बियार से ग़ुस्से में कहा।

"आप मुझे बताएगी कि मैं क्या कर सकती, क्या नहीं कर सकती? आप मुझे बताएगी कि मुख्यमंत्री मैं किसे बनाएगी?" लिंग में होने वाली ग़लती इस बात की द्योतक थी कि नाना यानी नारायण नाम्बियार को अब ग़ुस्सा आ चुका है। पार्टी के हर कार्यकर्ता की तरह मानव भी जानता था कि इसके बाद चुप हो जाना है क्योंकि अगर नाना किसी पर चिल्लाया तो उसका खेल ख़त्म।

बीस विधायकों के समर्थन के साथ नाम्बियार पर दबाव बनाने आया मानव ख़ुद दबाव में आ गया। उसने बात सँभालते हुए कहा–"मेरा वो मतलब नहीं था। देखिए, अचला निरंकुश है। वह अपनी मनमर्ज़ी चलाएगी। मैं सिर्फ़ पार्टी के भले के लिए कह रहा हूँ। आप किसी को भी मुख्यमंत्री बना दीजिए लेकिन उस औरत को नहीं।"

मानव की बात सुनकर नारायण ने मुस्कुराते हुए उसके आख़िरी वाक्य को दोहराया–"लेकिन उस औरत को नहीं...औरत..." नारायण का चेहरा यह बोलते-बोलते सख़्त हो गया। उसने सख़्त लहजे में मानव से कहा–"तुम्हारी सोच सिर्फ़ उस औरत तक है और मुझे पूरे देश का देखनी है। जून, 2013 में लोकसभा चुनाव है। अभी देश का जैसा माहौल है उसमें भी हम अगर लोकसभा में 272 सीट नहीं जीत पाए तो कभी नहीं जीतेगी। मुझे हर राज्य में पार्टी को मज़बूत करना है। सुन रहे हो क्या कह रहे हैं?" मानव ने हामी में सिर हिलाया।

नारायण नाम्बियार थोड़ा ढीले होकर बैठे और कहा–"मानव, राजस्थान

में दस साल विरोधियों का शासन था। इसलिए नहीं कि वो बहुत क़ाबिल थे, बल्कि इसलिए कि हम विकल्प देने में नाक़ाबिल रहे। इस बार भी हम नहीं जीते हैं, वो लोग हारे हैं। इतनी मेहनत के बाद भी हमें सिर्फ़ 102 सीट मिली हैं, यानी बहुमत की संख्या से सिर्फ़ 1 ज़्यादा। पार्टी की ये दुर्गति क्यों हुई? क्योंकि 2002 में जो नेता थे श्याम जोशी, राज्येश सिंह, सिकंदर बेनीवाल वो ऐसे ही लड़े जैसे तुम लोग लड़ रहे हो। पार्टी कमज़ोर हुई और असर दिल्ली पहुँचने में पड़ा। मेरी नज़र अभी सिर्फ़ लोकसभा जीतने पर है। हमें पूरे देश में यह सन्देश देना है कि हमारी पार्टी समाज के हर तबके को प्रतिनिधित्व देती है। महिला, दलित, सवर्ण सबको प्रतिनिधित्व मिलना चाहिए। राजस्थान महिला अपराधों में बहुत आगे है और यहाँ पर अचला सिंह का मुख्यमंत्री बनना स्त्रियों को सकारात्मक सन्देश देगा।"

"लेकिन वो पार्टी को बर्बाद कर देगी। किसी की नहीं सुनेगी, आपकी भी नहीं।" मानव ने फिर विरोध किया।

"यदि वह निरंकुश है तो यह मेरी चिन्ता है, तुम्हारी नहीं। अगर तुम चाहते हो कि मैं तुम्हारी बात सुनूँ तो पहले ख़ुद को साबित करो। लोकसभा में राजस्थान की 25 सीटें जिताने में मेरी मदद करो। अचला का विरोध नहीं, पार्टी का काम करो। सफल हुए तो जून, 2013 के बाद मैं तुम्हारे लिए कुछ सोचूँगा।"

मानव के पास नारायण नाम्बियार की बात मानने के अलावा अभी कोई और चारा न था इसलिए उसने लोकसभा चुनाव तक रुकने का फ़ैसला किया मगर अचला ने उसके लिए ये एक साल काटना मुश्किल कर दिया। अचला ने मुख्यमंत्री बनने पर उसके एक भी आदमी को मंत्री नहीं बनाया। मानव सिंह के समर्थक विधायकों के इलाक़े के काम रोके जाने लगे। जो हरकतें सत्तारूढ़ पार्टी विपक्षी विधायकों के साथ करती हैं वह सब अचला मानव के समर्थकों के साथ करने लगी। उसके लोग भी पार्टी की कार्यकारिणी से धीरे-धीरे हटाए जाने लगे। मानव ने एक बार फिर नारायण से गुहार लगाई। नारायण की नज़र भी पूरी स्थिति पर थी। उन्होंने अचला सिंह को दिल्ली तलब कर लिया।

"आप चाहती क्या हैं? पार्टी में ऐसी मनमानी तो नहीं चलती। पार्टी में सबको साथ लेकर चलना पड़ता है। जिससे विरोध है उसे भी पद देने होते हैं पर आपने मंत्रिमंडल तो छोड़िए, पार्टी की कार्यकारिणी तक में बदलाव शुरू कर दिए। आपके राज्य के पार्टी अध्यक्ष आपसे डरते हैं। अब आप वही करेंगी जो मैं कहूँगा।"

"आप कह रहे थे कि पार्टी में ऐसी मनमानी तो नहीं चलती। फिर आप कहते हैं जो आप कहेंगे वही करना होगा...ये क्या आपकी मनमानी नहीं है?" नारायण को इस तरह के पलटवार की उम्मीद नहीं थी। "सब जानती हूँ मैं... आप यह सब मुझे मानव सिंह के दबाव में कह रहे हैं। मानव के लिए मुश्किल है एक स्त्री को ऊपर बढ़ते देखना। लगता है आप भी एक स्त्री को अपनी मर्ज़ी से सत्ता चलाते नहीं देख सकते।"

नारायण के सँभलने से पहले ही अचला ने उस पर स्त्री-विरोधी होने का आरोप भी लगा दिया। नारायण को ग़ुस्सा आने लगा था। उन्होंने ज़ोर से जवाब दिया–"आप शायद भूल रही हैं अचला जी कि आपका नाम मुख्यमंत्री के लिए मैंने ही बढ़ाई थी और सारे विरोध को कुचलकर आपको मुख्यमंत्री बनाई।"

अचला पर इसका कोई प्रभाव नहीं पड़ा। वो भी उसी तरह ताव में बोली–"आपने मुझे मुख्यमंत्री बनाया उसके लिए धन्यवाद नाम्बियार साहब, पर आपने मुझ पर कोई एहसान नहीं किया। मैं क़ाबिल थी और मेरे पास विधायक थे। अब आपने मुझे मुख्यमंत्री बना दिया है तो मुझे तय करने दीजिए क्या करना है और क्या नहीं। मैं राजघराने से हूँ। शासन करना हमारे ख़ून में है। अपनी मर्ज़ी मुझ पर मत थोपिए।"

नारायण नाम्बियार का कई सालों बाद ऐसे किसी पार्टी नेता से पाला पड़ा था जो उसकी तरह ही एक अलग अकड़ में थी। किसी को सुनने को तैयार नहीं थी। नारायण ने एक ठंडी साँस ली और अचला से पूछा–"आप चाय पिएँगी?"

"मैं चाय नहीं पीती।" अचला ने रुखाई से जवाब दिया।

"ये आम चाय नहीं है। इसे मैं बहुत चुनकर मँगवाता हूँ और अपने ख़ास मेहमानों को ख़ुद बनाकर पिलाता हूँ। पीकर देखिए आपको पसन्द आएगी।" कहकर नारायण उठे और फिर अचला को मुस्कुराते हुए बोला–"मेरे हाथ की चाय पीने का मौक़ा सबको नसीब नहीं होता।" नारायण चाय तैयार करने लगा और लम्बी-लम्बी साँस लेते हुए ग़ुस्सा काबू किया। उधर अचला भी थोड़ी शान्त हुई।

नारायण चाय लेकर आ गए थे। उन्होंने चाय कप में डालकर जैसे ही दूध मिलाना चाहा, अचला ने कहा–नो मिल्क। नारायण नहीं माने। उन्होंने दो चम्मच दूध चाय में मिलाया और अचला को देते हुए बोला–"आप मेरी चाय पी रही हैं तो मेरे हिसाब से पीकर देखिए। कई बार बदलाव अच्छे होते हैं।" अचला ने चाय का कप मुँह के पास ही किया था कि चाय की ख़ुशबू से रुक

गई। अचला ने एक बार और ख़ुशबू लेते हुए चाय का एक सिप लिया। नारायण उसे देख रहे थे। अचला ने कप नीचे रखते हुए कहा–"वाकई बहुत ही बढ़िया चाय बनाई है आपने नाना।" नाम्बियार साहब से नाना तक का सफ़र बता रहा था कि अचला अब सुनने को तैयार है लेकिन बैठने का अन्दाज़ बता रहा था कि उसने अभी हथियार पूरी तरह नीचे नहीं रखे हैं। ज़रूरत पड़ने पर वह फिर से पलटवार कर सकती है।

नारायण ने अचला के हाव-भाव पढ़े और अपनी चाय उठाते हुए कहा–"आप यूँ ही मुझसे नाराज़ हो रही थीं। अगर मैं ज़िद नहीं करता तो आप इतनी अच्छी चाय से महरूम रह जातीं।" कहकर नारायण हँसे, जवाब में अचला भी हँसी और इस हँसी के साथ उसके शरीर ने भी तनाव को झटका। वह सोफे पर आराम से पीठ टिकाते हुए बोली–"आप ठीक कह रहे हैं। कहिए, आप क्या चाहते हैं? लेकिन ये बता दूँ कि मैं अपना राज्य किसी और को चलाने नहीं दूँगी।"

"आपका राज्य है। आप तो राजघराने से भी हैं...आपका राज्य कोई और थोड़ी चलाएगा। आप ही चलाएँगी। देखिए, अगले साल लोकसभा चुनाव है और राजस्थान से हम पूरी 25 सीट जीत सकते हैं। अभी किसी भी तरह की खटपट हमारी पार्टी को भारी पड़ेगी। इस चुनाव में एक-एक सीट मायने रखती है। मंत्रिमंडल में आपको जिसे रखना है रखिए लेकिन पार्टी कार्यकारिणी से हर किसी को मत हटाइए। ये भविष्य के लिए ख़तरा होगा। मानव आपके ख़िलाफ़ है मैं जानता हूँ लेकिन वो भी पार्टी का है। मैं मानव को कुछ इलाक़े देता हूँ, वहाँ पर उसे काम करने दीजिए। इससे मानव अपने इलाक़े में उलझा रहेगा और आपको तंग नहीं करेगा। लोकसभा चुनाव के बाद मिलकर सोचेंगे कि मानव का क्या करना है मगर तब तक कुछ नहीं होना चाहिए। सरकार आपकी, पार्टी हम दोनों की। कुछ आपकी मर्ज़ी और कुछ मेरी। मान लेंगी तो इसी चाय की तरह आपके शासन की ख़ुशबू फैलेगी।"

अचला कुछ देर चुप रही। वह चाय पीते हुए सोचती रही। नारायण भी चुपचाप अपनी चाय पीते रहे। चाय ख़त्म करके अचला बोली–"ठीक है नाना। सरकार मेरी और पार्टी हम दोनों की। मानव को मेरे रास्ते से हटाकर रखना आपका काम है। अगर वो कभी भी मेरे रास्ते में आया तो मैं उसे सबक सिखा दूँगी।"

"जैसा आप कह रही हैं वैसा ही होगा। लेकिन याद रहे लोकसभा चुनाव में 25 सीट...ठीक है?" नारायण नाम्बियार मुस्कुराकर बोले।

अचला भी हँसी और सिर हिलाकर हामी भरी और कहा–"चाय अच्छी थी।" अचला चलने लगी तो नारायण नाम्बियार ने उसे चाय का एक पैकेट देते हुए कहा–"ये चाय ले जाइए। जब ग़ुस्सा आए तो बनाकर पी लीजिएगा।"

अचला ने पैकेट लिया और मुस्कुराती हुई बोली–"चाय सिर्फ़ पत्ती से अच्छी नहीं बनती। बनाने वाले के हाथ का जादू भी उसमें आता है। काश मुझे आपकी तरह चाय बनानी आती।"

"अचला जी चाय बनाने में हर कोई एक-सा ही सामान इस्तेमाल करता है ऐसे ही हर सरकार चलाने के लिए भी सारे नियम और संसाधन वही होते हैं पर अच्छी सरकार वही चला सकता है जो जानता है कि कब क्या किसके साथ और कितना करना है। वैसे ही जैसे चाय बनाने वाला जानता है कि कौन-सी पत्ती, कितना शक्कर, कितना दूध मिलाना है। कितनी देर खौलाना है, किसे अदरक वाली चाय पिलानी है, किसे काली और किसे सिर्फ़ दो चम्मच दूध वाली।"

"चाय और सरकार...ये नया राजनीति शास्त्र बना दिया आपने।"

"ये राजनीति शास्त्र नहीं, नाना नीतिशास्त्र है।"

दोनों लोग हँसे और अपने-अपने रास्ते चल पड़े। अचला जाते वक़्त यही सोच रही थी कि क्या नाना वाकई मानव को रोक पाएँगे और उधर नारायण सोच रहे थे कि अचला आने वाले समय में विस्फोटक साबित हो सकती है।

♝

28 मार्च, 2016, सुबह 9.30 बजे

सुबह 9 बजे मयूर के मोबाइल पर गाड़ी का नम्बर आया हुआ था। मयूर ने सोचा कि इस मानव को मिलकर ही हड़काया जाए। वह तैयार होकर बाहर निकला तो एक फोर्ड एंडेवर उसका इन्तज़ार कर रही थी। ड्राइवर इतना स्मार्ट और वेल-ड्रेस्ड था कि अगर उसने बताया न होता तो मयूर उसे एंडेवर का मालिक ही समझ लेता।

मयूर की सोसाइटी के चौकीदार का कहना था कि लोगों को कपड़े से पहचान सकते हैं। मयूर ने सोचा वापस जाकर उसे बताऊँगा कि ये बात पूरी तरह सच नहीं। मयूर को ऐसे वेल-ड्रेस्ड ड्राइवर के साथ पीछे की सीट पर बैठना ठीक नहीं लग रहा था इसलिए वह ड्राइवर के बगल की सीट पर ही बैठ गया।

गाड़ी सर्किट हाउस से निकली और अगले ही मिनट बगल में स्थित होटल

में घुस गई। ड्राइवर ने गाड़ी वैले पार्किंग में दी और मयूर को मानव सिंह के सुइट में छोड़ आया।

"पधारो...पधारो सा पधारो..." मयूर से हाथ मिलाते हुए मानव ने कहा– "नीचे रेस्टोरेंट में पब्लिक काफ़ी होती है। मैंने सोचा कि हम यहीं सुइट में मिलें, थोड़ी प्राइवेसी रहेगी। नाश्ते में क्या पसन्द करेंगे आप?"

घनी मूँछें, चमकदार चेहरा, टी-शर्ट और जींस पहने मानव सिंह ने मयूर का स्वागत किया। सिर के बाल आगे से थोड़े से उड़े हुए लेकिन फिर भी उसे गंजा नहीं कह सकते, बल्कि इतना गंजापन मानव के व्यक्तित्व को और भारी बना रहा था।

"यहाँ तो मैं पैदल ही आ जाता, नाहक ही आपने गाड़ी भेजी।"

"मयूर सा, थे मेहमाण हो म्हारा और मेहमाण भगवान होवे है। भगवान को पैदल कैसे आने देते?" मानव ने दायाँ हाथ दिल पर रखकर थोड़ा झुककर कहा।

मयूर जो मानव को हड़काने के विचार से आया था वह मानव द्वारा दिखाई आत्मीयता और उसके व्यक्तित्व से थोड़ा सा प्रभावित हुआ, फिर भी उसने गम्भीर बने रहकर ही पूछा–"कहिए, क्या कहना चाहते हैं?"

"पहले नाश्ता, फिर काम की बातें..." मानव ने कहा।

नाश्ता करते हुए दोनों ही लोगों ने इधर-उधर की बातें कीं। राजनीति, मीडिया, पेड न्यूज़, सोशल मीडिया इत्यादि जैसे विषयों पर चर्चा हुई लेकिन किसी ने एक-दूसरे के व्यक्तिगत जीवन की बात नहीं की। मानव ने अधिकतर बातचीत हिन्दी और थोड़ी-बहुत अंग्रेज़ी में की।

"फ़ोन पर आप जिस तरह आधी राजस्थानी आधी हिन्दी बोल रहे थे उससे मुझे उम्मीद नहीं थी कि आपकी हिन्दी इतनी अच्छी होगी।" मयूर ने कहा।

"अजी साहब, दोनों ही भाषाएँ अपनी हैं। हम ही अपनी भाषा नहीं बोलेंगे तो कौन बोलेगा? वैसे मैंने आपसे राजस्थानी में जानबूझकर बात की थी ताकि आपको भी अपना सालों से भूला हुआ राजस्थान कनेक्शन याद आ जाए।" आख़िरी लाइन सुन मयूर थोड़ा असहज हुआ। मानव ने देखा और मयूर को चाय देते हुए कहा–"सबसे पहले तो मैं दुष्यन्त का नाम लेने के लिए आपसे माफ़ी चाहता हूँ। मैं किसी भी तरह से आपकी मदद चाहता था, इसलिए भूल गया कि मेरे द्वारा इस तरह आपके दोस्त के नाम का इस्तेमाल आपको तकलीफ़ देगा।" मयूर कोई जवाब न देते हुए चुपचाप अपनी चाय पीता रहा।

"इस मामले से सम्बन्धित सब चीज़ें मैंने आपको ईमेल पर भेज ही दी

थी। जिस लड़की का राघवेन्द्र ने बलात्कार किया वह उसी के ख़ास आदमी रामफूल सिंह की बेटी है। मैंने मुख्यमंत्री से बात की लेकिन उनकी आँखों पर तो पर्दा पड़ा है। वह राघवेन्द्र के ख़िलाफ़ कुछ सुन नहीं सकतीं...अगर न्याय की थोड़ी-बहुत गुंजाइश थी तो अचला ने इसलिए ख़त्म कर दी क्योंकि मैंने उस लड़की की मदद कर दी।"

"लगता है आप दोनों के रिश्ते में अभी भी काफ़ी आग बची है।" मयूर ने हल्की मुस्कुराहट के साथ कहा।

"अजी उसका बस चले तो मुझे ही आग लगा दे।" मानव ने भी हँसते हुए जवाब दिया।

"वैसे मैंने आपके बारे में जो पढ़ा उस हिसाब से तो आग लगा ही देनी चाहिए थी।" मयूर ने कहा और तुरन्त बात घुमाते हुए पूछा–"आपने बताया कि मीडिया उनके ख़िलाफ़ नहीं लिखेगा लेकिन विपक्ष...वो क्यों नहीं बोल रहा?"

"विपक्ष है ही कहाँ...न विधानसभाओं में, न संसद में। होता तो राजनीति ऐसी होती क्या? आपके दिल्ली वाले भाईसाहब कहते हैं ना सब मिले हुए हैं जी। ऐसा ही है यहाँ भी। राघवेन्द्र इससे पहले सचिन माथुर की सरकार में भी रहा है। उसके वहाँ के कई नेताओं से व्यावसायिक सम्बन्ध हैं इसलिए कोई नहीं बोलता।"

"मुझसे क्या चाहते हैं?" मयूर ने चाय का कप नीचे रखते हुए पूछा।

"मैं चाहता हूँ कि आप इस मामले को दिल्ली से उठाएँ। वहाँ के मीडिया में बात आएगी तो मुख्यमंत्री पर दुबारा जाँच के लिए दबाव पड़ेगा और शायद उस बच्ची को इंसाफ़ मिल जाए।"

"मैंने आपसे कहा था कि अर्क टाइम्स के सम्पादक से बात करें। मैं इस मामले को नहीं उठा सकता।"

"आपके सम्पादक के लिए यह एक और ख़बर होगी लेकिन आपके लिए नहीं। राघवेन्द्र आपका भी अपराधी है मयूर सा, कहीं न कहीं तो आप भी उसे उस अपराध की सज़ा तो दिलाना चाहेंगे जो उसे नहीं मिली। सबसे अहम बात है कि राघवेन्द्र किसी को भी ख़रीद सकता है लेकिन आपको नहीं।"

मानव की कही बातों में सचाई थी। राघवेन्द्र ने जो उसके और दुष्यन्त के साथ किया था उसकी सज़ा मयूर कई सालों तक राघवेन्द्र को ख़यालों में ही देता रहा और जब हक़ीक़त की दुनिया में वापस आता तो ख़ुद को सज़ा देता। मयूर को कई साल लगे थे राघवेन्द्र और दुष्यन्त को भुलाने में लेकिन दोनों ही

उसके दिल के दो अलग अँधेरे कोनों में जगह बनाए बैठे थे।

"एक बात और बताइएगा सच-सच। क्या आप हर पीड़ित, न्याय से वंचित व्यक्ति के लिए इतनी ही मेहनत से काम करते हैं या सिर्फ़ राजनैतिक कारण हैं?" मयूर ने पूछा।

मानव मुस्कुराया और सिगरेट जलाते हुए बोला–"मयूर सा, ये बलात्कार जैसे मामले क़ानून की धाराओं में अपराध हैं। समाज और राजनीति के लिए तो यह मसाला है। समाज के लिए लड़की पर उँगली उठाने का, चटखारे लेने का, इस बहाने लड़कियों को घर में बन्द कर देने का माध्यम है तो राजनीतिज्ञ के लिए सरकार को घेरने और महिला वोट खींचने का। अब ये सच है और इस सच को हम-आप बदल नहीं सकते। बलात्कार रोज़ होते हैं, घरों में होते हैं। उनकी शिकायत तक नहीं होती लेकिन जिसकी हुई उसे हम राजनीति की वजह से ही सही, अगर न्याय दिला देते हैं तो लोगों को सिस्टम से कुछ उम्मीद तो रहेगी। उस उम्मीद की ख़ातिर ही हमें ये काम करना है।"

"मानव साहब, यदि राघवेन्द्र ने अपराध किया है तो उसे सज़ा मिलनी चाहिए। मेरा अख़बार मदद भी करेगा लेकिन मैं अपनी दुश्मनी की वजह से आँख बन्द करके इस मामले पर हाथ नहीं डाल सकता। निजी स्वार्थ से किसी को लाभ या नुक़सान पहुँचाना पत्रकारिता के ख़िलाफ़ है।" मयूर ने काफ़ी स्पष्टता से अपनी बात कही। वह अपने पुराने समीकरण और भावनाओं की वजह से लोगों को उसका इस्तेमाल नहीं करने देना चाहता था।

"क्या बात कही है आपने। मुरीद हो गया मैं आपका। आप निश्चिन्त रहें। हम आपसे कुछ ग़लत नहीं करवाएँगे। यदि आप इजाज़त दें तो मैं पीड़िता को बुलवा देता हूँ। आप उससे मिलिए, पुलिस की रिपोर्ट भी देखिए, फिर फ़ैसला लीजिए।"

मयूर के जाने का वक़्त हो रहा था। उसने कुछ पल सोचा और फिर उठते हुए बोला–"ठीक है, मैं मिलना चाहूँगा उस लड़की से। वैसे आपको मेरे बारे में किसने बताया?"

मानव हँसा और बोला–"आपने भी तो राजनीति क़रीब से देखी है। जानते ही होंगे कि यहाँ कितने कान, आँखें और मुँह होते हैं जो क़िस्सों को मरने नहीं देते।"

मयूर मुस्कुराया और चलने लगा तो मानव ने हाथ मिलाते हुए कहा–"आज शाम को आपकी मुलाक़ात उस लड़की से इसी सुइट में हो जाएगी लेकिन मैं नहीं होऊँगा। मैं चाहता हूँ कि आप उससे अपने हिसाब से बात करें और मामले को समझें। मैं आपसे रात को मुलाक़ात करूँगा।"

मयूर दरवाज़े तक पहुँच चुका था तो मानव ने कहा–"आपको जितना जाना आप अच्छे आदमी लगे इसलिए कुछ चीज़ें स्पष्ट कहना चाहता हूँ ताकि भविष्य में ग़लतफ़हमी न रहे। मेरी अचला से दुश्मनी है। उसने मुझे राघवेन्द्र की मदद से राजनीति में पटकनी दी इसलिए उसे भी दुश्मन मानता हूँ। मेरा निश्चित तौर पर राजनैतिक एजेंडा है लेकिन आप स्वतंत्र हैं, बड़े अख़बार से हैं, आप तय करिए आपको कैसे काम करना है। हमारी राजनीति आपके रास्ते में नहीं आएगी बल्कि हम तो आपके कहे के अनुसार काम करने को तैयार हैं। आपका अख़बार देश के सभी प्रभावशाली लोगों द्वारा पढ़ा जाता है। उम्मीद है एक ख़बर का असर होगा। बस आप मदद करें।"

मयूर ने सिर हिलाया और निकल गया। 11 बज चुके थे और उसे आधे घंटे में मुख्यमंत्री आवास में होना था।

♝

28 मार्च, 2016, सुबह 11.15 बजे

मयूर जब वापस सर्किट हाउस पहुँचा तो उसे लेने मुख्यमंत्री कार्यालय से गाड़ी आई हुई थी। मुख्यमंत्री आवास के गेट पर उसकी आईडी चेक करने के बाद उसकी गाड़ी को अन्दर जाने दिया गया। मुख्यमंत्री आवास में काफ़ी सन्नाटा पसरा हुआ था। अगर कोई आवाज़ आ रही थी तो चेकिंग के दौरान स्कैनर के बीप की। जनसम्पर्क अधिकारी ने आकर मयूर से हाथ मिलाया और उसे एक कमरे में बैठाते हुए कहा–"मैडम से पहले उनके पी.ए. राजावत जी आपसे मिलकर आपको ब्रीफ़ करेंगे।"

"इंटरव्यू तो मुझे लेना है। वो क्या ब्रीफ़ करेंगे?"

"सर, बहुत से अघोषित प्रोटोकॉल होते हैं। सीएम से मिलने से पहले उन्हें जान लेना बेहतर होता है।"

मयूर अपने छात्र जीवन में तत्कालीन मुख्यमंत्री से दो बार मिला था लेकिन उसके फ़ार्म हाउस पर। वह पहली बार किसी मुख्यमंत्री आवास के अन्दर आया था। मयूर ने कमरे का मुआयना करना शुरू किया। दो आलीशान सोफे एल शेप में रखे थे। सामने काँच का सेंटर टेबल था। एक तरफ़ काफ़ी कुर्सियाँ भी रखी थीं। शायद मुख्यमंत्री अधिकारियों या मंत्रियों के साथ छोटी-मोटी मीटिंग यहीं करती थी। दीवारों पर लगी पेंटिंग से लेकर छत से लटकी झूमर तक सब

अपनी क़ीमत ख़ुद बयाँ कर रहे थे। मयूर के मन में सवाल कौंधा कि आख़िर एक जनसेवक को इतनी आलीशान चीज़ों की ज़रूरत क्या है? आम आदमी के दुख-सुख की बातें करने वाले, उनके दर्द को समझने का दावा करने वाले क्या ये नहीं जानते हैं कि जिस सोफ़े पर वो बैठे हैं उसकी क़ीमत राज्य के प्रति व्यक्ति की औसत मासिक आय से कितनी ज़्यादा है। इस एक कमरे की सजावट मात्र पर जितना ख़र्च हुआ है, राज्य की आधी आबादी की सालाना आमदनी उससे कम है। अभी तो हम एक ही कमरे को देख रहे हैं। ये फ़र्नीचर और सजावट हर मुख्यमंत्री के साथ बदल जाते हैं और एक बार फिर ऐसा ही खर्च इस पूरे आवास की सजावट पर फिर से होता है।

"मयूर बेटा वेलकम।" मयूर के विचारों की श्रृंखला को राजावत जी ने तोड़ा। "कितने सालों बाद आज तुम्हें फिर से देख रहा हूँ। एकदम बदल गए हो।" राजावत जी ने बड़ी आत्मीयता से कहा। पार्टी की राजनीति के पुराने खिलाड़ी राजावत के कानों में पहले की ही तरह सोने की मुर्कियाँ आज भी थीं। जेट ब्लैक बाल और मूँछें वेस्मोल केश काला के इस्तेमाल होने की गवाही दे रहे थे। मयूर का परिचय राजावत से छात्र राजनीति के दिनों में राघवेन्द्र ने ही करवाया था। तब राजावत जी तत्कालीन मुख्यमंत्री राज्येश सिंह के पी.ए. थे। मयूर राजावत से बहुत बात करने का इच्छुक नहीं था इसलिए उसने नमस्ते करके सीधे पूछा–"आप कुछ ब्रीफ़ करना चाहते थे।"

"ओह! येस। इस इंटरव्यू का उद्देश्य सिर्फ़ राज्य में निवेश बढ़ाना ही नहीं है बल्कि राज्य से बाहर मैडम की बिज़नेस फ्रेंडली इमेज बनाना भी है। आने वाले सालों में मैडम की इमेज एक ब्रांड की तरह बनानी है।" राजावत जी ने कहा।

"तो मैडम भी प्रधानमंत्री के नक़्शे-क़दम पर हैं...बिज़नेस फ्रेंडली इमेज के साथ दिल्ली को प्रस्थान?"

इस सवाल पर राजावत जी ठहाका मारकर हँसे–"यार तुम पत्रकार लोग भी जाने कहाँ से कहाँ सोचते हो..." बात सुनकर मयूर भी मुस्कुराया। राजावत जी ने कहा–"ये तो हुआ जो तुम्हें करना है, अब वो जो तुम्हें नहीं करना है। मैडम से उनकी व्यक्तिगत ज़िन्दगी के बारे में सवाल नहीं करोगे। राज्य में बिज़नेस छोड़ किसी और मुद्दे पर सवाल नहीं होगा। किसी भी राजनैतिक मुद्दे को नहीं उठाओगे। ठीक है?" मयूर ने सिर हिलाकर हामी भरी।

"इंटरव्यू लेने तुम आ रहे थे इसलिए मैंने सवाल पहले नहीं मँगवाए। कोई गड़बड़ मत करना। मैडम 5 मिनट में आ जाएँगी।"

मयूर अपने सवालों को एक बार फिर से देख ही रहा था कि मुख्यमंत्री अचला सिंह कमरे में आई। मयूर उठकर खड़ा हो गया और सिर झुकाकर अभिवादन किया। जवाब में अचला सिंह ने हाथ जोड़े। मयूर को एकदम एहसास हुआ कि उसे भी हाथ जोड़ने चाहिए थे। उसने तुरन्त हाथ जोड़े और पुन: अचला का मुस्कुराकर अभिवादन किया। हरे रंग की सिल्क साड़ी के पल्ले को बाईं तरफ़ के कंधे से दाईं तरफ़ के कंधे तक ढकते हुए अचला ने पल्लू के किनारे को दाएँ हाथ से पकड़ा हुआ था। दूर से मयूर को अचला सिंह का रंग गोरा लगा पर जैसे वो पास आई मयूर ने देखा कि उसके चेहरे पर गुलाबियत छाई है। ऐसे दमकते गुलाबी चेहरे एयर कंडीशंड कमरों में रहकर इम्पोर्टेड फल खाकर ही बनते हैं। आम आदमी बस यही देखकर उनमें और ख़ुद में भेद कर लेता है। कैसे उनके चेहरे से नूर टपकता है, कैसे दूर से पतली और साधारण सी दिखती चमकती अँगूठी असल में प्लैटिनम में सॉलिटेयर जड़ी होती है।

अचला आकर मयूर के सोफ़े के बगल वाले सोफ़े पर बैठ गई। मयूर अब भी उसे देख ही रहा था। अचला सिंह के व्यक्तित्व में एक अलग-सा आकर्षण था। उसे देखकर लगता ही नहीं था कि वो 51 साल की है। अचला ने मयूर से पूछा–"आप तो हमेशा सीईओ, प्रमोटर्स के इंटरव्यू लेते रहे होंगे। एक पॉलिटिशियन का इंटरव्यू लेने में कोई दिक़्क़त तो नहीं होगी?"

अचला के सवाल से मयूर की तंद्रा टूटी और उसने सोफ़े पर बैठते हुए जवाब दिया–"पॉलिटिशियन भी तो बिज़नेसमैन ही होते हैं मैडम। जो करते हैं अपने लाभ के लिए ही करते हैं।"

जवाब अचला की उम्मीद के विपरीत था लेकिन वह शान्त भाव से ही बोली–"ये बहुत ही जनरलाइज्ड विचार है। मैं आपसे असहमत हूँ। हम नेता ज़मीन पर उतरते हैं, लोगों के बीच जाते हैं, उनकी समस्या सुनते हैं, उनके लिए समाधान खोजते हैं फिर वोट माँगते हैं।"

मयूर अचला की बात पर ठहाका मारकर हँसना चाहता था पर अभी वह ऐसा नहीं कर सकता था। उसने मुस्कुराते हुए बात को घुमाया और कहा–"फिर तो मैं बिलकुल सही कह रहा हूँ। बिज़नेसमैन और नेता का मोडस ऑपरेंडी एक-सा ही तो है। हम मार्केट रिसर्च करते हैं, गैप ढूँढ़ते हैं, प्रोडक्ट बनाते हैं फिर कहते हैं कि हमारा प्रोडक्ट लोगे तो फ़ायदा होगा, आप कहते हैं कि हमें चुनोगे तो फ़ायदा होगा।"

अचला मुस्कुराई और बोली–"चलिए आपकी ये बात मान लेते हैं और

इंटरव्यू शुरू करते हैं ताकि कॉरपोरेट कम्पनियों को हम बता सकें राजस्थान चुना तो फ़ायदा होगा।"

मयूर ने बैग से रिकॉर्डर निकाला और इंटरव्यू रिकॉर्ड करने की अनुमति ली। मयूर ने अचला सिंह से उनके पिछले चार साल की यात्रा के बारे में पूछा, बड़े-बड़े बिज़नेस को राजस्थान में लाने के लिए उनकी नीतियों पर बात की। इंटरव्यू अच्छा जा रहा था। मयूर ने आख़िरी सवाल पूछा–"आपके राज्य में एक मंत्री राघवेन्द्र शर्मा पर बलात्कार का आरोप है और कहा जाता है कि आपकी सरकार उसे बचा रही है। पीड़ित को मदद की जगह धमकियाँ मिल रही हैं?"

इस सवाल के साथ ही पूरे इंटरव्यू में मीठे स्वर में बात कर रही सौम्य अचला सिंह का चेहरा तमतमा उठा। उसने मयूर का रिकॉर्डर उठा के बन्द किया और कठोरता से जवाब दिया–"क्या आपको बताया नहीं गया कि यह इंटरव्यू सिर्फ़ बिज़नेस के बारे में है? आपको अगर पॉलिटिकल सवाल करने हैं तो यह इंटरव्यू यहीं बन्द कीजिए और दुबारा समय लेकर आइए।"

मयूर ने अपने आप को संयत रखते हुए कहा–"यह सवाल बिज़नेस से ही जुड़ा है मैडम। ढंग से बिज़नेस चलाने के लिए अच्छी क़ानून व्यवस्था चाहिए। अगर आपके स्टेट की पुलिस ताक़तवर लोगों के ख़िलाफ़ ऐसे संगीन मामले में कार्रवाई नहीं करती है तो कल इन ताक़तवर लोगों से बिज़नेसमैन को कौन बचाएगा? राघवेन्द्र शर्मा का तो इतिहास भी व्यवसायियों से वसूली का रहा है।"

अचला और भी क्रोधित हो उठी और बोली–"हमारे राज्य में क़ानून व्यवस्था बहुत चाक-चौबन्द है। हम मंत्री और आम आदमी में फ़र्क़ नहीं करते पर इसका मतलब यह नहीं कि हम किसी भी मंत्री पर बेबुनियाद मुक़दमा दर्ज कर दें। हमने लड़की की रिपोर्ट लिखी लेकिन जाँच में कुछ नहीं निकला। सबूत तो देना होगा ना, वर्ना राजनीति के चलते हर कोई मंत्रियों पर मुक़दमे दर्ज कराता रहेगा। आप लोग चाहते हैं कि मंत्री पर आरोप लगा है तो उसे बिना दोष के फाँसी चढ़ा दें।"

"लेकिन मैडम क्या पुलिस ने ठीक से जाँच की थी?"

अचला ने प्रश्न बीच में ही काट दिया और उठते हुए बोली–"इंटरव्यू का समय समाप्त हो गया। आप दिल्ली से यहाँ तक आए इसके लिए धन्यवाद।" मयूर कुछ कहे उससे पहले अचला हाथ जोड़कर वापस चली गई।

मयूर ने एक लम्बी साँस ली और अपने सिर पर हाथ रख लिया। उसके प्लान में कहीं भी राघवेन्द्र के बारे में पूछना नहीं था, न ही वह इस मुद्दे को छेड़ना चाहता था लेकिन दिल के उस अँधेरे कोने में छुपा राघवेन्द्र बाहर आकर उसके विचारों में घुस चुका था। अपना सिर झटकते हुए मयूर ने सामान बैग में रखा और चलने को उठा ही था कि राजावत जी ग़ुस्से में तमतमाए पहुँचे। साथ में शक्ल पर बेचारगी और भय ओढ़े पीआरओ भी था।

"मैंने तुम्हें कहा था न कि कोई भी राजनैतिक मुद्दा नहीं छेड़ोगे, फिर क्यों?" राजावत जी ने ग़ुस्से में पूछा। मयूर के जवाब देने का इन्तज़ार किए बिना उन्होंने पीआरओ से पूछा–"यही तैयारी थी आपकी? आपको बुलाते टाइम पता नहीं था क्या कि इन पत्रकार महोदय की निजी रंजिश है हमारे मंत्री से?"

"सर, वो..." पीआरओ के पास जवाब नहीं था। वह मयूर को देखने लगा।

"राजावत जी वह सवाल क़ानून व्यवस्था से जुड़ा है जो बिज़नेस के लिए बेहद ज़रूरी था। इन्हें मेरे सवाल थोड़ी मालूम थे।" मयूर ने पीआरओ की शक्ल देख उसके बचाव की कोशिश की।

"मयूर तुम्हारे इंटरव्यू में ये सवाल नहीं जाएगा। अगर गया तो हमारी जो विज्ञापन की डील हुई है वो कैंसिल कर दी जाएगी।" राजावत ने फिर पीआरओ को सम्बोधित करते हुए कहा–"इंटरव्यू छपने से पहले मुझसे अप्रूव कराएँगे आप...अगर पत्रकार महोदय हमारी बात न सुनें तो इनके विज्ञापन कैंसिल करिए और इनके विरोधी अख़बार से बात करके सारे विज्ञापन उन्हें दे दीजिए।"

यह कहकर राजावत जी फनफनाते हुए निकल गए। मयूर ने बैग उठाया और चलते हुए पीआरओ से कहा–"चिन्ता मत करो। छापने से पहले इंटरव्यू भेज दूँगा और इस सवाल को भी हटा दूँगा।"

पीआरओ ने चैन की साँस ली और मयूर ने भी क्योंकि विज्ञापन और इस इंटरव्यू के कैंसिल होने से उसे भी मैनेजमेंट को कई जवाब देने पड़ते।

अचला की प्रतिक्रिया से मयूर को यह स्पष्ट हो चला था कि मुख्यमंत्री ने राघवेन्द्र को बचाया है। मयूर को अब गुत्थी सुलझानी थी। कभी सचिन माथुर का ख़ास रहा राघवेन्द्र इतनी जल्दी अचला का इतना ख़ास कैसे बना कि वह उसके बचाव में इस तरह उतर आई।

I

मार्च, 2013

नारायण नाम्बियार से मुलाक़ात के बाद अचला और मानव दोनों कुछ समय के लिए ऊपरी तौर पर शान्त हो गए। पार्टी ने लोकसभा चुनाव प्रचार एक साल पहले ही शुरू कर दिया था। नारायण नाम्बियार हर राज्य में पार्टी के लोगों से मिलकर टीम तैयार करने लगे। पूरे देश में जनसम्पर्क योजनाएँ चलाई गईं। छोटी-छोटी मोहल्ला सभाएँ होने लगीं, मल्टीलेवल मार्केटिंग की तर्ज पर कार्यकर्ताओं की चेन बनाई गई जिससे एक सन्देश घंटे भर में व्हाट्सएप के ज़रिए देश के कोने-कोने में पहुँच जाता। अचला लोकसभा चुनाव ध्यान में रखकर समाज के अलग-अलग वर्गों के लिए नई योजनाएँ चलाकर वोटरों को लुभा रही थी। मानव ने भी यह समय अपने आपको मज़बूत बनाने में इस्तेमाल किया। उसने पार्टी की रणनीति का अपने प्रभाव वाले इलाक़े में मज़बूती से क्रियान्वयन किया और इस सबके लिए वह सीधे नारायण नाम्बियार को सूचित करता।

नाम्बियार ने मानव की मेहनत को देखा और उसके सुझाए छह लोगों के अलावा मानव को भी लोकसभा का टिकट दिया। उसने अचला को पहले ही समझा-बुझा रखा था कि मानव संसद में जाएगा तो राज्य में आपको तंग नहीं करेगा।

मई, 2013 के लोकसभा चुनाव में पार्टी ने बहुमत हासिल कर लिया। पार्टी को राजस्थान की सभी 25 सीटों पर जीत मिली थी। नारायण की नज़र अब राज्यसभा में बहुमत पर थी जिसके लिए बाक़ी राज्यों में होने वाले सभी विधानसभा चुनावों को जीतना था। नारायण को इस जीत के लिए संगठन के पुराने ढर्रे में बदलाव की आवश्यकता लगी। उसने बदलाव की शुरुआत राष्ट्रीय कार्यकारिणी से की और फिर राज्यों तक पहुँचा।

नारायण अचला से पहली मुलाक़ात से ही ख़फ़ा था। उस समय तो मौक़े की नज़ाकत थी मगर अब अचला को यह बताने का समय था कि बॉस कौन है। उसने पार्टी की राज्य कार्यकारिणी से अचला के लोग हटाने शुरू किए और कई प्रमुख पदों पर मानव के समर्थक बिठा दिए। अचला ने बहुत विरोध किया मगर नाम्बियार के कानों पर जूँ तक न रेंगी। मानव इस सफलता से उत्साहित हुआ और सांसद बनने के बावजूद राज्य की राजनीति में और ज़्यादा घुसने लगा।

नारायण का अगला निशाना अचला का मंत्रिमंडल था। इस बार अचला ने खुलकर पार्टी के मंच पर नारायण नाम्बियार का विरोध करना शुरू किया। स्थिति बिगड़ती देखकर प्रधानमंत्री ने ख़ुद अचला से बात की–"अचला जी, लोग आपके विरोध में हैं। दो विधायक हटते ही आपकी सरकार अल्पमत में आ जाएगी। अगर आप मानव के कुछ लोगों को भी मंत्री बना देंगी तो आपका विरोध कम हो जाएगा। यदि कई विधायक इकट्ठे होकर आपको हटाने की माँग करें, या पार्टी छोड़ दें तब आप क्या करेंगी? आपकी सरकार गिर जाएगी।"

अचला तमतमा उठी–"गिरती है सरकार तो गिरे। आप लोग मानव के आगे झुकिए, मैं नहीं झुकूँगी। नाना ने मुझे कहा था कि सरकार मेरी और पार्टी हम दोनों की लेकिन पार्टी में उन्होंने सब अपनी मर्ज़ी से किया और अब सरकार में भी मनमानी...नहीं, ये नहीं होगा। आप लोगों को मुझे हटाना है तो हटाइए। अगर मानव विधायकों के साथ पार्टी छोड़ सकता है तो मैं भी। तब देखते हैं आप सरकार कैसे बचाते हैं।"

प्रधानमंत्री ने इस बातचीत के बाद नारायण को फ़िलहाल राजस्थान को वैसे ही चलने देने को कहा। मानव एक बार फिर मन मसोसकर रह गया।

पुरुष जब स्त्री से हारने लगता है तो पहला हमला उसके चरित्र पर करता है। मानव यह भूल गया कि अचला कभी उसकी पत्नी थी। उसके समर्थक लोगों के बीच कहने लगे कि मुख्यमंत्री शराबी और रंगीन मिज़ाज है। यह वही मानव था जिसके तलाक़ का कारण ही उसकी रंगीन मिज़ाजी थी। उसने लोगों से कहना शुरू किया–"अचला का लकी नम्बर 18 है। उसे 18 साल पुरानी शराब मिले या 18 साल के लड़के, छोड़ती नहीं है।" इन बातों पर ठहाके लगते। अचला तक भी ये बातें पहुँचती थीं। पार्टी पर उसका क़ब्ज़ा कमज़ोर हुआ था इसलिए वह किसी भी तरह अपनी सरकार और ख़ुद को मज़बूत दिखाने के प्रयास में थी लेकिन हाथ में कुछ ठोस नहीं आ रहा था।

दिसम्बर, 2013

जो ख़बरें सारी जनता तक मिर्च-मसाला लगाकर पहुँचती हैं वो राघवेन्द्र शर्मा तक क्यों नहीं पहुँचतीं। राघवेन्द्र इस बार भी निर्दलीय विधायक था। राघवेन्द्र ने जब अचला, मानव और नारायण नाम्बियार के बीच की रस्साकसी को जाना

तो उसे अपने लिए मौक़ा दिखा। सचिन माथुर की सरकार जाने के बाद से वह सिर्फ़ एक विधायक रह गया था। मंत्री पद के लिए वह लालायित था।

"क्या करना चाहते हो मेरे लिए शर्मा?" अचला ने पूछा।

"पार्टी में आपकी कमज़ोर स्थिति को मज़बूत बनाना चाहता हूँ।"

"तुमसे ये किसने कहा कि मेरी स्थिति कमज़ोर है?"

"अचला जी, मैं छात्र नेता था तभी से राज्य की राजनीति में सक्रिय हूँ। राठौड़ साहब और जोशी जी का टाइम देखा है, सचिन माथुर की सरकार देखी और अब आपकी भी देख रहा हूँ। हम सब एक-दूसरे की हक़ीक़त जानते हैं इसलिए बेहतर होगा कि हम खुलकर बात करें। मैं कितने काम का आदमी हूँ यह राजावत जी जानते हैं।" राघवेन्द्र ने चिढ़ाने वाली हँसी के साथ पूछा–"क्यों राजावत जी?"

"खुलकर बोलो राघवेन्द्र, क्या मदद करोगे और बदले में तुम्हें क्या चाहिए?" अचला बोली।

'अब आए ना मुद्दे पर।' राघवेन्द्र सोचकर मन-ही-मन मुस्कुराया और बोला–"आपके ख़िलाफ़ मानव और नाना की सभी कोशिशें अब तक असफल रहीं पर इसका ये मतलब नहीं कि आगे भी यही हो। वे आपके ख़िलाफ़ सही मौक़े का इन्तज़ार कर रहे हैं। आप उनकी तरह इन्तज़ार मत करिए...वो कुछ करें उससे पहले ही अपने क़िले को इतना मज़बूत बनाइए कि मानव और नाम्बियार का यह इन्तज़ार ख़त्म ही न हो।" कहने के बाद राघवेन्द्र ने अचला और राजावत जी को देखा। दोनों उसकी बात ध्यान से सुन रहे थे। राघवेन्द्र चुप हो गया।

"ठीक है। आगे?" अचला बोली।

"मानव के सांसद बनने के बाद अभी आपके पास 101 विधायक ही हैं। जरा सी चूक से आपका खेल बदल जाएगा। मानव अपने पक्ष में संख्या बढ़ाने की कोशिश में लगा है। जैसे ही उसके पास संख्या हुई वह आपको हटाने के लिए अड़ जाएगा। अगर बात नहीं बनी तो वह विपक्ष से मिलेगा।"

"उसे मुख्यमंत्री नहीं बनाएँगे, चाहे कुछ भी हो जाए।"

"ठीक है, उसे नहीं बनाएँगे पर सरकार बचाने के नाम पर नाना उसके किसी आदमी को बना देगा और आपकी बलि चढ़ा देगा। फिर आप क्या करेंगी?"

"तुम्हारे हिसाब से क्या करना चाहिए?" अचला ने पूछा।

"आप अपनी सरकार के समर्थक विधायक बढ़ाइए। अपनी संख्या 100 से 120 तक ले जाइए। आपको मज़बूत देख जो थाली के बैगन हैं वे भी आपकी तरफ़ ही रहेंगे।"

"और ये होगा कैसे? अपने समर्थन के लिए विधायक क्या पैदा करेंगे हम?" काफ़ी देर से चुप बैठे राजावत जी ने रुख़ाई से पूछा।

"राजावत जी..." राघवेन्द्र मुस्कुराया और बोला–"आपकी अब पैदा करने की उम्र रही नहीं इसलिए ये काम मुझ पर छोड़ दीजिए।"

"और आप कैसे पैदा करेंगे विधायक...जरा मैं भी तो समझूँ।" अचला के चेहरे पर मुस्कुराहट के साथ सवालिया निशान थे।

"अभी 21 निर्दलीय विधायक हैं जिनमें से 18 मेरे प्रभाव में हैं। मैं उन सबका समर्थन आपके लिए ला सकता हूँ। आपका समर्थन बढ़ेगा और सबसे बड़ी बात..." राघवेन्द्र ने रुककर दोनों को देखा और फिर आगे कहा–"इन लोगों को मिलाकर आपके पास लगभग 40 विधायक होंगे। अगर कल को नाना दादा बनने की कोशिश करे, तो आप भी वही कर सकती हैं जो मानव करना चाहता है।"

"हमारी ही मदद क्यों करना चाहते हो राघवेन्द्र? यही सौदा तुम मानव के साथ क्यों नहीं करते? बात तो एक ही रहेगी।" राजावत साहब ने शंका जताते हुए कहा।

"जो आदमी नारायण नाम्बियार के समर्थन के बाद भी कुछ नहीं कर पाया वह मेरे समर्थन से क्या ही कर लेगा? मानव नारायण के लिए अचला जी पर हमले का एक हथियार मात्र है। जो ख़ुद किसी का हथियार है वह मुझे क्या मज़बूती देगा। मैं किसी मज़बूत व्यक्ति का मज़बूत दोस्त बनने में यक़ीन रखता हूँ ताकि हमारी ताक़त दोगुनी हो।"

राजावत जी राघवेन्द्र को घूरते रहे। उनकी नज़रों में अविश्वास था। राघवेन्द्र ने पढ़ा और कहा–"मैं बिज़नेस वाला आदमी हूँ। मुझे सिर्फ़ राजनीति नहीं करनी अपना धंधा भी चलाना है। अचला जी अभी मुख्यमंत्री हैं। इनको सहयोग करने से सरकार भी मज़बूत होगी और धंधा भी।"

अचला राघवेन्द्र की बातों से सन्तुष्ट लगी। वह उसे जवाब देती उससे पहले राजावत जी ने अचला से कहा–"ज़रा हम लोग अलग से बात कर लें।"

"बात कर लीजिए लेकिन ये याद रखिएगा कि तूफ़ान कभी भी आ सकता है। तूफ़ान आने से पहले मैं ख़ुद आपकी मदद के लिए नाव लेकर आ गया

हूँ। अगर आप तूफ़ान आने के बाद मुझसे बात करेंगे तो पता नहीं मैं मानूँ या न मानूँ। क्या पता कोई और आपसे बेहतर सौदा कर जाए।"

राजावत और अचला के बीच क़रीब 15 मिनट अकेले में चर्चा हुई। बाहर आने पर अचला ने पूछा–"कितने दिन में सबको पार्टी जॉइन करवाओगे... और तुम्हें क्या चाहिए।"

राघवेन्द्र मुस्कुराया और बोला–"मैं तो साधु आदमी हूँ। मेरा धंधा चलता रहे और उसके साथ अगर वित्त मंत्रालय या ऐसा कोई महत्त्वपूर्ण विभाग दे दीजिए। मेरा पक्का हो जाए फिर बाक़ी किसे क्या देना है, इस पर हम बात करते हैं।"

अगले दिन अचला ने नारायण नाम्बियार को फ़ोन मिलाकर कहा–"मैंने भी आपके फ़ॉर्मूले से चाय बनाना सीख लिया है। अगले हफ़्ते आइए। कुछ नए मंत्रियों के साथ चाय पीते हैं और आपकी राज्यसभा की सीटों की चिन्ता कुछ कम करते हैं।"

नारायण नए मंत्रियों और समर्थक विधायकों से मिलने पहुँचा। अच्छे दिनों की उम्मीद करते मानव को नारायण ने इस दौरे में पूरी तरह से नज़रअन्दाज़ कर दिया।

राघवेन्द्र ने समर्थन देकर अचला के अहं को मानव और नारायण दोनों के सामने नहीं झुकने दिया जिसके लिए अचला उसका एहसान मानती थी। धीरे-धीरे वह उसका सबसे ख़ास मंत्री बन गया। ग़ुस्से और हताशा से भरे मानव ने अफ़वाह उड़ानी शुरू कर दी कि इस समर्थन की क़ीमत अचला के बेडरूम में तय हुई। राघवेन्द्र ने इसके जवाब में अचला को बड़ी बहन कहना शुरू कर एक बार फिर उसका साथ दिया। यह घटना अचला के पास मानव से नफ़रत करने और राघवेन्द्र पर भरोसा करने की एक और वजह बनी।

♟

28 मार्च, 2016, शाम 4 बजे

सर्किट हाउस वापस पहुँचकर मयूर के मन में ग़ुस्सा और निराशा–दोनों भाव एक साथ उमड़ रहे थे। वह सम्पादक है, सवाल पूछ सकता है लेकिन उसे विज्ञापन का हवाला देकर चुप करा दिया गया। एक ब्रांड मैनेजर के तौर पर उसका काम था कि विज्ञापन और ब्रांड इमेज के आधार पर सम्पादकीय पॉलिसी में दख़ल दे, सम्पादक के साथ मिलकर तय करे कि क्या छपेगा, क्या नहीं।

आज जब वह ख़ुद सम्पादक के रूप में था तो अपनी ही विज्ञापन-सम्पादकीय पॉलिसी के दुष्परिणाम देख रहा था।

कंट्री-इन होटल के रिसेप्शन पर मयूर के लिए मानव के सुइट की चाभी रखी हुई थी। सवा चार पर सुइट की डोरबेल बजी। लगभग 60-65 साल का एक आदमी खड़ा था। मूँछें साफ़, लम्बी दाढ़ी, माथे पर नमाज़ के वक़्त सजदे में झुकने से बना हल्का काला निशान। उसके पीछे एक दुबली-पतली सी लड़की स्कार्फ से चेहरा ढके हुए खड़ी थी। लड़की के बगल में एक औरत थी जिसने स्थानीय कपड़े पहने हुए थी। वह औरत भी अपना चेहरा छुपाने की कोशिश में थी। आदमी ने मयूर से कहा–"हुज़ूर बच्ची को आपसे मिलवाना था।" मयूर ने सबको अन्दर आने को कहा।

लड़की ने स्कार्फ हटा लिया था। चेहरे पर आँसू सूखने के निशान थे। होंठ भी सूखे हुए, आँखें थकी हुईं, चेहरे पर डर व्याप्त था। उसे देखकर ही मयूर को दया आ गई। उसने लड़की के हाथ में पानी की बोतल थमाई और आदमी से पूछा–"आप इनके पिता हैं?"

"मैं शाहिद हुसैन हूँ। हज़ारा का पूर्व विधायक।"

"पूर्व विधायक...तो आप इस बच्ची के कंधे पर बन्दूक रखकर राजनीति करने आए हैं। विपक्ष में हैं न आप? इतनी ही बच्ची की चिन्ता है तो सड़कों पर क्यों नहीं उतरे? यहाँ क्या कर रहे हैं?" मयूर को ग़ुस्सा आ गया।

"मैं ऐसे मसलों में राजनीति नहीं करता। सड़क पर उतरे थे मगर कुछ नहीं हुआ। हमारी पार्टी के नेता ख़ामोश हैं इस मसले पर। सब राघवेन्द्र के हाथों बिके हुए हैं..."

मयूर ने हाथ से शाहिद को चुप होने का इशारा किया और ग़ुस्से में मानव को फ़ोन मिलाकर काफ़ी तेज़ आवाज़ में बोला–"क्या मज़ाक़ लगा रखा है आपने? आपको राघवेन्द्र पसन्द नहीं, इस शाहिद की राघवेन्द्र से दुश्मनी है और मेरा तो...हम क्या यहाँ पर राघवेन्द्र शर्मा हेट क्लब चला रहे हैं? "

"ऐसा नहीं है मयूर सा...हम सब इस बच्ची को न्याय दिलाना चाहते हैं चाहे नेकनीयती से या स्वार्थवश...इस परिवार को शाहिद ने राघवेन्द्र से बचाया है। उन्हें अपने घर पर आसरा दिया है। आज भी शाहिद सिर्फ़ बच्ची की सुरक्षा के लिए साथ आया है। आप फ़ोन शाहिद को दीजिए मैं उसे बाहर भेजता हूँ।"

"कोई ज़रूरत नहीं उन्हें बाहर भेजने की। मैं ही जा रहा हूँ।"

"मयूर सा..." मानव ने दो सेकंड का विश्राम लिया और फिर बोला–

"आप जाना चाहते हैं तो जाइए लेकिन एक बार उस बच्ची की बात सुन लीजिए। काफ़ी दूर से उम्मीद लेकर आई है। हमसे जो नाराज़गी है उसकी सज़ा उसे मत दीजिए। बात करने के बाद भी आपको हम पर कोई शक हो तो मना कर दीजिए लेकिन उससे बात कर लीजिए।"

मयूर ने बिना फ़ोन काटे ही लड़की के साथ आई स्त्री से पूछा–"और आप कौन हैं?"

"माँ हूँ इसकी।"

जवाब सुनकर मयूर ने शाहिद से कहा–"आप बाहर जाइए, मैं बाद में आपको बुलाऊँगा।" फ़ोन काटकर मयूर ने लड़की से पूछा–"क्या नाम है बेटा आपका?"

"सीमा।" लड़की ने सिर झुकाए हुए जवाब दिया।

"कितने साल की हो?

"सत्रह।"

"कौन-सी क्लास में हो?" इस बार जवाब देने की जगह सीमा ने धीरे से सिर ऊपर उठाया। उसकी आँखें देखकर मयूर जवाब समझ गया।

उसने पूछा–"तो आप स्कूल नहीं जातीं?"

सीमा अब भी चुप थी। जवाब उसकी माँ ने दिया–"पहले जाया करे थी पर अब तो बाहर निकलनो भी मुश्किल है। शाहिद जी ने अपने घर में न रखो होतो तो मंत्री जी मरवा देते हमें।"

"आपके पिताजी नहीं आए?"

पिता का नाम सुनकर सीमा सुबकने लगी। उसकी माँ उसे चुप करवाने के लिए उसके क़रीब चली गई और मयूर से बोली–"ख़ूब मारो हैं उनने, ठीक से चल-फिर ना सके हैं। वो तो डर से कह रहे केस वापस ले लो।"

"और सीमा केस के बारे में क्या सोचती है?"

सीमा ने फिर कोई जवाब नहीं दिया। इस बार भी माँ ही बोली–"ये तो अब कुछ बोलती ही ना है। उस दिन के बाद कमरे से बाहर ही ना निकली दस-बारह दिन।"

"फिर क्या हुआ?"

"इसके चाचा ने समझायो तो रपट लिखाने गई लेकिन पुलिस ने इसके चाचा को ही झूठो मामलन में जेल भेज दियो, हमें घर में धमकान लगी। भला हो शाहिद भाईसाहब का नहीं तो हम वहाँ से जिन्दा ही नहीं निकल पाते।"

मयूर ने फिर सीमा से कहा–"सीमा, मैं जो पूछूँगा वो तकलीफ़ देगा लेकिन मेरा सब जानना ज़रूरी है कि क्या और कैसे हुआ?"

सीमा ने मयूर की बात का जवाब नहीं दिया और सिर नीचे झुकाए रही। मयूर ने फिर से सवाल किया–"सीमा, आप मुझे नहीं बताओगी कि क्या हुआ तो मैं कैसे आपकी मदद करूँगा? मैं मीडिया से हूँ।"

सीमा ने मयूर को देखा और फिर सिर झुका लिया। सीमा की माँ ने जवाब दिया–"मीडिया पर पहले भी भरोसा करा था, लेकिन बाद में वो भी हमैं ही झूठा बोलन लग गई।"

सीमा अचानक बोल उठी–"मुझे किसी से कुछ नहीं कहना। मुझे वापस अपने घर जाना है। अज़हर से शादी करनी है। नहीं रहना शाहिद के घर।"

"कौन अज़हर?" मयूर ने पूछा। सीमा के बोलते ही उसकी माँ ने उसे चुप कराने की कोशिश की जैसे कि वह इस बारे में बात नहीं करना चाहती हो लेकिन सीमा अपना घर और अज़हर दोहराते हुए रोने लगी। मयूर ने फिर पूछा–"कौन अज़हर?"

सीमा की माँ थोड़ी झिझकते हुए बोली–"है एक लड़का..." सीमा की माँ बात को अधूरा छोड़कर वापस सीमा को चुप कराने लगी और बोली–"सब ठीक है जाएगो। तू भैया ने सब बात बता।"

सीमा चुप हो गई। मयूर ने सवाल करने शुरू किए पर सीमा नज़रें झुकाए बैठी रही। सीमा ने किसी सवाल का जवाब नहीं दिया। सारे जवाब उसकी माँ ने दिए। सवाल-जवाब के बीच मयूर मोबाइल में नोट्स लिखता जिसे सीमा चोर नज़र से देखने की कोशिश करती। सीमा को नोट्स एप में उसका नाम, शाहिद, अज़हर इत्यादि लिखा दिखा। मयूर भी सीमा की इस कोशिश को देख रहा था पर अनजान बना रहा।

मयूर ने ध्यान दिया कि जब भी वह सीमा की माँ को कुछ कह रहा होता था तब सीमा मयूर को देखती रहती थी जैसे वह यह अन्दाज़ा लगाने की कोशिश कर रही हो कि क्या मयूर वाकई भरोसे लायक़ है। मयूर की सभी जिज्ञासाएँ शान्त नहीं हुईं क्योंकि माँ के पास सभी सवालों के जवाब नहीं थे और सीमा कुछ बोल ही नहीं रही थी। ज़्यादा पूछने पर वह रोने लगती।

मयूर ने उन्हें जाने को कहा और आगे की छानबीन करने का फ़ैसला ख़ुद किया। जाती हुई सीमा को मयूर ने कहा–"भरोसा रखना सीमा। तुम्हें इंसाफ़ मिलेगा।" सीमा ने अब भी कुछ नहीं कहा और उसके चेहरे को पढ़ने की

कोशिश करती रही। मयूर ने अपना कार्ड उसे देते हुए कहा–"जब भी लगे कि कुछ बताना है, या बात करनी है तो किसी भी समय बेहिचक फ़ोन कर लेना।"

सीमा को इस हालत में देखना मयूर के लिए काफ़ी तकलीफ़देह था। एक सत्रह साल की बच्ची को किसी पर भरोसा नहीं। एक पीड़ित जिसे न्याय मिलना चाहिए वो न्याय पाने की जगह अपने ही घर से बाहर रहने को मजबूर है। जिस मंत्री को इन लोगों की सुरक्षा करनी चाहिए, उस मंत्री के डर से एक पिता अपनी बेटी के प्रति हुए अपराध पर चुप रह जाना चाहता है। सीमा चली गई थी पर उसका रोता चेहरा मयूर के दिमाग़ में घर कर गया। उसने ख़ुद से वादा किया कि इस लड़की के लिए उसे लड़ना है। इसलिए नहीं कि अपराधी राघवेन्द्र है बल्कि इसलिए क्योंकि इस लड़की का भरोसा इस सिस्टम पर जगाना है।

मयूर ने फ़ोन निकाला और मानव को मैसेज किया–"आई एम गेम।"

15 अप्रैल, 2015

"रोक, रोक, रोक मोटरसाइकिल रोक।" आदेश सुनते ही स्कॉर्पियो के बाहर खड़े पाँच-छह लड़कों ने मोटरसाइकिल पर आ रहे लड़के को रोका। लड़के के रुकते ही एक ने उसके चेहरे पर हॉकी स्टिक मारी। लड़का मोटरसाइकिल समेत गिर पड़ा। उसके चेहरे से ख़ून निकलने लगा। उनके नेता ने रोका और कहा–"अबे आशिक़ है ये, चेहरे पर मत मारो। पाप लगेगा। इसके हाथ-पाँव तोड़ दो।"

लड़कों ने मोटरसाइकिल हटाकर लड़के को एक तरफ़ खड़ा किया और डंडे, हॉकी स्टिक से लड़के के हाथ-पाँव पर वार करना शुरू कर दिया। पैर पर पहले ही वार में लड़का गिर पड़ा और उसके बाद हर हड्डी टूटने पर चीख़ता रहा। नेता ने फिर रोका–"अबे छोड़ दो अब, इतना मारोगे तो मर ही जाएगा...अच्छा सुनो, चलते-चलते चेहरे के दूसरी ओर एक और मार दो।"

"अभी तो आप बोले आशिक़ है चेहरे पर मत मारो।"

"सिर्फ़ आशिक़ होता तो छोड़ देते। ये तो लव जिहादी है। लव जिहादी का चेहरा अलग दिखना चाहिए।" नेता के कहते ही लड़के के चेहरे पर एक और स्टिक पड़ी। लड़के के मुँह से ख़ून में लिपटा दाँत टूटकर बाहर आ गया। नेता अपने लड़कों के साथ स्कॉर्पियो में बैठकर वापस निकल गया। लड़का मोटरसाइकिल के बगल में ख़ून से लथपथ चेहरे के साथ पड़ा हुआ था।

स्कॉर्पियो में आया नेता था राघवेन्द्र का भाई अमित शर्मा और पिटने वाले आशिक़ का नाम था अज़हर, राघवेन्द्र और अमित के लिए काम करने वाले रामफूल सिंह की बेटी सीमा का प्रेमी।

कुछ महीने पहले रामफूल को ख़बर मिली कि उसकी बेटी सीमा किसी अज़हर नाम के लड़के के साथ घूमती दिखती है। बाप बनते ही आदमी प्रेम-सम्बन्ध का दुश्मन हो जाता है, रामफूल भी अलग नहीं था। अज़हर मैकेनिक था और छोटा-मोटा अपराधी भी। लव जिहाद के क़िस्से भी उन दिनों इलाक़े में कहे-सुने जाते थे। रामफूल बेटी के लिए चिन्तित हो उठा।

रामफूल ने सीमा को हर तरीक़े से समझाया, प्यार से, मार के, भविष्य की बातें करके, लड़के के दुर्गुण गिना के, लेकिन इश्क ऐसी चीज़ है कि एक बार हो जाए तो जिस लड़की को सिगरेट के धुएँ से मितली आती हो, उसे अपने प्रेमी का सिगरेट पीना ही दुनिया की सबसे सुन्दर चीज़ लगने लगती है। सीमा भी उसी स्थिति में थी। जब बेटी नहीं मानी तो रामफूल ने अमित शर्मा से मदद माँगी।

अमित के पास इन सब मामलों का एक ही इलाज था। अज़हर अब चार-पाँच महीने तक बिस्तर से नहीं उठ सकता था। ये पिटाई सिर्फ़ अज़हर को सबक सिखाने के लिए नहीं थी। ये पिटाई हर उस मुसलमान लड़के को सन्देश देने के लिए थी जो हज़ारा में किसी भी हिन्दू लड़की के आसपास दिखता था।

"ओहो, बहुत बुरा पीटा है। लगता है बिस्तर पर ही हगना-मूतना हो रहा है इसका।" ख़बर इलाक़े में फैली तो शाहिद अपने बेटे एजाज़ के साथ अज़हर से मिलने उसके घर पहुँचा। अज़हर की सिर्फ़ माँ थी। शाहिद ने उन्हें कुछ पैसे दिए और कहा–"डरना नहीं है। मुसलमान के लड़के को हाथ लगाया है। हम छोड़ेंगे नहीं उन्हें। हिन्दुओं को जवाब देना होगा।"

अज़हर की माँ ने तुरन्त हाथ जोड़कर शाहिद से कहा–"हमें किसी से जवाब नहीं चाहिए। आप कुछ न करें। लड़की का बाप था, उसे ग़ुस्सा आया होगा।"

"ऐसा ग़ुस्सा कि लड़का चल-फिर न सके? तुम्हारे घर का इकलौता कमाने वाला है ये। मर जाता तो? तब भी तुम चुप रहतीं? इनकी गुंडागर्दी तो रोकनी होगी।" शाहिद को ग़ुस्सा आ रहा था कि ध्रुवीकरण का ऐसा मौक़ा और ये मूर्ख औरत समझ ही नहीं रही।

अज़हर की माँ को शाहिद के ग़ुस्से से कोई फ़र्क़ नहीं पड़ा। वो बोली–"शाहिद भाई, अभी मरा तो नहीं ना। मर जाता तो क़ानून का सहारा लेते, पर

वो नहीं करते जो आप करना चाहते हैं। यदि आपको उन लोगों को जवाब देना है तो दीजिए लेकिन मेरे बेटे के नाम पर नहीं।" उसने पैसे वापस शाहिद को देते हुए कहा–"मेरा बेटा इस इलाक़े में दंगे का कारण नहीं बनेगा।"

काफ़ी कोशिशों के बाद भी शाहिद की दाल नहीं गली। पिछले कुछ सालों में शाहिद राजनीतिक तौर पर तो कमज़ोर पड़ा ही था, मुसलमान नेता के तौर पर भी कमज़ोर होने लगा था। उसकी बाहर से मुसलमान लाकर बसाने की योजना ने काम तो किया पर राघवेन्द्र उससे एक क़दम आगे था। इन नए लोगों में कई मुसलमान नेता उभरने की तैयारी में थे जिनकी राघवेन्द्र मदद करता था ताकि वे शाहिद के थोड़े-बहुत वोट काटते रहें।

यह दंगा शाहिद के लिए संजीवनी हो सकता था लेकिन तभी जब सारे पत्ते ठीक से बैठें। एक बार सारे मुसलमान फिर उसे एकमात्र नेता मान सकते थे मगर बिना अज़हर की माँ के समर्थन के कुछ भी करना भारी पड़ सकता था। उसकी राजनीति उलटे उस पर आ सकती थी क्योंकि इस दंगे में ज़्यादा नुक़सान मुसलमानों का होना पक्का था। राघवेन्द्र इस सरकार में भी मंत्री था, दंगे के जवाब में क़ानून के सहारे क़त्लेआम कर देता। यदि अज़हर की माँ समर्थन में रहती तो इस क़त्लेआम को शाहिद शहादत के रूप में दिखा सकता था लेकिन यदि अज़हर की माँ ने दंगे के ख़िलाफ़ एक भी बयान दे दिया तो शाहिद हर तरफ़ से फँस जाएगा। समाज भी उसे दोषी मानेगा और पुलिस तो पीछा ही नहीं छोड़ेगी। शाहिद सोच-विचार कर राघवेन्द्र को नीचा दिखाने के लिए दूसरे मौक़े का इन्तज़ार करने लगा।

अज़हर को पूरी तरह ठीक होने और चलने-फिरने में छह महीने लग गए। उसने दुबारा घर से बाहर निकलना शुरू किया। वैसे भी लड़कों के बाहर निकलने पर कोई रोक तो है नहीं। टाँग न टूटी होती तो अगले दिन से ही बाहर निकल सकता था लेकिन सीमा बिना टाँग टूटे भी लगभग तीन महीने घर में बन्द कर दी गई थी।

बिस्तर पर पड़े अज़हर का जब दिखना बन्द हुआ था तो रामफूल थोड़ा आश्वस्त हुआ और सीमा को थोड़ा-थोड़ा निकलने की इजाज़त मिली। पहले सिर्फ़ गली तक, फिर थोड़ा आगे तक और चार-पाँच महीने में मुख्य बाज़ार तक। अज़हर को ये ख़बर थी और उसने मौक़ा मिलते ही एक चिट के ज़रिए सीमा तक बात पहुँचानी शुरू की। शाहिद तक भी ख़बर पहुँची और उसने अज़हर को बुलवा लिया और पूछा–"इश्क का बुख़ार अब क्या जान देकर ही उतरेगा?"

अज़हर सिर झुकाए चुप रहा। शाहिद ने फिर धमकाते हुए पूछा–"इतने

दिन बिस्तर पर रहकर समझ में नहीं आया क्या? मुसलमानों की नाक कटा दी। फिर से वही चक्कर लगा रहा है।"

अज़हर बोला–"उसके बाप ने छह महीने बिस्तर पर लिटाया है मुझे। उसे सबक तो सिखाऊँगा। अब जो होगा वो देखा जाएगा। आप मत परेशान हों मेरे लिए।"

शाहिद व्यंग्यात्मक मुस्कान के साथ बोला–"लव जिहादी।" सब हँसने लगे। अज़हर ग़ुस्सा होकर जाने लगा कि एजाज़ ने रोक लिया और कहा–"बदला लेना है तो एक काम कर..."

"क्या?" अज़हर ने पूछा।

17 नवम्बर, 2015, सुबह 8 बजे

"सीमा नहीं मिल रही।" रामफूल ने राघवेन्द्र से कहा। राघवेन्द्र ने अपने भाई अमित को देखा। अमित ने थोड़ा हिचकते हुए कहा–"एजाज़ की मदद से अज़हर भगा ले गया।"

"तुम लोगों से अपनी बेटियाँ सँभलती क्यों नहीं हैं बे?" राघवेन्द्र ने हिकारत से रामफूल को देखते हुए कहा। "सब तुम लोगों की ग़लती है। बचपन से बेटी को समझाया होता कि उनमें और हममें क्या फ़र्क़ है तो आज ये दिन नहीं देखना पड़ता।"

अमित ने बात का रुख़ पलटते हुए कहा–"पता चला है कि कोटा जा रहे हैं। एजाज़ वहाँ से दो-तीन दिन में उन्हें मुम्बई भेजेगा।"

"मुम्बई?" राघवेन्द्र के माथे पर चिन्ता की लकीरें उभर आईं। उसने अमित से कहा–"कहीं ये लोग लड़की को बेचने तो नहीं ले जा रहे?"

लड़की को बेचने की बात सुनकर रामफूल फफक-फफक कर रोने लगा, मेरी बेटी को बचाओ कहते हुए कभी राघवेन्द्र के पैर पकड़े तो कभी अमित के।

राघवेन्द्र ने रामफूल से पूछा– "अठारह की तो न हुई ना अभी?"

"नहीं?"

"और लौंडा?"

"बाईस पार है।"

"अमित, अजय सिंह को बोल नाबालिग लड़की को बेचने के इरादे से

भगाने का केस बनाए।" राघवेन्द्र अमित को आदेश दे ही रहा था कि रामफूल ने फिर से हाथ जोड़ा–"पुलिस में बात गई तो बहुत बदनामी होगी। आप ही कुछ करिए। पुलिस की पहुँच आपसे ज़्यादा थोड़ी है।"

राघवेन्द्र ने रामफूल के कंधे पर हाथ रखा और कहा–"जब लड़की अगले साल बालिग हो जाएगी तब हममें से कोई कुछ नहीं कर पाएगा। लड़के को अभी लपेटना पड़ेगा। तू चिन्ता मत कर, बेटी का नाम बदनाम नहीं होने दूँगा।"

रामफूल को आश्वस्त करके राघवेन्द्र ने अमित को कहा–"अजय को बोल कि यहाँ से कोटा तक हर ज़िले की पुलिस को दोनों का फ़ोटो भेजे और साफ़-साफ़ कहे कि मामला सेंसिटिव है। अगर वो दोनों हमसे पहले उन्हें मिल जाएँ तो एक्शन लेने से पहले मुझे बताएँ।"

कोटा

सीमा और अज़हर जयपुर होते हुए बिना किसी दिक़्क़त के कोटा में एजाज़ के आदमी के दिए पते पर पहुँच गए। अच्छी कॉलोनी में बने उस घर की चाभी कहाँ रखी है यह अज़हर को पता था। कोटा शहर आईआईटी और मेडिकल की परीक्षा देने वाले बच्चों का तीर्थ है। कुछ बच्चे बारहवीं पास करके वहाँ तैयारी करने पहुँचते हैं लेकिन मेरा बच्चा आईआईटी में पढ़ता है का तमगा लगा के घूमने के इच्छुक माता-पिता उन्हें आठवीं के बाद ही कोटा पहुँचा देते हैं। शहर में पीजी, हॉस्टल, कोचिंग सेंटरों में चौदह से उन्नीस साल के बच्चे पढ़ने आते ही रहते हैं इसीलिए कोई वहाँ ध्यान भी नहीं देता।

सीमा को घर पर छोड़ अज़हर आसपास के बाज़ार और गलियों के चक्कर लगा आया। उसकी माँ ने उसे सिखाया था कि जब भी नई जगह जाओ तो आसपास की जगहों और रास्तों को थोड़ा घूमकर देख लो। कोई काम पड़ने पर इधर-उधर नहीं भटकना पड़ेगा। अज़हर खाने का सामान लेता हुआ वापस आया। सीमा डरी हुई घर में दुबकी पड़ी थी।

"हम यहाँ क्यों रुके हैं? मुझे डर लग रहा है कि हम पकड़े जाएँगे।" काफ़ी देर चुप बैठे रहने के बाद सीमा ने अपनी चिन्ता ज़ाहिर की।

"चिन्ता मत कर। बस एक-दो दिन में इन्तज़ाम होते ही यहाँ से निकल जाएँगे।"

"कहाँ जाएँगे?"

"मुम्बई जाएँगे। मैं हीरो बनूँगा, तू हीरोइन बन जाना।"

"बकवास बन्द कर...सच बता। भागते टाइम मैं भाग आई लेकिन अब सोच रही हूँ कि हम करेंगे क्या? कैसे खाएँगे? कहाँ रहेंगे? वापस चलें क्या? घर जाकर बात कर लूँगी, मना लूँगी पापा को।"

सीमा की घबराहट देख अज़हर को चिन्ता हुई। उसे एजाज़ ने सचेत किया था कि लड़की डर सकती है, और वापस आने की बात करेगी। बातों से मनाना और न माने तो उसे ये गोली किसी चीज में मिला के देना। ध्यान रखना कि वो वापस न आने पाए, अगर आ गई तो तुझे कोई नहीं बचा पाएगा। अज़हर ने बातों से मनाने की जगह आसान तरीक़ा अपना लिया और कोक में चुपके से गोली मिला दी।

"चिन्ता मत कर बावली। मेरे बहुत जानने वाले हैं। मुम्बई में नौकरी, रहने, खाने सबका इन्तज़ाम हो रहा है। ले पिज्जा और कोक लाया हूँ, खा ले।" अज़हर ने सीमा के सामने सब खाने को रख दिया।

रात के 2.30 बज चुके थे। अज़हर ने सीमा को तो सुला दिया लेकिन उसे ख़ुद नींद नहीं आ रही थी। वह जल्दी से जल्दी मुम्बई जाना चाहता था। एजाज़ के जिस सम्पर्क ने यह घर दिया था उसका फ़ोन बन्द था। क्या मुम्बई में वाकई उसके लिए इन्तज़ाम कर पाएँगे ये लोग, अगर नहीं कर पाए तो वह क्या करेगा? सीमा को कैसे रखेगा? बदला लेने के नाम पर सीमा को भगा तो लाया लेकिन उसे नुक़सान पहुँचाने का कोई इरादा नहीं था। बदला तो यूँ भी उसके बाप से लेना था जिसने पिटवाया। वह इन्हीं सब विचारों में उलझा था कि बाहर कुछ आवाज़ आई। झाँकने पर कोई नहीं दिखा। अज़हर को लगा कि डर से उसे ऐसा लग रहा है लेकिन फिर कुछ हलचल हुई। इस बार अज़हर ने छत पर जाकर देखा तो नीचे कुछ लोग नज़र आए। दो पुलिस वाले भी एक गाड़ी के पास खड़े थे। उसी गाड़ी से उसे अमित उतरता हुआ दिखा। अज़हर समझ गया कि भांडा फूट चुका है।

एजाज़ ने यह भी कहा था कि अगर लगे कि फँसने वाले हो तो हीरो मत बनना, भाग लेना। वो लोग लड़की को कुछ नहीं करेंगे लेकिन तुझे ज़िन्दा नहीं छोड़ेंगे। अज़हर के मन में सीमा को छोड़कर भागने को लेकर उधेड़बुन थी लेकिन इतने लोगों को देखकर उसके मन में डर बैठ गया। वह एक छत से दूसरी छत, फिर तीसरी, चौथी, पाँचवीं होते हुए एक पोल का सहारा लेकर उतरा और भाग निकला। माँ की सीख काम आई। इन गलियों को वो शाम को ही छान चुका था।

अमित जब अपने आदमियों के साथ कमरे में पहुँचा तो सीमा नशे में बेहोश मिली।

♝

19 नवम्बर, 2015

"कल इंस्पेक्टर तुम्हारा और सीमा का बयान लेगा। तुम बेटी के अपहरण की बात कहना और सीमा कहेगी कि अज़हर उसे बेचने की कोशिश कर रहा था। उसे नशे की गोलियाँ देकर वहाँ रखा हुआ था। कोई दिक़्क़त लगे तो सीधे मुझे फ़ोन करना।" डीएसपी अजय सिंह ने रामफूल को समझाया।

साल 2000 से अब तक अजय सिंह और राघवेन्द्र एक-दूसरे को आगे बढ़ाने में सहयोगी रहे। हज़ारा में एसएचओ बनकर आए अजय का कभी ट्रान्सफ़र नहीं हुआ। उसे समय-समय पर कोई ऐसा बड़ा मामला मिल जाता जिसे सुलझाने पर उसका समय से पहले प्रमोशन हो जाता। ये अलग बात है कि प्रायः इन मामलों में दोषी कहीं न कहीं से राघवेन्द्र के धंधे में टाँग अड़ा रहे होते थे।

रामफूल ने कातर निगाहों से अजय को देखा। उसे जवाब न देकर वह राघवेन्द्र की तरफ़ मुख़ातिब हुआ और बोला–"बहुत बड़ा एहसान किया आपने मुझ पर। आप न होते तो जाने क्या करते वो लोग मेरी बच्ची के साथ लेकिन अब पुलिस का चक्कर नहीं चाहिए।"

"बेटी अपनी मर्ज़ी से गई थी न उसके साथ ?" राघवेन्द्र ने रामफूल की आँखों में आँखें गड़ाकर तल्ख़ी के साथ पूछा। रामफूल सहम गया और उसने हामी में सिर हिलाते हुए नज़रें चुराई। राघवेन्द्र बोला–"फिर भी उसको नशे की गोली दी...इसका मतलब समझ रहा है?"

सहमे हुए रामफूल ने हाथ जोड़कर कहा–"लेकिन मुक़दमेबाज़ी से बदनामी होगी। मेरी बेटी भी तो आपकी ही बेटी है। कुछ उसकी ज़िन्दगी का सोचिए।"

"इस इलाक़े की हर बेटी मेरी बेटी है। तू सिर्फ़ अपनी बेटी के लिए सोच रहा है और मैं पूरे इलाक़े की बेटियों के लिए। हुसैन बाप-बेटे के एजेंडे से इलाक़े की हर बेटी को बचाने के लिए ये मुक़दमा ज़रूरी है। तेरी बेटी का नाम बाहर नहीं आएगा। चिन्ता मत कर।"

रामफूल के चेहरे पर बेचारगी झलक रही थी। उसकी बेटी मिल गई वही काफ़ी था।

"कितना एहसान फ़रामोश है तू रामफूल...क्या नहीं किया मंत्री जी ने तेरे लिए और तू अब मुँह फेर रहा है।" डीएसपी अजय सिंह ने रामफूल को अपमानित करते हुए कहा।

अमित ने अजय को चुप होने का इशारा किया और रामफूल को प्यार से समझाया–"अगर हमने कुछ नहीं किया तो कल को तेरी बेटी को ये लोग फिर भगा लेंगे। उन्हें यहीं पर रोकना ज़रूरी है। तू डर मत, मैं बैठा हूँ। जाकर आराम कर, कल बयान देने थाने पहुँच जाना।"

रामफूल के जाने के बाद अजय सिंह ने अमित से कहा–"मैं बता रहा हूँ तुझे, ये भी अपने भाई की तरह धोखा देगा।"

अमित रामफूल की सादगी और ईमानदारी को पसन्द करता था। रामफूल का भाई सतबीर अब इनके गैंग का नहीं रहा, इसके बावजूद सिर्फ़ अमित की वजह से ही रामफूल यहाँ टिका हुआ था। अमित चिढ़ते हुए बोला–"अगर ऐसा हुआ तो मैं पहला आदमी होऊँगा इसको सबक सिखाने वाला।"

अगले दिन के अख़बारों के स्थानीय एडिशन में ख़बर थी–हिन्दू लड़की को प्रेम के नाम पर भगाकर बेचने की कोशिश। लड़की को छुड़ाया, आरोपी अज़हर फरार। पुलिस का कहना है कि हज़ारा में इस तरह का एक गैंग सक्रिय है। पुलिस जल्दी ही अज़हर और उसके गैंग को गिरफ़्तार कर लेगी।

20 नवम्बर, 2015

"मेरा बेटा ऐसा नहीं है मंत्री जी। जानती हूँ कि उसने ग़लती की है लेकिन आप लोग उसे जिस केस में फँसा रहे हैं वो ग़लत है। उसे मत फँसाइए।" अज़हर की माँ अख़बार हाथ में लिये राघवेन्द्र के सामने पूरे विश्वास के साथ तनकर खड़ी थी। राघवेन्द्र ने उसको ऊपर से नीचे तक देखा। अधेड़ उम्र की यह विधवा महिला समय के थपेड़े खा-खा के बेटे को अकेले बड़ा करने की जद्दोजहद में काफ़ी मज़बूत हो गई थी।

"कोई ग़लत केस नहीं है। नशे की गोली खिलाकर बेहोश रखा था लड़की को। मैंने सुना शाहिद ने पैसे भी दिए थे तुमको?"

अज़हर की माँ आवाज़ में थोड़ी नरमी लाते हुए बोली–"मंत्री जी, अज़हर घर का अकेला कमाने वाला है। आपके भाई ने जिस तरह उसे मारा वह... ख़ैर जाने दीजिए। शाहिद भाई मदद करने आए थे लेकिन मैंने उनसे पैसे नहीं लिये। मेरे बेटे को बख़्श दीजिए। उसकी ग़लती की मैं माफ़ी माँगती हूँ। दुबारा वो सीमा से नहीं मिलेगा।"

राघवेन्द्र के चेहरे पर सौदेबाज़ी के भाव उभरे–"ठीक है। मैं तुम्हारे बेटे को छुड़वा दूँगा। तुम पुलिस को बयान दे दो कि शाहिद हुसैन ने लड़की भगाने के लिए पैसे दिए थे। बाक़ी मैं सँभाल लूँगा।"

यह सुन अज़हर की माँ के चेहरे के रंग फिर बदले–"नहीं मंत्री जी, मैं झूठ नहीं बोलूँगी। जो हुआ नहीं वो नहीं बोलूँगी। मैं आप दोनों की राजनीति में न पिसूँगी न अपने बेटे को पिसने दूँगी।"

"फिर मैं कुछ नहीं कर सकता। तुम्हारा बेटा तो जाएगा ही और तुम भी।"

यह सुनकर अज़हर की माँ एक बार फिर अपने पुराने तेवर में आ गई और बोली–"आपको जो करना है वो करिए मंत्री जी लेकिन मैं झूठ नहीं बोलूँगी। अगर हमें झूठा फँसाने की कोशिश की तो याद रखिएगा कि एक माँ से उलझ रहे हैं आप।"

अज़हर की माँ के निकलने के बाद राघवेन्द्र ने अजय को फ़ोन मिलाया और कहा–"इस लौंडे की माँ के भी बड़े तेवर हैं। देखो ज़रा क्या हो सकता है?"

"इसको तो देख लूँगा लेकिन रामफूल के घर इंस्पेक्टर बयान लेने गया तो उसकी लड़की बोली मैं अज़हर से प्यार करती हूँ, उसके ख़िलाफ़ नहीं बोलूँगी।"

"अमित को उसका वादा याद दिला।" राघवेन्द्र ने अजय से कहा।

22 नवम्बर, 2015

"हमें सीमा को बस कोटा ले जाकर बेहोश रखना था। उसके बाद का काम उनका था।" पूछताछ के लिए बुलाई गई अज़हर की माँ ने पहले ही सवाल के जवाब में स्वीकार कर लिया कि वह लड़की बेचने के धंधे में शामिल हुई है।

डीएसपी अजय सिंह इस कबूलनामे पर आश्चर्यमिश्रित ख़ुशी से भर गया। उसे बिलकुल उम्मीद नहीं थी यह औरत इतनी आसानी से ऐसा बयान देगी। समझदार औरत है, राघवेन्द्र से दुश्मनी थोड़ी लेगी। इस ख़याल से अजय के

मन के एक कोने को इस औरत को इस तरह मजबूर करना थोड़ा बुरा भी लगा। अजय ने पूछा–"कौन हैं वो लोग? शाहिद हुसैन और एजाज़ हुसैन?"

"जी नहीं, हमारे मंत्री राघवेन्द्र शर्मा।" अज़हर की माँ ने बेहद शान्त अन्दाज़ से जवाब दिया।

अजय सिंह यह सुनते ही लगभग उछल पड़ा। अजय ने उसे डाँटते हुए कहा–"जानती हो क्या बोल रही हो?"

"जी हाँ, मंत्री जी ने सभी इन्तज़ाम किए थे, लड़की के मुम्बई पहुँचने के बाद 25,000 रुपए देने का वादा था।"

अज़हर की माँ ने झूठ इतनी सफ़ाई और विश्वास के साथ बोला कि अगर अजय सिंह सच न जानता होता तो यक़ीन कर लेता। उसने अपने साथ पूछताछ के लिए बैठी इंचार्ज ऑफ़िसर को बाहर भेजा और धमकाते हुए कहा–"बेवकूफ़ औरत, क्यों अपनी और अपने बेटे की मुसीबत और बढ़ा रही हो। साबित कुछ नहीं कर पाओगी।"

"साबित तो आप भी नहीं कर पाएँगे कि हम लड़की बेच रहे थे।"

"सीमा तुम्हारे बेटे के ख़िलाफ़ बयान देने आ रही है। फिर देख क्या साबित करता हूँ। जेल में सड़ा न दूँ तो..."

"सीमा मेरे बेटे के ही ख़िलाफ़ तो बयान देगी। जब आप मेरे बेटे से पूछताछ करेंगे तो वह भी राघवेन्द्र शर्मा का ही नाम लेगा।"

अजय सिंह इस औरत की चालाकी से हैरान था। वह उठकर बाहर जाने लगा तो अज़हर की माँ ने टोका–"मंत्री जी को कहिएगा कि अगर मुझे और मेरे बेटे को अपनी राजनीति में घसीटा तो उन्हें जवाब उनके ही तरीक़े से मिलेगा।"

"और तुम्हें लगता है कि ऐसा करके तुम जीत जाओगी?"

"इतना तो कर ही जाऊँगी कि मंत्री जी को ताउम्र याद रहे।"

अज़हर की माँ के लिए थोड़ी देर पहले अजय के मन में जो थोड़ा सा दुख का भाव आया था वह अब भाप बनकर उड़ गया। वह बाहर निकलने लगा कि अज़हर की माँ ने उसे फिर रोका–"मंत्री जी को रिपोर्ट देने से पहले मेरा पूरा बयान सुन लीजिए। कल मंत्री जी ने मुझे पैसे देने के लिए घर बुलाया था। आप चाहें तो जाँच कर सकते हैं कि मैं कल मंत्री जी से मिलने गई थी या नहीं। चूँकि काम पूरा नहीं हुआ तो मंत्री जी ने दस हज़ार ही दिए हैं। वो मेरे घर पर मिल जाएँगे।" अज़हर की माँ को अजय के चेहरे पर क्रोध देखना अच्छा लग रहा था। उसने कहा–"अगर छह महीने

पहले शाहिद हुसैन के मेरे घर आने पर आप लोग मुझे उससे जोड़ सकते हो फिर इनसे तो मैं कल ही मिलकर आई हूँ।"

"अगर हम सब छोड़ दें तब भी नाबालिग को भगाने का मामला तो तेरे बेटे पर बनता ही है।" अजय खिसियाते हुए बोला और बाहर निकल गया।

अपराधियों से भरे इस इलाक़े में अजय सिंह का ऐसे किसी इनसान से अब तक पाला नहीं पड़ा था। माँ अपने बेटे को बचाने के लिए पूरी दिलेरी से डटी हुई थी और राघवेन्द्र का ही खेल उसके साथ खेल रही थी। अजय राघवेन्द्र से क्या कहे यह सोच रहा था कि उसे शाहिद हुसैन का फ़ोन आया। शाहिद ने पूछा–"डीएसपी साहब, सुना है मंत्री जी लड़कियाँ बेचने का धंधा करते हैं। गिरफ़्तार कर रहे हैं क्या उनको?"

अजय ने जवाब देने की जगह फ़ोन काट दिया। शाहिद ने उसे दुबारा फ़ोन किया और कहा–"दूसरों के कंधे पर बन्दूक रखकर मुझे और मेरे बेटे को फँसाने की कोशिश बन्द कर दो। उस औरत को अभी छोड़ो नहीं तो जो मैंने फ़ोन पर पूछा है कुछ देर में मीडिया वाले पूछ रहे होंगे।"

अजय ने राघवेन्द्र को सारी स्थिति समझाते हुए कहा–"हमें एक क़दम पीछे हटना होगा।"

"एक विधवा ग़रीब औरत डीएसपी और मंत्री पर भारी पड़ रह रही अजय...वाह।"

"इसे अहं का मामला मत बनाओ मंत्री जी वरना ये हड्डी गले में फँस जाएगी।"

"अहं का मामला तो हो गया अजय। शाहिद खेल रहा है ना पीछे से... अब उसे सबक सिखाना है।"

"सबको सबक सिखा देंगे अगर सीमा और रामफूल बयान दे दें तो... अमित गया था उसे समझाने, वो भी नहीं आया अब तक।"

अमित ग़ुस्से से आगबबूला था। उसी के कहने पर सीमा को ढूँढ़ने के लिए राघवेन्द्र ने इतनी मेहनत की। उसी ने राघवेन्द्र को यक़ीन दिलाया था कि रामफूल बयान देगा। अमित ने ग़ुस्से से मुट्ठी भींची और रामफूल को एक घूँसा जड़ते हुए कहा–"बयान चाहिए आज।"

रामफूल को घूँसा पड़ते ही सीमा और उसकी माँ चीख़े। सीमा की चीख़ सुनकर अमित ने रामफूल के ऊपर और लात-घूँसे बरसाने शुरू किए। मारते हुए वह लगातार सीमा को देखता रहा। सीमा देखकर चिल्लाती और रोती रही।

अमित ने सीमा से पूछा–"बयान?" सीमा ने कोई जवाब देने की जगह अपना मुँह माँ के कंधे में छुपा लिया। अमित और भड़क उठा। उसने अपने आदमियों को रामफूल को पीटने को कहा। अमित ने सीमा की गर्दन पकड़कर पिटते हुए रामफूल की तरफ़ घुमा दी। सीमा ने आँखें बन्द कर लीं और रोती रही। रामफूल को बचाने बीच में आई उसकी माँ को भी काफ़ी लात-घूँसे पड़े।

कुछ ही मिनटों में रामफूल लगभग पस्त हो गया था और अमित के पैर पकड़ने लगा। अमित ने अपने लोगों को रोका। रामफूल कुछ पल पड़ा रहा और फिर बोला–"दूँगा...बयान दूँगा। सीमा भी देगी।"

यह सुनते ही रोती हुई सीमा झटके से उठी और आँसू पोंछते हुए रामफूल के पास जाकर बोली–"नहीं दूँगी मैं झूठा बयान। मैं अपनी मर्ज़ी से गई थी और अगर तुमने कोई बयान दिया तो मैं फाँसी लगा लूँगी। फिर तुम सब करते रहना जो करना है।"

सीमा की बात सुनकर अमित ने रामफूल से कहा–"तुम दोनों के लिए क्या-क्या नहीं किया और आज तुम दोनों ने मुझे अपने ही घर में नज़र मिलाने लायक़ नहीं छोड़ा।"

रामफूल ने अमित की ओर हाथ जोड़ते हुए कहा–"ज़िद्दी लड़की है। अगर इसने फाँसी ही लगा ली तो किसके लिए जिऊँगा? इसे वापस इसलिए तो नहीं लाया कि वो जान दे दे। माफ़ कर दीजिए।"

अमित को रामफूल से इस तरह के जवाब की उम्मीद नहीं थी। वह रामफूल के क़रीब जाकर बैठा और उसके कंधे पर हाथ रखकर बोला–"इश्क एक ऐसी बीमारी है जो माँ-बाप और बच्चों को एक-दूसरे का दुश्मन बना देती है। तू भी घर में ही मारा गया रामफूल।" उसने इशारा किया और रामफूल की फिर से पिटाई शुरू हुई।

♝

रामफूल के घर पर जो कुछ हो रहा था उसकी ख़बर राघवेन्द्र तक पहुँची। उसने अमित को फ़ोन लगाकर सीमा से बात कराने को कहा।

"सीमा बेटा, तुमको लग रहा है कि वह लड़का तुमसे प्यार करता है पर ऐसा नहीं है। तुम्हें प्यार करता है ना फिर भी उसने तुम्हें नशे की गोली क्यों दी? तुम इतने नशे में थीं कि हम तुम्हें वहाँ से वापस ले आए और तुम्हें पता

ही नहीं चला। सोचो हमारी जगह कोई और तुम्हें ले जाता तो? ये लोग तुमको बेचना चाहते थे।" राघवेन्द्र ने फ़ोन पर सीमा को समझाया।

"झूठे हो सब।" सीमा ने प्रतिवाद किया।

"तुम यहाँ मुझसे मिलने आओ। मैं तुमको सारी बात समझाऊँगा। तब भी तुमको लगे कि वो लड़का सही था तो यही सही।"

"पहले मेरे पापा को मारने से रोको। उन्हें बहुत चोट लगी है।" सीमा ने राघवेन्द्र से यह कहते हुए अमित को फ़ोन दे दिया।

"अमित इस लड़की को शीशे में उतारना ज़रूरी है। अभी इसके बाप को मारने के लिए माफ़ी माँग और यहाँ लेकर आ।"

राघवेन्द्र ने कहकर फ़ोन रखा कि माधवी चाय लेकर आ पहुँची और बोली–"कहाँ इतने परेशान हो तुम दो दिन से? किस लड़की को शीशे में उतारना चाहते हो?"

चाय का कप उठाते हुए राघवेन्द्र ने माधवी को सारी घटना बताई। सुनने के बाद माधवी बोली–"रघु, तुम बहुत ज़्यादा रिएक्ट कर रहे हो। अरे वो शाहिद हुसैन अब मरा हुआ है। कुछ नहीं कर सकता तुम्हारे ख़िलाफ़। छोड़ो इस मामले को, इसे बढ़ाना ठीक नहीं है।"

"जब मैं हज़ारा पहली बार आया था तब शाहिद को भी लगता था कि मैं कुछ नहीं कर सकता उसका। उसने जो ग़लती की वह मैं नहीं करूँगा। राजनीति में एक भी चाल ग़लत होना आपको खेल से बाहर कर सकता है। शाहिद अब ख़ुद के लिए नहीं अपने बेटे एजाज़ को राजनीति में स्थापित करने के लिए लड़ रहा है इसलिए वह पूरी ताक़त से मुझसे लड़ेगा। आज उस लड़के की माँ उसके इशारे पर बोली, कल कोई और होगा। इन्हें ख़त्म करना ज़रूरी है।" राघवेन्द्र-माधवी की इस विषय पर चर्चा तब रुकी जब अमित सीमा को लेकर पहुँच गया।

राघवेन्द्र ने सीमा को ऊपर से नीचे तक देखा। पतली-सी लड़की, पीले रंग का सूट पहने हुए, आँखों का काजल रोने से चेहरे पर फैला हुआ था। नैन-नक़्श सामान्य थे, लेकिन वह आकर्षक लग रही थी। माधवी उसका बच्चों जैसा चेहरा देख पिघल गई और सीमा को गले लगाते हुए बोली–"रोते नहीं बच्चे। सब ठीक हो जाएगा। मंत्री जी जो कर रहे हैं वह तुम्हारे भले के लिए है।"

राघवेन्द्र ने अमित को सीमा को अन्दर कमरे में ले जाने का इशारा किया। उसके जाने के बाद माधवी बोली–"कितनी मासूम लड़की है लेकिन बहुत डरी हुई है। चाय का आख़िरी घूँट लेते हुए माधवी ने पूछा–"मैं भी तुम्हारे साथ बात

करती हूँ इस लड़की से?"

राघवेन्द्र ने माधवी को देखा और थोड़ी नरमाई से कहा–"नहीं स्वीटहार्ट। ये जितनी मासूम दिख रही है उतनी है नहीं। बाप इतना पिटा फिर भी उस लड़के के ख़िलाफ़ नहीं बोल रही। मुझे इसे अपने तरीक़े से समझाने दो। तुम रहीं तो इमोशनल हो जाओगी और मेरा काम ख़राब करोगी।

"जैसी तुम्हारी मर्ज़ी। लेकिन ध्यान रखना, बच्ची है।"

राघवेन्द्र अगले दो घंटे सीमा के साथ बन्द कमरे में रहा। जब सीमा बाहर निकली तो एकदम चुप थी। एकदम सपाट चेहरा, भावशून्य आँखें। सीधी चलती हुई गाड़ी में जा बैठी।

माधवी ने पूछा–"दो घंटे तक क्या समझाया तुमने? क्या बोली वो?"

राघवेन्द्र जवाब देने से कतरा रहा था। माधवी ने दबाव डालकर पूछा तो बोला–"बहुत अड़ियल लड़की है। कितना भी समझाओ, घूमकर वापस वहीं आ जाती है कि अज़हर मुझे प्यार करता है। इस लड़की पर भरोसा नहीं कर सकते। जाने कब बयान बदलकर काम बिगाड़ दे। तुम सही कह रही थी, इस मामले को छोड़ना ही बेहतर होगा। शाहिद का कुछ और इन्तज़ाम देखते हैं।"

♟

25 नवम्बर, 2015

रामफूल इस वक़्त दोनों पार्टियों की राजनीति के लिए महत्त्वपूर्ण मोहरा था। एजाज़ की मदद की पेशकश को रामफूल ने ठुकराते हुए कहा–"मेरी परेशानी और मत बढ़ाओ।"

शाहिद ने यह जानकर एजाज़ से कहा–"हमें इस मामले से अब हट जाना चाहिए। रामफूल की परेशानी उसकी बेटी ने बढ़ाई है, और बढ़ानी है तो ये काम भी उसके घर का आदमी ही करे। सतबीर तक ख़बर पहुँचाने का इन्तज़ाम करो।"

♟

2 दिसम्बर, 2015

"है गी भक्ति तेरी? आयो मजा पिट के? मैं तो शुरू से कह रहा ये आदमी हरामी है।" घर पहुँचकर सतबीर रामफूल को जितनी खरी-खोटी सुना सकता

था सुना रहा था और साथ में राघवेन्द्र को कोस रहा था।

"मेरो जो होनो थो हो गयो...मैं सँभाल लूँगो। तू क्यों आयो यहाँ पर...?"

"भाई है तू मेरो...तू खड़ो न हुओ मेरे साथ पर मैं होऊँगो।"

"तूने साथ खड़े होने लायक काम भी तो न कियो, मुझे भी न बतायो, सबने धोखा दियो..." रामफूल ने भाई को ग़ुस्से से हाथ जोड़ते हुए कहा–"तू जा, तेरी जरूरत ना है मुझे।"

सतबीर ने देखा कि सीमा दरवाज़ा थोड़ा सा खोलकर झाँक रही है। उसने रामफूल के कंधे पर हाथ रखकर कहा–"अच्छा गुस्सा छोड़, सारी बात पता लगी मुझे...अगर सीमा उस लड़के ने पसन्द करे है तो शादी करा देते हैं दोनों की। कोई दिक्कत ना आएगी, शाहिद मदद करेगो।"

शाहिद का नाम सुनते ही रामफूल उखड़ गया–"जिसने तेरी भतीजी भगवाई, उसे नशे की गोलियाँ दी वो करैगो मदद हमारी? सब राजनीति करे हैं यहाँ..." रामफूल ने सतबीर को बाहर धक्का देते हुए कहा–"जब से आया है फालतू बात कर रहा है...मुझे न ब्याहनी अपनी छोरी उस लफंगे से जो न धरम का हौ न कोई काम करे है ढंग को। जा निकल अभी, मंत्री ने पता लगो कि तू आयो है तो और मुसीबत बढ़ जानी है।"

वह रामफूल को वापस धक्का देते हुए बोला–"मैं ना जा रहा सीमा से मिले बिना।" सीमा अब भी दरवाज़े से झाँक रही थी। सतबीर उठा और सीमा के कमरे में चला गया। अगले कई घंटे दोनों की बन्द कमरे में बात हुई। बीच-बीच में कभी सतबीर के ग़ुस्सा होने की तो कभी सीमा के रोने की आवाज़ आती। रामफूल ने एक-दो बार कोशिश की भीतर जाने की मगर उसे आने न दिया गया।

आधी रात सतबीर कमरे से निकला तो एकदम ग़ुस्से में लाल था और आते ही रामफूल पर बरस पड़ा–"छोरी ने अकेलो भेज दियो उसके पास...वापस आई तब से घर में बन्द है। एक बार भी पूछो तूने–क्यों? एक बार भी खटको ना तुझे कि छोरी एकदम चुप क्यों है?" सतबीर ने अपनी भाभी से भी सवाल किया–"भाभी, आपने भी नहीं? कैसे माँ-बाप हो दोनों?"

सीमा की माँ ने कहा–"पूछी थी भैया, पर वो बोली ही नहीं। क्या हुआ?"

"अब तक न सुनी तो आगे भी मत सुनो। अब जो करना है मैं करूँगो। तुम लोग जैसे अब तक सोये थे, अब भी जाकर सो जाओ।"

2

3 दिसम्बर, 2015

"डर लग रहो है?" सतबीर ने पूछा तो सीमा ने हाँ में जवाब दिया। सतबीर ने सीमा के दोनों कंधों पर हाथ रखकर कहा–"बढ़िया है, डर लगतो दिखनो चाहिए। अपन उस आदमी को सजा दिलाएँगे। वो बहुत तंग करेगो, हमें मारेगो पर तू पीछे मत हटियो। चाहे कोई कुछ कहे, याद रखना मैं तेरे साथ हूँ। तेरी जिन्दगी को फैसलो वो मंत्री ना लेगो अब।"

रामफूल को कमरे में बन्द करके सतबीर सीमा को लेकर पुलिस थाने पहुँच गया था। इंस्पेक्टर ने सतबीर से पूछा–"क्या बात है?"

"रिपोर्ट लिखानी है।"

"किस बात की?" इंस्पेक्टर कहते हुए लगातार सीमा की ओर ही देख रहा था।

"उसे नहीं, मुझे देख।" इंस्पेक्टर ने सतबीर की बात सुनकर उससे सवाल किया–"ये लड़की तो...तुम हो कौन इसके?"

"जरा अन्दर बैठकर बात करनी है...यहाँ मैं केस की बात नहीं कर सकता।" सतबीर की बात सुनकर इंस्पेक्टर उसे अन्दर ले गया।

क़रीब 5 मिनट बाद ही इंस्पेक्टर बाहर आया और उसके चेहरे पर हवाइयाँ उड़ रही थीं। उसने तुरन्त एसएचओ को फ़ोन करके बुलाया। एसएचओ भी बिना देर किए भागा-भागा थाने पहुँचा। सतबीर और सीमा उसी के दफ़्तर में बैठे थे।

"तू मंत्री राघवेन्द्र शर्मा पर बलात्कार का इल्ज़ाम लगा रहा है। होश में है तू?" एसएचओ ने सतबीर से पूछा।

"मैं तो हूँ पर तुम ना हो शायद होश में...होते तो मेरे से सवाल-जवाब की जगह मंत्री को गिरफ़्तार करते।"

एसएचओ सीमा की तरफ़ मुख़ातिब होकर बोला–"तुम्हारे माँ-बाप क्यों नहीं आए साथ?"

जवाब सतबीर ने दिया–"क़ानून में मना है क्या चाचा का साथ आना?"

सतबीर बदतमीज़ी करने से कुछ ही दूरी पर था लेकिन एसएचओ ने कोई जवाब देने की जगह सीमा से पूछा–"कब हुआ, कहाँ हुआ?"

"22 नवम्बर, 2015, शाम को उन्होंने मुझे अपने घर बुलाया था।" सीमा ने जवाब दिया।

"तुम उनके घर क्यों गई थीं? क्यों बुलाया था?"

सीमा कुछ बोले उससे पहले ही सतबीर बीच में कूद पड़ा–"डरा-धमका के बुलायो मंत्री ने...बहुत मारो इसके बाप को। इसे अज़हर के ख़िलाफ़ झूठा बयान देने को कह रहे थे। लड़की ना मानी तो उसके साथ..."

इस बार एसएचओ ने सतबीर को डाँटा–"जब सवाल तेरे से करूँ तब जवाब देना।" वह पुनः सीमा की ओर मुड़ा और पूछा–"आज 3 दिसम्बर है। तुम इतने दिन तक चुप क्यों थीं? शिकायत तब क्यों नहीं की?" एसएचओ जानता था कि सतबीर फिर इसका जवाब देगा इसलिए सवाल पूछते ही उसने सतबीर को उँगली दिखाकर चुप रहने का इशारा किया। सतबीर चुप होकर सीमा को देखने लगा। सीमा भी उसे देख रही थी। सतबीर ने सीमा को बोलने का इशारा किया।

"उन्होंने...उन्होंने मुझे धमकी दी थी कि मेरे मम्मी-पापा को जान से मार देंगे।"

"तो फिर अब क्यों आईं शिकायत करने? अब नहीं मारेंगे?" एसएचओ ने थोड़ी कड़ाई से पूछा तो सीमा सहम गई। उसके पास इस सवाल का जवाब नहीं था। वो जवाब देने की जगह सतबीर को देखने लगी।

"नहीं आई तो दिक्कत, आ गई तो दिक्कत? तुम रिपोर्ट क्यों नहीं लिखते?" सतबीर ने ग़ुस्से में कहा।

"मुझे पता है मुझे क्या करना है। कोई भी आकर मंत्री के ख़िलाफ़ कुछ भी झूठी रिपोर्ट लिखा देगा तो लिख देंगे? जाँच करनी होती है।"

"रिपोर्ट लिखेगो तब न जाँच करेगो।"

"सुन..." एसएचओ ने रुककर सतबीर से उसका नाम पूछा और फिर कहा–"सुन सतबीर, लड़की का बयान महिला पुलिस के सामने होगा। हमारे थाने में कोई महिला पुलिस नहीं है। बलात्कार में मेडिकल भी होता है लेकिन इतने दिन बाद तो वो भी नहीं होगा। इसलिए जल्दी की ज़रूरत नहीं। तू ठंडे दिमाग़ से सोचकर कल आ। तब तक हम महिला पुलिस भी बुला लेंगे।"

"और कल तक राघवेंदर हमारे परिवार को ख़त्म कर दे, है ना? मैं कुछ नहीं जानता, अभी रिपोर्ट लिखो..."

पुलिस की टालमटोल देख सतबीर ने एसएचओ के सामने ही शाहिद को फ़ोन लगाया। मामला बढ़ते देख एसएचओ ने डीएसपी अजय सिंह को। शाहिद ने सतबीर की मदद के लिए उभरते नेता एजाज़ हुसैन को भेजा और अजय सिंह

ने एसएचओ से सतबीर को रोके रखने को कहा।

एजाज़ ने आते ही थाने में शोर मचाया–"कौन है जो रिफोर्ट नहीं लिख रा?"

"महिला पुलिस नहीं है थाने में।"

एजाज़ बोला–"उसके बिना रिफोर्ट लिख, मंत्री को गिरफ़्तार कर। और इन्तज़ार नहीं करूँगा, खेह रहा हूँ मैं।"

"बच्चों का खेल है क्या गिरफ़्तार करना?"

"अबे तू रिफोर्ट लिखेगा कि..."–कहते हुए एजाज़ लगभग एसएचओ की टेबल पर चढ़ ही गया था।

एसएचओ उठा और एक तमाचा एजाज़ हुसैन को जड़ते हुए बोला–"तेरा बाप अब विधायक नहीं है और तू अभी बना नहीं है इसलिए बेटा औकात में रह..." उसने सिपाहियों को बुलाकर कहा–"इनको इज़्ज़त के साथ उठाकर बाहर फेंक दो। पूर्व विधायक के बेटे हैं।"

अजय सिंह भी थाने पहुँच चुका था। उसने सतबीर से कहा–"सतबीर सिंह, तुम्हें राघवेन्द्र शर्मा के भाई अमित शर्मा की हत्या के प्रयास के मामले में गिरफ़्तार कर रहा हूँ।"

2010

"चमन...अमित..." राघवेन्द्र ज़ोर से चिल्लाया। दोनों भागे आए। राघवेन्द्र ने उनकी ओर रजिस्टर फेंकते हुए कहा–"ये क्या हो रहा है? दूध देने वाली गाय का दूध सूख रहा है और मुझे ख़बर ही नहीं।" राघवेन्द्र दोनों पर बरस पड़ा।

"ऑर्डर कम हो गए हैं। हरियाणा से काफ़ी सप्लाई हो रही है। दिल्ली वाले वहाँ से माल उठा रहे हैं। हमारे से सस्ता माल है।"

"और हरियाणा को कहाँ से सप्लाई जा रही है? राघवेन्द्र ने ग़ुस्से में अमित को डाँटते हुए कहा। "पूरे स्टेट में हर छोटे-मोटे अपराधी के पास 0.32 बोर की रिवॉल्वर है। हमारे इलाक़े में बन रही है, सप्लाई हो रही है और तुम लोगों को कोई ख़बर नहीं। अगले दो दिन में मुझे मालूम करके दो कि कौन कर रहा है ये सब।"

अमित अब इन सब मामलों में सतबीर से ज़्यादा रामफूल पर भरोसा करने लगा था। सतबीर दिलेर था लेकिन कई बार सनक में आकर मूर्खताएँ कर देता

था जिस कारण उसे दो-चार बार जेल भी हुई। उसे पता करने को कहते तो कुछ गड़बड़ कर देता। रामफूल मेहनती और ईमानदार था। रामफूल ने अमित के कहने पर दो ही दिन में पता लगवा लिया कि माल कहाँ से आ रहा है।

राघवेन्द्र ख़ुद इस धंधे में नीचे काम करने वालों से नहीं मिलता था लेकिन इस बार वह रामफूल से पहली बार मिला। रामफूल ने बताया–"भरतपुर की गढ़ीजान पहाड़ी की चोटी पर छोटा सा कामचलाऊ कारखाना बना रखा है उन लोगों ने। रिवॉल्वर की क्वालिटी बहुत अच्छी है और दाम बहुत कम। ये अब हमारे डीलरों को भी माल बेच रहे हैं।"

"हमारे डीलर को भी माल बेचा जा रहा है और तुम दोनों सो रहे हो?" राघवेन्द्र ने अमित और चमन को घूरते हुए कहा। राघवेन्द्र ने रिवॉल्वर उलट-पलट कर देखा और पूछा–"इतनी अच्छी फ़िनिशिंग का माल बना कौन रहा है? "

"साहब सिकलीगर जाति के लोग हैं।"

"सिकलीगर...ये लोग अब भी पुश्तैनी काम ही करते हैं?"

"जिन जातियों के वोट कम होते हैं वे सरकारों की नज़र से छूट जाते हैं। इसीलिए ये बेचारे अब भी हथियार ही बना रहे हैं। आप तो ख़ुद सरकार हैं, समझते होंगे।" रामफूल की यह बात राघवेन्द्र को बिलकुल नहीं चुभी। नेता ऐसी बातों का बुरा मानने लगे तो कैसा नेता!

पेशे से लोहार सिकलीगर जाति के लोग हिन्दू और सिख दोनों धर्म में पाए जाते हैं। सिकलीगर जाति के लोग बेहतरीन तलवार बनाने और उन्हें धार देने के लिए जाने जाते थे। मेवाड़ के राजाओं के लिए इन्होंने काम किया। महाराणा प्रताप के जंग हारने पर ये भी उनके साथ जंगलों में छुपे और फिर समय के साथ भटकते हुए हरियाणा, पंजाब, राजस्थान, मध्य प्रदेश में फैल गए। देसी पिस्तौल बनाने में आज भी इनका सानी नहीं। इन चारों राज्यों में बिकने वाली देसी पिस्तौल अधिकतर यही बनाते हैं।

रामफूल ने कहा–"इसे बाज़ार में बेचनेवाले सारे मुसलमान लड़के हैं। कोई तौसीफ़ अहमद धंधा चला रहा है, नूँह का रहने वाला है। हरियाणा वाली पार्टी को वही माल देता है और अब आगरा वाली पार्टी को भी देने लगा। मैं सतबीर को बोलता हूँ कि और पता करे..."

"कितना प्यारा और राष्ट्रवादी इतिहास है सिकलीगर जाति का...और ये लोग इन मुल्लों के लिए काम कर रहे हैं।" राघवेन्द्र अब भी सिकलीगरों में

उलझा था। उसने कहा–"पता है तुम्हें पंजाब में गुरु हरगोबिन्द सिंह ने जब धर्म और देश की रक्षा के लिए तलवार उठाई तब उन्होंने इन हिन्दू लोहारों को ढुँढ़वाया। इनके बनाए हथियारों से फ़तेह भी हासिल की और इन्हें नाम दिया सिकलीगर। जिन्होंने कभी मेवाड़ के महाराणा और सिख गुरुओं के लिए हथियार बनाए वो आज इन मुगलों की संतानों के लिए बना रहे हैं..." राघवेन्द्र ने एक ठंडी आह भरी और अमित को फटकारा–"अपने इलाक़े में मुल्ले धंधे में वापस आ गए हैं और तुम लोग ऐयाशी काट रहे हो। पकड़ो इन सालों को आज ही।"

"साहब ऐसे नहीं पकड़ में आएँगे। पहाड़ी पर वो लोग जहाँ बैठे हैं वहाँ से तीन किमी. तक चारों ओर दिखता है। अगर कोई आ रहा होगा तो वो भाग जाएँगे।" रामफूल ने राघवेन्द्र के सामने व्यावहारिक समस्या रख दी। "वैसे साहब पहाड़ी पर तो सिर्फ़ बनाने वाले हैं। उन्हें तो कभी भी पकड़ लेंगे। सुना है तौसीफ़ का कोई पार्टनर भी है जो सामने नहीं आता। असली खिलाड़ी वो है। हमें उसे ढूँढ़ना चाहिए।"

"हम सोचते हैं रामफूल, लेकिन तू अभी सतबीर से बात मत करना। वो जाकर झगड़ आएगा।" अमित ने कहा।

अमित, अजय और चमन ने मिलकर तौसीफ़ और उसके गुमनाम पार्टनर को पकड़ने के लिए एक फ़र्ज़ी ख़रीदार तैयार किया। तौसीफ़ से 27 लाख की डील की बात शुरू हुई और मामला सप्लाई के समय और क़ीमत पर फँस गया। बड़ी डील थी, अन्ततः तौसीफ़ का पार्टनर ख़रीदार से मिलकर सौदा पक्का करने आया। पुलिस के साथ अमित मीटिंग पर ताक लगाए बैठा था। पार्टनर को देखते ही दोनों चौंक पड़े। यह पार्टनर कोई और नहीं, अमित का अपना आदमी सतबीर सिंह था।

सतबीर हमेशा से महत्त्वाकांक्षी था। वह अधिक पाने की इच्छा में ही शाहिद को छोड़ राघवेन्द्र के गैंग का हिस्सा बना। शुरू में उसने काम ठीक किया पर धीरे-धीरे उसे लगने लगा कि मेहनत सारी उसकी और माल उड़ाएँ वो दोनों भाई। डीलर नेटवर्क पूरा सतबीर सँभालता था इसलिए उसे भरोसा था उसके बिना इन लोगों का माल बिकेगा नहीं। उसे दूसरी नाराज़गी इस बात से भी थी कि अमित ने उससे ज़्यादा उसके भाई रामफूल पर भरोसा करके उसे शराब के धंधे में जोड़ लिया मगर सतबीर को इससे अलग रखा।

सतबीर कुछ सिकलीगरों को जानता था जो हथियार बनाने में माहिर थे। उसने शाहिद से भी मदद माँगी। शाहिद ने उसे तौसीफ़ दिया। सतबीर चूँकि ख़ुद

सामने नहीं आ सकता था इसलिए तौसीफ़ उसके गैंग का चेहरा बना, ठीक वैसे ही जैसे सतबीर राघवेन्द्र के गैंग का था। दाम कम, अच्छी क्वालिटी और डीलर नेटवर्क की मदद से बाज़ार में सतबीर के पिस्तौल की माँग इतनी बढ़ी कि उसने राघवेन्द्र के धंधे पर असर डालना शुरू कर दिया।

सतबीर को देखते ही अमित ग़ुस्सा काबू नहीं कर पाया और उसके सामने पहुँच गया। सतबीर ने घबराकर अमित पर गोली चला दी। उसके गोली चलाते ही पुलिस की तरफ़ से भी गोलियाँ चलीं। तौसीफ़ और उसके गैंग के तीन सदस्य मारे गए, दो गिरफ़्तार हुए लेकिन सतबीर फ़ायरिंग के बीच भाग निकला।

अमित घायल हुआ लेकिन सुरक्षित था। पुलिस ने सतबीर पर अमित की हत्या के प्रयास का मुक़दमा दर्ज किया। इस मुक़दमे के बाद सतबीर पाँच साल तक हज़ारा नहीं आया।

इस घटना के बाद राघवेन्द्र का सारा ग़ुस्सा रामफूल पर उतरा लेकिन अमित ने उसे बचा लिया। उसने राघवेन्द्र को समझाया कि यदि रामफूल इसमें शामिल होता तो वह हमें इनके ठिकाने के बारे बताने की जगह अपने भाई को पहले ही आगाह कर देता। उसे भी उसके भाई ने धोखा ही दिया है।

राघवेन्द्र ने रामफूल को इस शर्त पर काम करने दिया कि कभी भी सतबीर वापस आया तो वह उसे अमित के हवाले करेगा। सतबीर सीमा के मामले में वापस आते वक़्त जानता था कि वह गिरफ़्तार होगा लेकिन शाहिद इतने सालों तक की गई मदद की क़ीमत वसूलने पर आमादा था।

10 दिसम्बर, 2015

"जे का हंगामो है गयो चंगेज..."

चंगेज़ ने उस आदमी की ओर ध्यान से देखा। चंगेज़ 78 साल पार कर चुका था। थोड़ा ऊँचा सुनता लेकिन होंठों को पढ़ लेता था। बोला–"शतरंज में होबे है घोड़े की ढाई चाल। शाहिद ने वही चली है। जब घोड़ा ढाई चाल से शह देमे है तो राजा हो या मंतरी उनने एक बार तो जगह छोड़नी ही पड़े है।"

एक व्यक्ति ने पूछा–"लेकिन चंगेज यहाँ तो उलटो हो रहो। पुलिस ने सतबीर को धर लियो और छोरी की रपट भी ना लिखी। एजाज रपट लिखाबे

को थाने पर धरना देने गयो तो उसके लोगन के बीच पंडत के आदमी घुस गौ और पुलिस पर पत्थर फेंकन लग गौ। पुलिस ने खूब सूतो एजाज ने और मुकदमा बना दियो। शाहिद खूब हाथ-पाँव मार लियो मगर कुछ न हुओ। आगे का होएगो चंगेज?"

चंगेज़ ने कुछ नहीं कहा। पहले व्यक्ति ने कहा–"पंडत मरवा देगो रामफूल और उसकी छोरी ने।"

चंगेज़ बोला–"जे ही तो है ढाई चाल। घोड़ा जिसे शह देमे है वो खुद मार न सके है घोड़े ने पर मरवा सके है। शाहिद जानतो हौ तबही ले गयो रामफूल के पूरे परिवार ने अपने पास। पंडत वहाँ न जा सकेगो।"

"मतलब शाहिद खेलेगो अब?"

"पंडत भी कम खिलाड़ी थोड़ी हौ। सब गोटियाँ सही बैठा रक्खो है। शाहिद सीधे मात ना दे सकैगो पंडत को। बा ने पंडत को उसके किले में ही घेरनो पड़ेगो।"

शाहिद को भी यह बात समझ आ चुकी थी कि उसका दाँव ख़ाली जा रहा है और कोई उसके साथ नहीं मगर इलाक़े की राजनीति में वापसी का और उसके बेटे को भी स्थापित करने का या सुनहरा मौक़ा वह हाथ से नहीं जाने दे सकता था। शाहिद को अब एक ही उम्मीद थी कि यह मामला राजधानी के अख़बारों में अगर छप जाए तो पूरे राज्य की नज़र उस पर जाएगी और उसकी पार्टी को भी मजबूरन शाहिद का साथ देना होगा।

शाहिद ने जयपुर पहुँच मरुधर समाचार के सम्पादक से चर्चा की। सम्पादक ने उसे कहा–"ऐसे ही आरोप तो नहीं छाप सकते। पुलिस मुक़दमा करे या कोई हंगामा हो तब यह ख़बर बनती है। आपका तो दोनों ही नहीं हो रहा।"

"इसीलिए तो आपके पास आया हूँ।"

"ऐसे नहीं होगा। राघवेन्द्र और मुख्यमंत्री एक-दूसरे की ताक़त हैं। एक को कमजोर करो दूसरा जाएगा। जिस तरह आपकी पार्टी में राघवेन्द्र के दोस्त हैं, वैसे ही उसकी पार्टी में उसके दुश्मन भी होंगे। ऐसा दुश्मन देखो जो मुख्यमंत्री को कमजोर करना चाहता हो।"

सम्पादक ने शाहिद के सामने एक कार्ड खिसका दिया जिस पर मानव सिंह का निजी नम्बर लिखा था और कहा–"इन्हें मीडिया में ख़बर बनवाने और हंगामा मचाने में महारथ हासिल है।"

एक हफ़्ते के बाद राजधानी में एक बड़ी प्रेस कॉन्फ्रेंस हुई और सीमा के बलात्कार का मामला पूरे राज्य के सामने आया।

7 जनवरी, 2016

"क्या चल रही है ये सब?" नारायण नाम्बियार ने राजस्थान के कई अख़बारों की प्रति मानव और अचला के सामने रख दी।

मरुधर समाचार में प्रमुख ख़बर थी–'महिला मुख्यमंत्री के शासन में बलात्कार पीड़िता जान बचाकर छुपने पर मजबूर।' सूर्योदय समाचार की प्रमुख ख़बर की हेडिंग थी–'मैडम भई कोतवाल, तो डर काहे का।' इसी के नीचे सब-हेडिंग थी–'मुख्यमंत्री पर बलात्कारी मंत्री को बचाने का आरोप।' एक और छोटे अख़बार ने छापा था–'पार्टी के आपसी झगड़े में फँसा न्याय।'

तीनों अख़बारों ने इस ख़बर के साथ पार्टी के अन्दरूनी झगड़े का ज़िक्र भी किया था, जिसके अनुसार अचला सिंह राघवेन्द्र को बचा रही है लेकिन मानव सिंह पीड़िता को न्याय दिलाने के लिए अपनी ही सरकार के ख़िलाफ़ जाने को तैयार हैं। ख़बर पढ़कर नारायण नाम्बियार को समझ आ गया कि एक बार फिर से दोनों मियाँ-बीवी का सत्ता संघर्ष शुरू हो गया है और इस बार यह मामला मिट्टी पलीद कर सकता है। उसने दोनों को दिल्ली बुलवा भेजा।

"मुझसे क्या पूछते हैं...न्याय देवता बगल में बैठे हैं उनसे पूछिए।" अचला बोली।

मानव को लगा था कि ख़बर में इस तरह नाम डलवाना मदद करेगा लेकिन इससे नारायण भड़क गया था। मानव ने बचाव का रास्ता अपनाया–"मैंने कुछ नहीं किया है। प्रेस ने अपने मन से लिख दिया। वैसे कोई पीड़ित न्याय माँगने आए तो उसे न्याय दिलाना तो हमारा फ़र्ज़ है। मुख्यमंत्री जी महिला होकर महिला का दर्द नहीं समझ सकतीं तो न सही मैं तो समझता हूँ।"

अचला यह सुन क्रोधित हो उठी और वह बोली–"तुम महिलाओं से हमदर्दी की बात न ही करो तो बेहतर। मैं मुँह खोलूँगी तो कहीं के नहीं रहोगे।"

"ये आप दोनों का शादी से पहले या बाद का जो भी झगड़ा है उसे मेहरबानी करके अपने घर में करो और मुझे यह समझाओ कि आप दोनों ने जो रायता फैलाई है उसे समेटेंगे कैसे? आपके राज्य में 16 महीने में चुनाव है और आप दोनों मिलकर सरकार की छवि ख़राब कर रही हैं।"

"इन्होंने रायता फैलाया इन्हीं को कहिए समेटने को।" अचला ने फिर मानव पर वार किया।

"बिलकुल जी, मैं ही दोषी हूँ। बलात्कार भी मैंने ही किया ये भी कह दीजिए।" मानव ने पिनककर कहा।

"कौन जाने तुमने ही किया हो और उसे फँसा रहे हो।"

"सही कह रही हैं आप राणी सा। उसके बाप को मारने अमित शर्मा मेरे ही कहने पर तो गया था। मेरे ही कहने पर उसके चाचा को पुलिस ने झूठे मुक़दमे में गिरफ़्तार किया। एक तो बलात्कार ऊपर से उसके परिवार पर अत्याचार।"

"तुमको ये तक तो पता नहीं कि उसका चाचा 307 में वांटेड था और तुमने मुक़दमा झूठा है का फ़ैसला ले लिया।"

"चुप हो जाओ दोनों। एक मुख्यमंत्री है एक सांसद और दोनों स्कूल के बच्चों की तरह तू-तू मैं-मैं कर रहे हैं। बकवास बन्द करो और काम की बात पर आओ।" नारायण ने ज़ोर से दोनों को डाँटा।

नारायण की डाँट से थोड़ा सहमकर मानव ने धीमी आवाज़ में कहा–"सरकार का नाम ख़राब हो रहा है। हमें राघवेन्द्र को मंत्री पद से हटाकर पुलिस जाँच करवानी चाहिए।"

"आप ठीक कह रहे हैं।" नारायण ने मानव का समर्थन किया।

"क्या ठीक कह रहा है ये? ये राघवेन्द्र को फ़ोन करके कहता है कि तुम अपने सभी विधायक लेकर मेरे समर्थन में आ जाओ। शाहिद और लड़की मेरे पास हैं। मैं उस लड़की को तुम्हारे रास्ते से साफ़ करवा दूँगा। नहीं आए तो प्रेस कॉन्फ्रेंस करवाकर तुम्हारी कुर्सी खा जाऊँगा। लीजिए आप ख़ुद ही रिकॉर्डिंग सुन लीजिए।" अचला ने मोबाइल निकालकर एक रिकॉर्डिंग नारायण को सुनाई।

अचला ने रिकॉर्डिंग बन्द की और कहा–"यह आदमी मुख्यमंत्री बनने के लिए साज़िशें रच रहा है। सरकार का नाम राघवेन्द्र नहीं ये मानव ख़राब कर रहा है।"

अचला बोले जा रही थी और नारायण लगातार मानव को घूर रहा था। नारायण ने मानव को घूरते हुए ही अचला को हाथ दिखाकर चुप होने का इशारा किया और मानव को बोला–"इसी वक़्त मेरी घर से बाहर निकलो। तुम्हारा हिसाब मैं बाद में करेगी।" रिकॉर्डिंग सामने आने के बाद मानव के पास जाने के अलावा कोई चारा नहीं था।

"इस हरकत के लिए मानव को पार्टी से निकालिए।" अचला ने नारायण से कहा। नारायण भी मानव की इस हरकत से काफ़ी नाराज़ था लेकिन अचला की नकेल कसे रखने के लिए उसे कोई चाहिए था जो पार्टी में उसके दबदबे

को चुनौती देता रहे और हठी अचला स्वच्छंद न हो जाए। इस वक़्त पार्टी में मानव के अलावा और कोई यह काम नहीं कर सकता था।

"मीडिया को क्या बोलेगी मैं...क्यों हटाया मानव को? प्रेस कॉन्फ्रेंस के बाद हमारी समस्या मानव से ज़्यादा राघवेन्द्र है। आप राघवेन्द्र से इस्तीफा दिलवाइए और पुलिस जाँच की घोषणा करिए।"

"लेकिन यह सब मानव की साज़िश है।"

"जानता हूँ लेकिन इस केस में मानव नहीं आपकी छवि पर दाग़ लगेगा। आप महिला हैं और यह महिला के विरुद्ध अपराध है। यह मामला पार्टी और आपके दोनों के लिए घातक है। इस राघवेन्द्र से पीछा छुड़ाइए वरना 2017 भारी पड़ेगा हमें।"

"मैं समझती हूँ लेकिन फिर मानव उसे तोड़ने की कोशिश करेगा।"

"अचला जी...मानव अगर 100 में से 99 विधायक भी ले आए तो भी इस पार्टी से मुख्यमंत्री नहीं बनेगा। आप निश्चिन्त रहिए, 2017 तक आप ही तो हमारी मुख्यमंत्री हैं। आगे भी रहना है तो इस मामले को जल्दी निपटाइए।"

♝

"ये जानते हुए कि यह सब मानव की साज़िश है, आपने जाँच के आदेश दे दिए और यह बात मुझे मीडिया से पता लग रही है...एक बार मुझसे बात करने तक की नहीं सोची?"

"बात करने के लिए ही तो तुम्हें बुलाया है राघवेन्द्र। इस प्रेस कॉन्फ्रेंस के बाद यह दिखाना ज़रूरी था कि सरकार एक्शन ले रही है।" अचला की बातों का राघवेन्द्र पर कोई असर हो रहा था या नहीं ये पता नहीं चल रहा था। वह सिर झुकाए, मुँह घुमाए बैठा अपने दाएँ पैर को बेचैन होकर तेज़ी से हिला रहा था। वह बोली–"मैं जानती हूँ मानव ने स्थिति बिगाड़ दी..."

राघवेन्द्र का पैर हिलाना बन्द हो गया और वह आवेश में अचला को बोला–"उसने क्या बिगाड़ा है? बिगाड़ा तो आपने है...आपकी जगह मानव का ऑडियो मुझे मीडिया में दे देना चाहिए था। सारा गेम ही पलट जाता।"

"मगर इससे पार्टी के अन्दर का झगड़ा भी तो मीडिया में आ जाता...चलो फिर भी ऑडियो मीडिया को दे दिया लेकिन उसके बाप के साथ मारपीट, उसके घर में तोड़-फोड़, शाहिद के ख़िलाफ़ झूठा बयान दिलाने की तुम्हारी

कोशिश जैसी कितनी ही बातें उठेंगी उनका क्या जवाब दोगे? मुझे तो पता भी नहीं इस मामले में तुमने और क्या-क्या किया है।" राघवेन्द्र ने फिर मुँह घुमा लिया था। अचला अब सावधानी से एक-एक शब्द को बोल रही–"राघवेन्द्र... पुलिस जाँच तो करानी होगी और..." अचला रुकी, राघवेन्द्र ने अचला को देखा। अचला ने नज़रें थोड़ी झुकाते हुए कहा–"...और तुम्हें मंत्री पद से भी इस्तीफ़ा देना होगा। दिल्ली यही चाहती है और...।"

"और तू भी यही चाहती है, यही ना।" राघवेन्द्र तमतमाता हुआ खड़ा हुआ और बोला–"सुन अचला सिंह, दिल्ली वालों की तो..." राघवेन्द्र ने मुट्ठी हिलाकर गाली देने का भाव दर्शा दिया। अपने साथ इस तरह की बदतमीज़ी सहन करना अचला के स्वभाव में नहीं था।

"ये कौन-सा तरीक़ा है बात करने का राघवेन्द्र..."

"धोखेबाज़ों से बात करने का यही तरीक़ा है मेरा। ये दिल्ली वाले जब तुझे हटाने वाले थे तब मैं आया था तुझे बचाने..."

"मेरी सरकार बचाकर कोई एहसान नहीं किया तुमने। उसके बदले में तुम्हें भी वो सब मिला है जो तुम्हें चाहिए था।"

"अच्छा...ठीक है फिर, मैं निकल जाता हूँ तुम्हारी सरकार से। जितने लाया था उससे दो-चार ज़्यादा ही लेकर निकलूँगा फिर देखना किसने एहसान किया था। जानती हो विपक्ष इस मामले में क्यों चुप है? क्योंकि वो जानते हैं राघवेन्द्र जिस सरकार को बचा सकता है, उसे गिराकर अगले महीने तक उनकी सरकार खड़ी कर सकता है।"

अचला यह सुनकर व्यंग्यात्मक मुस्कान के साथ बोली–"अच्छा तो विपक्ष एक बलात्कार के आरोपी के साथ सरकार बनाएगा...ये तो हमारे लिए और अच्छा है।"

"जब मानव सिंह का मुझसे मोलभाव करता ऑडियो सामने आएगा तो वो सरकार भी बनाएँगे और जनता भी जान जाएगी कि तुम दोनों मियाँ-बीवी के झगड़े में उनका क्या हो रहा है। अपने दिल्ली वालों को बता देना कि इस्तीफ़ा तो मैं देने से रहा और तू मुझे हटाकर दिखा फिर बताता हूँ मैं क्या हूँ।" राघवेन्द्र अचला के जवाब का इन्तज़ार किए बिना निकल गया।

अचला का मन कर रहा था कि राघवेन्द्र को वापस बुलाए और उसको पटककर उसके मुँह पर इतने मुक्के मारे कि उसकी शक्ल पहचानने लायक़ न रहे। अचला ने नारायण नाम्बियार को फ़ोन करके स्थिति बताई। नारायण

बोला–"मानव का ऑडियो सामने आना या राघवेन्द्र का विपक्ष से मिल जाना दोनों ही ठीक नहीं। आपको पहले राघवेन्द्र को विश्वास में लेना चाहिए था। मैं बात करता हूँ उससे, आप इतनी देर में चाय बनाकर पीजिए।"

राघवेन्द्र ने अगले दिन मीडिया में अपना बयान देते हुए कहा–"आरोप झूठा है। पुलिस जाँच में सब साफ़ हो जाएगा।" इस्तीफ़े के बारे में पूछे जाने पर राघवेन्द्र ने कहा–"इस्तीफ़ा वो दे जो दोषी हो। मैं निर्दोष हूँ। मैं इस्तीफ़ा तो नहीं दे रहा मगर मैंने प्रण लिया है कि जाँच पूरी होने तक मैं मंत्रालय में नहीं बैठूँगा।"

मानव से सम्बन्धों का प्रभाव मरुधर समाचार के सम्पादकीय में नज़र आ रहा था। राघवेन्द्र से ज़्यादा हमले अचला पर किए जा रहे थे। सम्पादकीय में उसकी स्त्री-विरोधी छवि बनाने का काफ़ी प्रयास हुआ। हमला भले ही अचला पर था लेकिन इसकी मार तो राघवेन्द्र को ही पड़ रही थी। उसने मरुधर समाचार के मालिक को फ़ोन लगाया–"सर, प्रणाम।"

"कैसे याद किया शर्मा जी?"

"आपको याद है माथुर जी की सरकार के समय मैंने आपको प्लांट्स लगाने के लिए कुछ ज़मीन दिलवाई थी।"

"ज़मीन ही नहीं, आपने तीन साल के लिए टैक्स में भी विशेष रूप से छूट दी थी हमें। मुझे सब याद है। इसीलिए तो हम भी आपका नाम कहाँ लिख रहे हैं ज़्यादा ख़बरों में, अचला जी पर हमला है। मामला ऐसा है कि इससे ज़्यादा मैं चाहकर भी कुछ नहीं कर पाऊँगा।"

"अरे नहीं-नहीं, मैं आपसे अपने लिए कुछ करने को नहीं कह रहा। दरअसल अचला जी पिछली सरकार के उन सभी फ़ैसलों को ऑडिट कर रही है जिसमें किसी को भी विशेष छूट दी गई हो। जब आपकी फ़ाइल निकली तो पता लगा छूट के बदले में जो शर्तें सरकार ने रखी थीं उनमें अधिकतर पूरी नहीं हुईं। जिनकी ज़मीन ली उनके बच्चों के लिए स्कूल बनाना था, आपको 50 प्रतिशत स्थानीय लोगों को नौकरी देनी थी। मैडम ने तो आपके प्लांट बन्द करने का ऑर्डर दे दिया लेकिन अनुमतियाँ मैंने दी थीं इसलिए अधिकारियों ने मुझे बता दिया। आप मित्र हैं इसलिए मैंने उन्हें कह दिया है आप महीने भर में सब ठीक कर देंगे।"

"आप दबाव डाल रहे हैं मुझ पर शर्मा जी?"

"कैसी बात कर रहे हैं आप, दबाव डालना होता तो एक्शन लेते। आपको फ़ोन थोड़ी करते।"

"फिर आप बताइए कि एक महीने में स्कूल कैसे बनेगा? एक महीने बाद क्या होगा?"

"एक महीने बाद का एक महीने बाद देखेंगे। अभी तो संकट रुक गया है। एक बात और, आपके प्रिंटिंग प्रेस का कचरा भी पीछे वन विभाग की ज़मीन में डंप हो रहा है। वन विभाग वाले पर्यावरण के नाम पर प्रेस बन्द करवाने चले थे। उन्हें भी समझा-बुझा कर रोका है।"

उधर से जवाब में बहुत हल्का सा 'हुँ' सुनाई पड़ा। राघवेन्द्र का पासा ठीक पड़ा था। उसने कहा–"बस इसी के लिए फ़ोन किया था मैंने। यक़ीन मानें मैं मीडिया पर दबाव बनाने को ठीक नहीं मानता, लेकिन सीएम भी ऐसा मानती हैं कि नहीं, पता नहीं। वैसे भी मुझसे ज़्यादा तो आप उन पर ही हमला कर रहे हैं। आप अख़बार हैं जो ख़बर होगी छापेंगे वही। बेवजह इधर-उधर की अपने मन से थोड़ी लिखेंगे।"

अगले दिन से मरुधर समाचार में सिर्फ़ उतना ही छपता जितना पुलिस की मीडिया ब्रीफ़िंग में होता।

10 फरवरी, 2016

सीमा बलात्कार केस पर सुनवाई थी। पुलिस की जाँच रिपोर्ट के हिसाब से यह बदले की भावना से किया गया एक झूठा मामला था। पुलिस ने कई तर्क दिए जिससे सतबीर और रामफूल सिंह की शत्रुता मंत्री राघवेन्द्र शर्मा से साबित होती थी। शिकायत देर से दर्ज कराना मेडिकल से बचने की क़वायद बताई गई। कोर्ट ने पुलिस की रिपोर्ट के आधार पर राघवेन्द्र को निर्दोष घोषित कर दिया।

राघवेन्द्र को लगा था कि मीडिया सँभल गया लेकिन अब तक इस मामले में सँभलकर रिपोर्टिंग करता सूर्योदय समाचार फ़ैसले के बाद आक्रामक हो उठा। उनकी वेबसाइट ने फ़ैसला आते ही न्याय को बिका हुआ कहते हुए सवाल उठाया कि यह जाँच इतनी तेज़ी से क्यों हुई और इस पर इतना जल्दी फ़ैसला क्यों आया?

वेबसाइट पर इतनी आक्रामकता से राघवेन्द्र को अगले दिन का अख़बार दिखने लगा था। सूर्योदय समाचार यदि हमला करता तो मजबूरन मरुधर समाचार भी साख बचाने के लिए सवाल उठाता। राघवेन्द्र ने सूर्योदय समाचार के मालिक को फ़ोन किया मगर फ़ोन नहीं उठा। दफ़्तर में करने पर कहा गया कि सर आज बिज़ी हैं, आपको कल फ़ोन करेंगे।

"नौ सौ चूहे खाकर बिल्ली बिज़ी हो चली।" राघवेन्द्र ने पीए से कहा।

पी.ए. को समझ नहीं आया। उसने पूछा–"क्या सर?"

राघवेन्द्र–"कुछ नहीं। अगर सर बिज़ी हैं तो अपने सम्पादक जी से कहें कि मुझे फ़ोन करें। मेरे पास एक बहुत एक्सक्लूसिव ख़बर है जिसके बारे में आज ही बात करना ज़रूरी है।"

कुछ ही देर बाद राघवेन्द्र को सम्पादक का फ़ोन आया। उन्होंने राघवेन्द्र को छेड़ते हुए कहा–"आज तो आपकी ख़बर एक्सक्लूसिव है शर्मा जी, आप कौन-सी अलग एक्सक्लूसिव ख़बर देना चाहते हैं।"

राघवेन्द्र ने बहुत संजीदगी से कहा–"जून, 2011 में एक लम्बोर्गिनी कार ने 150 की स्पीड पर रात डेढ़-दो बजे के आसपास एक मोटरसाइकिल सवार को उड़ा दिया। उस आदमी की वहीं मौत हो गई। एक लड़के ने उस घटना का वीडियो बना लिया लेकिन लम्बोर्गिनी वाले ने उसे पिस्तौल दिखाकर उसका कैमरा छीन लिया। लड़के के बयान के आधार पर पुलिस ने ख़ूब छानबीन की लेकिन वो कार नहीं मिली। पुलिस को केस बन्द करना पड़ा। अब मैं आपको राज की बात बताता हूँ। पुलिस को कार इसलिए नहीं मिली क्योंकि एक तो गाड़ी गुजरात के नम्बर की थी और दूसरा उस कार को एक लोडिंग ट्रक में छुपाकर चेन्नई भेज दिया सर्विस करने के लिए। मेरे पास उस कार का नम्बर, जिस ट्रक में वह बाहर गई उसका नम्बर और मालिक का पता भी है।"

सम्पादक ने पूछा–"आपके पास कैसे?"

"अजी उस कार मालिक के कहने पर मैंने ही तो कार चेन्नई भिजवाई थी। ख़ैर, अब हुआ क्या कि मैंने लम्बोर्गिनी अन्दर से देखी नहीं थी। जैसे ही अन्दर देखने बैठा तो देखा कि कार मालिक ने जो कैमरा छीना था वो तो कार में ही रह गया। मैंने कैमरा रख लिया तो मतलब ये हुआ कि वो वीडियो भी मेरे पास है।"

"शर्मा जी आप कह रहे हैं कि आपने एक हत्यारे को गाड़ी छुपाने में मदद की और उसका सबूत भी पुलिस को नहीं दिया। ये सब आप मुझे अब क्यों बता रहे हैं?"

"आपकी वेबसाइट देखी आज, मुझे लगा कि अगर यह वीडियो आपकी वेबसाइट पर आ गया तो मिलियन व्यूज़ कहीं नहीं गए। आपके मालिक हमारे दोस्त हैं सोचा उनको फ़ायदा हो जाए...उस वीडियो में कार की टक्कर से मोटरसाइकिल उड़ती दिख रही है और फिर कार कैमरा के सामने रुकती है, कार के दरवाज़े ऊपर खुलते हैं जैसे तितली पंख फैला रही हो। फिर कार मालिक बाहर निकलकर पिस्तौल दिखाते हुए दिखता है। आपने देखी है तितली के पंख की तरह दरवाज़े खुलने वाली कार?"

"नहीं।"

"आपके अख़बार के मालिक के पास थी तो पहले। जाने कैसे इस घटना के बाद से उनकी कार भी नहीं दिखी।"

आधे घंटे बाद सूर्योदय समाचार की वेबसाइट से राघवेन्द्र के मामले में पूछे गए सवाल ग़ायब हो गए थे और सिर्फ़ कोर्ट का फ़ैसला छपा था। अगले दिन राज्य के दोनों प्रमुख अख़बारों ने छापा–"राजनैतिक रंजिश के कारण किया झूठा बलात्कार का मुक़दमा।"

मानव सिंह और शाहिद हुसैन मुँह की खा चुके थे। शाहिद तो पहले ही सब कुछ हारा हुआ था लेकिन असल नुक़सान अब मानव का हुआ था। वह इस साज़िश का सूत्रधार माना जाने लगा। स्थानीय मीडिया के इस रंग ने उसकी लड़ने की उम्मीदें भी धूमिल कर दी थीं। अपनी जगह वापस पाने के लिए अब उसे ज़रूरत थी इस मामले को राष्ट्रीय स्तर पर ले जाने की ताकि पार्टी को मजबूरन राघवेन्द्र को हटाना पड़े। ऐसा ही कुछ एक और शख़्स सोच रहा था। उसने मानव तक मयूर भारद्वाज की कुंडली पहुँचा दी।

30 मार्च, 2016

"ये केस जनता द्वारा दी गई ताक़त का जनता के ही ख़िलाफ़ दुरुपयोग करने का शानदार उदाहरण है। मीडिया पर इतना ज़बर्दस्त दबाव है कि किसी ने पुलिस जाँच पर उँगली तक नहीं उठाई। हमें इस ख़बर पर पूरी सीरीज़ चलानी चाहिए।" मयूर ने दिल्ली वापस आकर सीमा के मामले को उठाने के लिए राहुल बंसल को और अर्क टाइम्स के सम्पादक को पूरे केस के बारे में प्रेज़ेंटेशन दी।

"वेरी नाइस।" राहुल बंसल ने कहा और अपना मोबाइल देखने लगा।

मयूर समझ गया कि इस ख़बर में राहुल को कोई रुचि नहीं। उसने दुबारा ज़ोर लगाया–"बहुत ही ज़बरदस्त स्टोरी होगी बॉस। हमें करनी चाहिए। मिनिस्टर को सज़ा दिला दी तो..."

"तो क्या? हमें क्या मिलेगा? न सर्कुलेशन बढ़ेगा न रेवेन्यू।"

"पर हम कुछ सर्कुलेशन तो वहाँ बढ़ा सकते हैं ना?"

"हमें वहाँ सर्कुलेशन बढ़ाना ही नहीं है। हम वहाँ ज़्यादा अख़बार बेच भी लेंगे तब भी विज्ञापन तो उतना ही मिलेगा। रिटर्न ऑन इनवेस्टमेंट नहीं है।"

"लेकिन पाठकों को..."

मयूर की बात पूरी होने से पहले ही राहुल बोला–"हम अपर इनकम ग्रुप और इलीट क्लास के अख़बार हैं। हमारे पाठकों को पता भी नहीं होगा कि नक़्शे में हज़ारा नाम की कोई जगह है। सो मेनी रेप केसेज़ हेप्पेन्स इन रूरल इंडिया। आवर ऑडियंस डोंट गिव आ फ़क टू दैट। वो तुम्हारी ख़बर को हेडलाइन से आगे पढ़ेंगे ही नहीं।"

"लेकिन बॉस हम अख़बार हैं। हमारा काम है ग़लत को सामने लाना और न्याय दिलवाना।"

"हमारा काम सिर्फ़ ख़बर देना है, न सही-ग़लत तय करना और न ही न्याय दिलवाना।"

"तो हम ख़बर ही देते हैं ना..."

राहुल बंसल इस बहस से उखड़ने लगा और उसने अर्क टाइम्स के सम्पादक से पूछा–"व्हाट इज दैट कहावत इन हिन्दी–गए थे हरि भजन को ओटन लगे कपास...ये वही व्यक्ति हैं। गए थे सीएम इंटरव्यू को, खोदन लगे अपराध..."

सम्पादक ने जवाब दिया–"आए थे हरि भजन को...लेकिन ठीक है। गए या आए, काम तो वही किया।"

अब मयूर उखड़ गया–"बॉस, हरि भजन पूरा किया है मैंने। सीएम का इंटरव्यू कल छप जाएगा। अब कपास भी ओट लेंगे तो क्या हर्ज है?"

राहुल ने अपना चश्मा उतारा और मयूर को बोला–"डील पर ध्यान दो। योर जॉब इज़ टू इंक्रीज़ एडवरटाइजिंग रेवेन्यू। हम तीनों की सैलरी उसी से आती है। सो फ़ोकस ऑन दैट।"

"बॉस डील पूरी तो कर रहे हैं ना। रेवेन्यू तो आ गया। अब जो दूसरी बड़ी ख़बर है उसे भी छाप देते हैं।"

"मयूर! बात को समझो यार...चलो तुम्हारे कहने पर हम ये ख़बर छाप देंगे लेकिन इससे क्या होगा? ऐसा तो है नहीं कि हमारी ख़बर पढ़कर जनता सड़क पर उतर आएगी। हमारे अख़बार की ऑडियंस को भी इस ख़बर से फ़र्क़ नहीं पड़ेगा। हाँ, किसी मॉडल का, एक्टर का, वहाँ के किसी हाईप्रोफ़ाइल परिवार की लड़की का मामला होता तो हमारे पाठक उसे पढ़ते, दो-चार पोस्ट लिखते, ट्वीट करते, हैशटैग चलता...अब जिस ख़बर से न उस लड़की को फ़ायदा है न हमें, ऐसी ख़बर को छापने का क्या मतलब? ध्यान रखो कि केन्द्र में भी उनकी सरकार है और राज्य में भी। डोंट मेक देम एंग्री।" राहुल ने मयूर को स्पष्ट तौर पर मना करते हुए कहा।

अर्क टाइम्स के सम्पादक ने भी राहुल को सहमति दिखाने के लिए मयूर को समझाते हुए कहा–"राहुल सही कह रहे हैं। हम छाप देंगे पर होगा कुछ नहीं। इस मामले ने राजस्थान में थोड़ा भी तूल पकड़ा होता तो मैं उठा देता इसको। अगले साल राजस्थान में चुनाव है और उसके बावजूद विपक्ष इस मामले को उठाने की जगह चुप बैठा है। इस सबसे लगता है कि विपक्ष अगले चुनाव के लिए अच्छी हालत में है ही नहीं और शायद अचला सिंह वहाँ फिर से जीत जाएँ। सबसे बड़ी बात कि जहाँ की ख़बर है वहाँ के अख़बार भी राघवेन्द्र की भाषा बोल रहे हैं। ऐसे में हम दिल्ली वाले वहाँ की फटी में टाँग अड़ाकर दुश्मनी क्यों लें?" सम्पादक ने राहुल को मुस्कुराकर देखा और पूछा–"क्यों बॉस?" राहुल ने जवाब में सिर हिलाकर सहमति जताई। सम्पादक ने नम्बर बना लिए तो वो अब चुप हो गए।

राहुल ने मोबाइल उठाया और बाहर जाने के लिए खड़ा हुआ। बाक़ी दोनों लोग भी खड़े हो गए। राहुल ने चलने से पहले मयूर से कहा–"तुम दिल से बहुत सोचते हो, दिमाग़ से सोचो।" राहुल की बात सुनकर मयूर के चेहरे पर मायूसी छा गई। राहुल आगे बढ़ा और मयूर के कंधे पर हाथ रखते हुए बोला–"इस न्यूज़ में कुछ बड़ा ढूँढ़ो, ऐसा कुछ जो पढ़ने या सुनने पर उस आदमी का भी ध्यान खींचे जो अपने एसी हॉल में बैठा 85 इंच के टीवी पर ऍल पचीनो को देख रहा हो।"

"मतलब कि इस मामले में कुछ धमाकेदार हो जो हमारे ऑडियंस को सोशल मीडिया पर लिखने के लिए मजबूर करे तो ही हम इसे छाप सकते हैं। राइट?" मयूर के सवाल के जवाब में राहुल मयूर के कंधे पर हाथ मारकर निकल गया।

10 अप्रैल, 2016, जयपुर, सुबह 10.30 बजे

जयपुर आज और दिनों से भी ज़्यादा सुन्दर था। सड़कें एकदम चकाचक। सड़क किनारे लगे पौधों पर पानी की बौछार करके एक-एक पत्ते को जिस तरह से धोया जा रहा था उससे बचपन का हर वो रविवार याद आ रहा था जब माँ हमें ऐसे नहलाती थी कि कहीं शरीर के किसी कोने में मैल न छूट जाए।

जहाँ एक तरफ़ शहर चकाचक किया जा रहा था वहीं दूसरी तरफ़ चप्पे-चप्पे पर पुलिस तैनात थी। मीडिया वालों की ओबी वैन शहर के नज़ारों को क़ैद करती राजस्थान विधानसभा के पास स्थित अमरूदों के बाग़ की तरफ़ बढ़ रही थी। इसी इलाक़े में दो-तीन टाटा सफ़ारी धीमी गति से घूम रही थीं जिनकी छत पर कुछ तकनीकी यंत्र और एंटीना लगे थे जो शायद सिग्नल जैमर थे या हाई फ्रीक्वेन्सी सिग्नल रिसीवर।

जयपुर में होने वाली राजनैतिक रैलियों में अमरूदों का बाग़ उतना ही अहम है जितना दिल्ली में रामलीला मैदान। बड़े धरने-प्रदर्शन हों या किसी नेता की रैली, ये जगह सबके लिए मुफीद है। अमरूदों का बाग़ के नाम से धोखा मत खाइए कि यहाँ अमरूद होंगे। नाम के मामले में यह बाग़ भी बिलकुल जनता स्टोर जैसा है। जैसे जयपुर के जनता स्टोर पर कोई जनता स्टोर नहीं वैसे ही अमरूदों के बाग़ में एक भी अमरूद का पेड़ नहीं। वहाँ कभी अमरूद होते थे या नहीं मालूम नहीं लेकिन जैसे कभी जनता स्टोर था वैसे ही कभी वहाँ अमरूदों का बाग़ ज़रूर रहा होगा क्योंकि इस मैदान का नाम उस ग़रीब आदमी ने थोड़ी रखा होगा जिसका नाम धनीराम था।

मीडिया वाले अमरूदों के बाग़ में जमा भीड़ को दिखा रहे थे और साथ ही जनता से पूछ रहे थे कि वो यहाँ क्यों आए हैं। एक बुज़ुर्ग ने कहा कि उन्हें प्रधानमंत्री को देखना है, तो दूसरे ने कहा कि 200 रुपए मिले हैं। 18 साल का एक लड़का ज़ोर-शोर से नारे लगा रहा था। उसने बताया गाँव की दुकान पर अच्छी जींस नहीं मिलती, शहर अलग से आना नहीं होता, इसलिए वो बस में बैठकर आ गया। थोड़ी देर नारा लगाएगा और फिर जींस ख़रीदने नेपाली बाज़ार जाएगा। जहाँ एक चैनल ऐसे लोगों को ढूँढ़ रहा था जिनसे बात करके यह साबित कर सके कि ये भीड़ प्रधानमंत्री के लिए नहीं आई बल्कि किराए की है, वहीं दूसरा चैनल माइक पर प्रधानमंत्री और मुख्यमंत्री की तारीफ़ करने वाले ढूँढ़ रहा

था। उन्हें भी ऐसे लोग मिल गए। एक महाशय कह रहे थे कि विकास तो हुआ है साहब। साठ साल में पहली बार गाँव में बिजली और सड़क आई है। हम तो बस उसी विकास-पुरुष को देखने आए हैं। कुछ ऐसे मीडिया वाले जिन्हें न कोई हाथ मिला न गोदी वह इन सबसे अलग रैली के मुद्दे पर भी बात कर रहे थे।

ऐसे एक चैनल का पत्रकार बता रहा था कि भले ही मुख्यमंत्री इस रैली को कन्या छात्रवृत्ति योजना का शुभारम्भ बता रही हों पर असल में यह अगले साल होने वाले विधानसभा चुनाव के प्रचार की शुरुआत है। प्रधानमंत्री को इस कार्यक्रम में बुलाकर मुख्यमंत्री अचला सिंह ने एक साथ कई तीर साधने की कोशिश की है। उन्होंने न सिर्फ़ प्रधानमंत्री की लोकप्रियता का इस्तेमाल अपने चुनावी रण का बिगुल बजाने के लिए किया है बल्कि पार्टी में अपने विरोधियों को भी जता दिया है कि प्रधानमंत्री के साथ उनके सम्बन्ध अब सामान्य हैं। उम्मीद जताई जा रही है कि अगले चुनाव में मुख्यमंत्री पद के लिए चेहरा उन्हीं का रहने वाला है।

दूसरा पत्रकार माइक पकड़े हुए कैमरा के सामने बता रहा था कि मुख्यमंत्री ने बहुत ही ज़रूरी मुद्दे के साथ 2017 के विधानसभा चुनाव का बिगुल बजा दिया है। उनके विरोधी इस समय हैरान-परेशान हैं। उनके पास सरकार के विरोध के लिए कोई ठोस मुद्दा नहीं है।

तीसरा चैनल बता रहा था कि मुख्यमंत्री ने कन्या छात्रवृत्ति योजना से अपने चुनावी प्रचार की अनौपचारिक शुरुआत करके न सिर्फ़ प्रधानमंत्री की नज़रों में नम्बर बनाए हैं बल्कि लड़कियों के प्रति अपने सहृदय और मातृत्व भाव का भी परिचय दिया है। यह योजना उन ग़रीब लड़कियों को स्कूल जाने में मदद करेगी जिन्हें उनके घरवाले पैसे कमाने की ख़ातिर स्कूल नहीं भेजते।

मीडिया जहाँ मुख्यमंत्री की चतुराई की वाहवाही कर रहा था वहीं मैदान के एक कोने में पार्टी के छुटभैये नेता इस विषय पर चर्चा कर रहे थे कि क्या वाकई प्रधानमंत्री जी की नाराज़गी मैडम से दूर हो गई है या प्रधानमंत्री जी सिर्फ़ इसलिए आ रहे हैं क्योंकि ये योजना उनके कार्यक्रम का हिस्सा है। मीडिया और कार्यकर्ताओं की इस रिपोर्टिंग और गपशप के बीच हवाई अड्डे पर प्रधानमंत्री वायुसेना के जहाज़ से उतरकर लैंडरोवर में बैठ चुके थे। मुख्यमंत्री अचला सिंह हवाई अड्डे पर उनकी अगवानी करने ख़ुद पहुँची थीं। अगले 8 मिनट में प्रधानमंत्री का काफ़िला हवाई अड्डे से सभास्थल का दस किलोमीटर का सफ़र तय कर चुका था जिसे तय करने में आम आदमी को आधा घंटा लगता है।

प्रधानमंत्री के पहुँचते ही भीड़ उठ खड़ी हुई और हाथ में पार्टी के झंडे लहराते हुए प्रधानमंत्री के नाम के नारे लगाने लगी। बीच में किसी नेता ने मुख्यमंत्री अचला सिंह ज़िन्दाबाद भी बोला पर उसे साथ देने वाले कम ही मिले और वो भी प्रधानमंत्री के लिए नारे लगाने लगा। प्रधानमंत्री की छवि किसी रॉकस्टार से कम नहीं थी और लोगों का उत्साह देखकर मीडिया का ये कहना सही लग रहा था कि अचला सिंह ने प्रधानमंत्री को कार्यक्रम के उद्घाटन के लिए नहीं बल्कि अगले साल होने वाले विधानसभा चुनाव के प्रचार की शुरुआत के लिए बुलाया है।

मुख्यमंत्री ने प्रधानमंत्री को राजस्थानी साफा पहनाया और राजपूती शान का प्रतीक तलवार भेंट किया। मीडिया के कैमरे कभी क्लोजअप तो कभी ज़ूम आउट करके स्टेज को दिखा रहे हैं। प्रधानमंत्री सभी औपचारिकताओं के बाद पोडियम पर पहुँचे और बोले–"मेरे प्यारे भाइयो और बहनो..."

इधर प्रधानमंत्री ने भाइयो और बहनो बोला और उधर एक शराबी अन्दर घुसने के लिए पुलिस से झगड़ने लगा। नीचे स्टेज के पास खड़े एक वरिष्ठ नेता ने मोबाइल निकाल मैसेज किया–'बी रेडी' और फिर एसीपी को कुछ इशारा किया। एसीपी के साथ दो इंस्पेक्टर और तीन कांस्टेबल इस शराबी की तरफ़ बढ़े। स्टेज के पास के इस दरवाज़े पर सुरक्षा थोड़ी ढीली हो गई। नेताजी ने मोबाइल पर फिर मैसेज भेजा–'ऑल गुड'। दूसरी तरफ़ मैसेज मिलते ही एक वैन से एक भीगी हुई लड़की बाहर निकली और उसी तरफ़ बढ़ी जिधर से ये पुलिसवाले हटे थे। लड़की के पीछे एक औरत भी हाथ में बैनर और एक कनस्तर लिये आगे बढ़ी। लड़की ने अचानक दौड़ना शुरू किया और दौड़ती हुई स्टेज के सामने पहुँच चिल्लाई–"मुझे न्याय चाहिए...इस सरकार से मुझे न्याय चाहिए।"

एसीपी और सभी पुलिसवाले जो जगह से हटे थे वो उलटा घूम उस लड़की की तरफ़ दौड़े। स्टेज पर खड़े ब्लैक कैट कमांडो तुरन्त हरकत में आए और उन्होंने प्रधानमंत्री को पोडियम से पीछे कर घेर लिया। मुख्यमंत्री अचला सिंह कुछ समझ ही नहीं पाईं और कभी स्टेज पर तो कभी नीचे उस लड़की को देखने लगीं। उस लड़की ने माचिस निकाली और जलाने लगी। इससे पहले कि माचिस जलती पुलिसवालों ने उसे पकड़ लिया और ज़मीन पर धक्का देकर गिरा दिया। एक कांस्टेबल ने एहतियातन मिट्टी उठाकर उस पर डालनी शुरू की। मीडिया के कैमरे स्टेज की जगह लड़की की तरफ़ मुड़ गए थे। लड़की के पीछे आ रही औरत ने भी तब तक अपने ऊपर मिट्टी तेल

का कनस्तर उँडेला और हाथ में एक बैनर लेकर खड़ी हो गई जिस पर लिखा था–'हमें न्याय चाहिए।'

पुलिस ने उस महिला को भी तुरन्त पकड़ा लेकिन अचला सिंह के लिए काफ़ी देर हो चुकी थी क्योंकि ये ड्रामा पूरे देश में टेलीविज़न पर लाइव टेलीकास्ट हो रहा था। जो लोग अभी टीवी नहीं देख रहे थे उनके लिए टीवी स्टूडियो में बैठे लोग रात के शो का पैकेज तैयार करने में जुट गए थे।

मयूर मीडिया वाली पंक्ति से उठा और उसने सम्पादक और राहुल बंसल दोनों को मैसेज किया–'टीवी देखिए। इस ख़बर पर तो हमारा पाठक ट्वीट करेगा ना? न्यूज़ रिपोर्ट भेज रहा हूँ।'

मयूर ने दूसरा मैसेज मानव को किया–'गुड जॉब। उम्मीद है कि सीमा ठीक है।' उधर से जवाब आया–'यस सर, आपने सुरक्षा का ध्यान रखने को कहा था इसलिए मैंने माचिस में जली हुई तीली रख दी ताकि दुर्घटना न हो।'

'थैंक्स, सीमा को कहिएगा कि अब वह अपने घर जा सकती है। मैंने वादा पूरा किया।' मयूर ने वापस जवाब भेजा।

वेबसाइट पर ख़बर आधे घंटे में लाइव हो चुकी थी। मयूर ने अगले दिन के अख़बार के लिए आगे की ख़बर लिखनी शुरू की ही थी कि उसके मोबाइल पर राजावत जी का नाम फ्लैश हुआ। राजावत जी ने मयूर से बड़े सख़्त लहजे में कहा–"शाम 5 बजे मुख्यमंत्री आवास पर पहुँचो। मैडम तुमसे मिलना चाहती हैं।"

2

प्रधानमंत्री के सामने आत्मदाह की इस कोशिश ने विरोधियों को मुद्दा दिया और न्यूज़ चैनल वालों को प्राइम टाइम। प्रधानमंत्री के दिल्ली वापस पहुँचने तक तो सोशल मीडिया पर भी हलचल शुरू हो चुकी थी। देश हैशटैग में ग़ुस्सा उगल रहा था। एक हैशटैग की काट में दूसरा हैशटैग आना शुरू हो गया था।

प्रधानमंत्री ने जाने से पहले अचला से इतना ही कहा–"जल्दी से सफ़ाई करिए नहीं तो मैं अपने तरीक़े से करूँगा।"

तनाव के इस माहौल में मयूर शाम 5 बजे मुख्यमंत्री आवास पर था।

"पत्रकार होकर क्रिमिनल कांस्पीरेसी करते हो?" मयूर के सामने पड़ते ही अचला ने कहा।

"मैं समझा नहीं..." मयूर ने जवाब दिया।

जवाब राजावत ने दिया–"तुम्हें क्या लगता है कि हम नहीं जानते तुम मानव के साथ मिले हुए हो? तुम्हें लगता है कि मानव सीएम ऑफ़िस के अधिकारियों का इस्तेमाल करेगा और हमें पता ही नहीं चलेगा। पिछली बार तुम आए, किस-किस से मिले, क्या-क्या किया सब ख़बर है हमें।"

"अच्छा तो ये बात है।" मयूर की आवाज़ में कोई घबराहट नहीं थी। उसने पलटकर अचला से कहा–"मैडम, आप तो क्रिमिनल को बचा रही हैं। अब ऐसी मुख्यमंत्री के राज में न्याय दिलाना है तो कुछ कांस्पीरेसी हमें भी करनी होगी।"

"मुझसे बदतमीज़ी कर रहे हो तुम। अन्दर करवा दूँगी।"

"मैडम..." राजावत ने अचला को रोका और मयूर से कहा–"देखो मयूर, जो तुम समझ रहे हो वैसा कुछ है नहीं। राघवेन्द्र के ख़िलाफ़ सबूत नहीं थे। अगर हैं तो उसने हम तक भी सच नहीं पहुँचने दिया।"

"मेरे राज्य में किसी महिला के साथ अपराध माफ़ नहीं किया जा सकता। अगर तुम्हारे पास कुछ सबूत है तो दो...नहीं है तो याद रखना सिर्फ़ राजनीति के कारण मैं किसी निर्दोष को फँसने नहीं दूँगी।" अचला ने मयूर से कहा और जाने को उठते हुए राजावत से कहा–"राजावत जी क्या इनको पता है कि इनके और मानव के बीच चल रहे मैसेज भी हमारे पास हैं? प्रधानमंत्री की सुरक्षा में सेंध लगाने का मामला बनेगा।"

मयूर को जरा भी अन्दाज़ा होता कि अचला को उस पर शक है तो वह मानव को कभी मैसेज ही नहीं करता लेकिन अब तीर कमान से निकल चुका था। अचला चली गई। राजावत मयूर के बगल में आकर बैठे और बोले–"आज जो तुमने किया उसने राघवेन्द्र से ज़्यादा अचला की साख को नुकसान पहुँचाया है लेकिन इसका ये मतलब नहीं कि वो तुम्हें राघवेन्द्र के ख़िलाफ़ कुछ भी करने से रोकेंगी। तुम जो कर सकते हो करो। हम चाहते हैं कि तुम राघवेन्द्र के ख़िलाफ़ ऐसा माहौल बनाओ कि न विपक्ष उससे समर्थन लेना चाहे न ही मानव।

"आपदा में अवसर खोज लिया आपने। इसमें भी राजनीति करेंगे।" मयूर ने कटाक्ष किया।

"राजनीति की अपनी मजबूरियाँ होती हैं मयूर। राघवेन्द्र ने सरकार बचाई थी, अब गिरा भी सकता है। तुमने जो कर दिया उसे बदल नहीं सकते लेकिन होने वाला नुकसान तो कम कर सकते हैं। तुम शुरू करो अपना मीडिया ट्रायल। जब तक तुम अपने निशाने पर राघवेन्द्र को रखते हो हमारी पूरी मदद मिलेगी।

अगर मैडम का नाम घसीटा गया तो बेटा तुम्हें कोई नहीं बचा पाएगा।"

मयूर ने जवाब देने की जगह चलने की इजाज़त माँगी। राजावत जी बोले–"हमने इस मामले की जाँच एक बहुत ही ईमानदार पुलिस ऑफ़िसर को सौंपी है।"

"पिछली बार की तरह?" यह कहकर मयूर हँसा। राजावत उसे छोड़ने बाहर तक आए और चलते-चलते कहा–"लक्ष्मण पंत नाम है एसपी का। जहाँ तक मुझे पता है तुम्हारे साथ ही पढ़ता था। वह कल शाम वहाँ जॉइन कर लेगा। तुम उसके साथ मिलकर इस मामले को सही दिशा में ले जाओ लेकिन याद रहे, मैडम का नाम नहीं आना चाहिए।"

इधर मयूर गाड़ी में बैठा और उधर राघवेन्द्र गाड़ी से उतरा। उसने राजावत साहब से धीमे से पूछा–"मिज़ाज कैसा है?" राजावत ने रूखा सा जवाब दिया–"ख़ुद ही देख लो।"

राघवेन्द्र ने अन्दर घुसते ही अचला से कहा–"मैंने पता किया...उस लड़की को घेरा तोड़कर अन्दर भेजने की प्लानिंग करने वाला एसीपी ख़ान है। उस लड़की की एंट्री कराने को ही वो जगह से हटा था। पैसा जो मिला है वो तो मिला ही है, अगले चुनाव में मुस्लिम इलाक़े से टिकट दिलाने का वादा भी किया है..."

अचला ने सुना और टीवी देखती रही। सामने चल रहे चैनल पर एंकर पूछ रहा था–"क्या प्रधानमंत्री कराएँगे इस मामले की सीबीआई जाँच?" राघवेन्द्र मामले में अब तक वह ऐसे बर्ताव कर रहा था जैसे जंगल में शिकार के बाद शेर करता है लेकिन आज की घटना ने उसे भी थोड़ा सा डरा दिया था। उसने अचला का ध्यान ख़ुद से हटाने को कहा–"और जानती हैं उसकी ये सेटिंग किसने कराई है? मानव सिंह ने..."

अचला को मानव के नाम से कोई फ़र्क़ नहीं पड़ा। उसका चेहरा वैसा ही सख़्त बना हुआ था। उसने राघवेन्द्र से इतना ही कहा–"कल इस्तीफ़ा दे दो। नहीं दोगे तो प्रधानमंत्री सीबीआई जाँच कराने के आदेश दे देंगे और मुझे तुम्हें बर्ख़ास्त करना पड़ेगा।"

"मगर..." राघवेन्द्र ने बोलना चाहा लेकिन अचला ने उससे ऊँची आवाज़ में उसकी बात काटते हुए कहा–"जिसके साथ सरकार बनानी है बनाओ। अगर बचना है तो कल इस्तीफ़ा दो वरना परसों सीबीआई के लिए तैयार रहो। आउट नाउ।"

राघवेन्द्र ग़ुस्से में उठा और जाने लगा तो राजावत जी ने उसे कहा–"अर्क टाइम्स कल तुम पर बड़ी ख़बर कर रहा है। पत्रकार का नाम मयूर भारद्वाज है। अभी मैडम से मिलने आया था। मैडम जो कर सकती थीं कर दिया, अब आगे तुम देख लो।"

"मयूर भारद्वाज? वो अपना यूनिवर्सिटी वाला? वो कहाँ से आ गया?"

"आ गया तुम्हें सूँघते-सूँघते..." राजावत कुटिल मुस्कान मुस्काए और राघवेन्द्र की पीठ पर हाथ मारकर वापस अन्दर चले गए।

10 अप्रैल, 2016, रात 11 बजे

"रामफूल कल सुबह पूरे परिवार के साथ वापस अपने घर आ जाएगा। रास्ते से ही सीमा को ग़ायब कर देते हैं।" अमित ने राघवेन्द्र से कहा।

"पागल हो गया है क्या? शाहिद क्या उसे अकेले भेजेगा? उस लड़की को अब कुछ भी हुआ तो मीडिया खा जाएगी मुझे। आजकल मीडिया ट्रायल का असर ज्युडिशियरी पर भी हो जाता है। कुछ और सोचना होगा।" राघवेन्द्र ने जवाब दिया।

"अपने पाप को छुपाने के लिए कुछ तो सोचना ही होगा।" माधवी ने राघवेन्द्र को घूरते हुए कहा।

"यार माधवी..." राघवेन्द्र ने काफ़ी झुँझलाते हुए कहा। माधवी तुनककर उठी और अपने कमरे में चली गई। इन दिनों माधवी और राघवेन्द्र के बीच तल्ख़ी काफ़ी बढ़ गई थी। माधवी का मानना था कि उस दिन सीमा से बात करते वक़्त राघवेन्द्र ने उसे साथ इसीलिए नहीं बिठाया क्योंकि उसके इरादे ग़लत थे।

"भाई, इस समय भाभी का सामने खड़े रहना बहुत ज़रूरी है।"

राघवेन्द्र ने अपने सिर के बालों को दोनों हाथों से पीछे किया और कहा–"उससे भी ज़रूरी है अपने समर्थक विधायकों को एक साथ बाँध के रखना। ख़ैर...इन सबको तो मैं सँभाल लूँगा, पहले इस लड़की को केस से पीछे हटाना ज़रूरी है। क्या कह रहा था तू कि ये घर वापस आ रही है कल?" राघवेन्द्र ने अमित से पूछा।

"हाँ।"

"उसके बाप को इतना पीटना ग़लत हो गया। हमें लगा डर जाएगी

लेकिन..." राघवेन्द्र ने एक लम्बी साँस ली और कहा–"इसे डराने के लिए क़ानून का सहारा लेना चाहिए था। मीडिया के इस हल्ले में क़ानून ही हमें बचाएगा। अजय सिंह को बोलो नए एसपी के जॉइन करने से पहले निपटा दे मामला।"

राघवेन्द्र के समर्थक नेता आ गए थे। राघवेन्द्र ने उनसे कहा–"कल वाली सभा का एजेंडा बदलना है। जनसैलाब ऐसा हो कि सबको पता लग जाए कि राघवेन्द्र जनता के लिए क्या है।"

मीटिंग ख़त्म करके आधी रात को राघवेन्द्र अपने कमरे में घुसा। माधवी बिस्तर के दाईं ओर एकदम किनारे में करवट लिये सो रही थी। जब-जब माधवी ग़ुस्सा होती थी तो ऐसे ही किनारे में सोती थी ताकि राघवेन्द्र उसे छू न जाए। इस बार ये ग़ुस्सा लम्बा चल रहा था। इस बलात्कार वाले मामले ने उसकी तेरह साल की शादीशुदा ज़िन्दगी को हिला रखा था। माधवी ने सोने से पहले कपड़े भी नहीं बदले थे। उसकी बंधेज के डिजाइन वाली बैगनी रंग की साड़ी पैरों से कुछ ऊपर खिसक टाँगों तक चढ़ गई थी। गोरी टाँगों पर चाँदी की भारी पायजेब अलग से दिख रही थी। ये भारी पायजेब राघवेन्द्र की माँ ने शादी के समय माधवी को दी थी। राघवेन्द्र क़रीब गया तो देखा गले में सोने की मोटी चेन भी वैसे ही पड़ी है, हाथों में कंगन और उँगलियों में अँगूठियाँ भी। सोते समय माधवी पायजेब समेत सारे गहने उतार देती थी लेकिन उस दिन नहीं उतारा था। माधवी जब भी रूठा करती राघवेन्द्र कैसे भी उसे मना लेता मगर इस बार कोई दाँव काम न आया। राघवेन्द्र हर तरफ़ से फँसा महसूस कर रहा था लेकिन इतने सालों में बनाई राजनैतिक पकड़ को ऐसे ही नहीं ख़त्म होने दिया जा सकता और यह माधवी को समझना होगा।

राघवेन्द्र बिस्तर के बगल में कुर्सी खींचकर बैठ गया और माधवी को एकटक देखता रहा। उसने पाजेब में लगी छोटी-छोटी घंटियाँ उँगली से हिलाईं। माधवी ने नींद में ही पैर को हल्के से झटका। वह उसे उठाकर समझाना चाहता था लेकिन हिम्मत नहीं कर पाया। राघवेन्द्र ने एक नोटपैड लिया और लिखा–'मेरा यक़ीन करो। आज जो हुआ वह भी राजनैतिक खेल है। तुम जाने-अनजाने ही विरोधियों का काम आसान कर रही हो। कल बड़ी सभा है। काश तुम वहाँ मेरे साथ खड़ी होतीं। मैं सुबह जल्दी निकल जाऊँगा। तुम मेरे साथ नहीं चल रही तो न सही लेकिन क्षेत्र में जाओ, लोगों से मिलो, बड़े-बुज़ुर्गों से आशीर्वाद लो। इस साज़िश से बाहर आने के लिए हमारी

राजनैतिक ज़मीन मज़बूत रहनी ज़रूरी है। ध्यान रखना कि लोग नाराज़ न रहें। लोग इसे भूल जाएँगे, तुम भी भूलने की कोशिश करो। मैं अपनी बेगुनाही साबित कर दूँगा।'

अगली सुबह राघवेन्द्र अलवर के लिए निकला। माधवी सो ही रही थी।

11 अप्रैल, 2016, सुबह 8.30 बजे

उस मोहल्ले के घरों की दशा देखकर आप अन्दाज़ा लगा सकते हैं कि ये निम्न-मध्यमवर्गीय लोग हैं। गली की सड़क पक्की थी लेकिन इतनी ही चौड़ी कि एक गाड़ी घुस जाए तो आदमी के निकलने की भी जगह न बचे।

रामफूल का घर आसपास के लोगों के मुक़ाबले बड़ा था। सफ़ेद चूने में नील मिलाकर पुताई की हुई दीवारों से कुछ जगह से चूना झड़ा हुआ था। बाहर बरामदा भी ठीक-ठाक बड़ा था और उसके आगे लॉन में फूल लगे हुए थे।

रामफूल ने यह घर कभी नहीं छोड़ा। किसी का खोया बच्चा उसे मिल जाए तब जैसी ख़ुशी होती है वैसी ही ख़ुशी रामफूल और सीमा को चार महीने के बाद अपने घर पहुँचकर हो रही थी। अपने घर में वो लोग ठीक से बैठ भी न पाए थे कि 15-16 पुलिसकर्मियों ने घर को घेर लिया। सबके हाथों में बन्दूक थी। रामफूल लँगड़ाता हुआ बाहर आया, अमित की दी चोट अब तक भरी नहीं थी। इंस्पेक्टर ने कहा–"तलाशी लेनी है।"

"किस बात की?" रामफूल ने पूछा।

इंस्पेक्टर ने रामफूल को कंधे से पकड़कर किनारे धक्का दिया और साथी पुलिस वालों से अन्दर घुसने को कहा। सीमा सामने आकर खड़ी हो गई और बोली–"वारंट है?"

"इतनी फ़िल्में मत देखा कर बेटा। मैं आया ना, यही वारंट है।" इंस्पेक्टर ने महिला कांस्टेबल से सीमा को हटाने का इशारा किया। रामफूल ने मदद माँगने को मोबाइल निकाला कि पुलिस ने उसका फ़ोन छीनकर उसे ज़मीन पर बिठा दिया। पुलिस घर में घुसी और पलंग, टाँड़, अलमारी, बक्से हर जगह तलाशी लेने लगी मगर कुछ नहीं मिला।

इंस्पेक्टर ने एक नम्बर मिलाया और बात करने के बाद सिपाहियों को घर के पिछवाड़े में चलने को कहा। घर के पीछे काफ़ी ख़ाली जगह थी जिसमें

थोड़ी घास उगी हुई थी। एक तरफ़ ग़ुसलखाना, उसके बगल में शौचालय बना हुआ था। ख़ाली जगह में पपीते का एक पेड़, कुछ फूल और सब्ज़ियाँ लगी थीं। कपड़े सुखाने का तार एक ओर से दूसरी ओर तक बँधा हुआ था जिस पर फ़िलहाल कपड़े नहीं थे।

इंस्पेक्टर ने ख़ाली जगह को ध्यान से देखना शुरू किया। एक जगह उसे घास बाक़ी जगह से ज़्यादा छोटी लगी। सिपाहियों ने तुरन्त वहाँ खोदना शुरू किया। खुदाई में उन्हें एक बक्सा मिला जिसमें से 2 सेमी ऑटोमेटिक पिस्तौल निकली। पुलिस वाले रामफूल को खींचकर इंस्पेक्टर के सामने ले आए। रामफूल के पास कोई जवाब नहीं था घर में पिस्तौल के रखे होने का। लाइसेंस होने का तो सवाल ही नहीं उठता था। रामफूल आर्म्स एक्ट में गिरफ़्तार कर लिया गया। इंस्पेक्टर ने चलते हुए सीमा से कहा–"इन्हें छुड़ाना तुम्हारे हाथ में ही है बेटा।"

11 अप्रैल, 2016, सोमवार, सुबह 10 बजे

मयूर भी राघवेन्द्र की सभा में शामिल होने टैक्सी से निकल चुका था। रास्ते में उसे रामफूल की गिरफ़्तारी की ख़बर मिली।

इस ख़बर ने उसे विचलित कर दिया। पहले न्याय न देना और उसके बाद न्याय के लिए लड़ने पर इस तरह प्रताड़ित करना सत्ता के निरंकुश और अत्याचारी होने के साथ-साथ क़ानून व्यवस्था द्वारा सिर्फ़ ताक़तवर को सुने जाने का एक प्रमाण था। क्या इस तरह के अत्याचार के लिए हम अपना जनप्रतिनिधि चुनते हैं? लोकतंत्र में हम जिसे अपनी आवाज़ उठाने के लिए चुनते हैं कहीं वही हमारी आवाज़ को दबा तो नहीं रहा? लोकतंत्र जनता को ताक़तवर बनाने के लिए है लेकिन क्या यह जनता को वाकई ताक़तवर बना रहा है? या फिर लोकतंत्र जनता को ग़ुलाम बनाए रखने के लिए बनाया गया ऐसा तंत्र है जिसमें हर पाँच साल में शासक बदलने का अधिकार देकर जनता के मन में यह ख़ुशफ़हमी पैदा की जाती है कि सत्ता की चाभी उसके हाथ में है। यह सब सोचते-सोचते मयूर का मन काफ़ी ख़राब हो गया। वह अपने सिर को हेडरेस्ट पर टिकाते हुए बोला–"ब्लडी पॉलिटिशियन्स..."

"सही कह रहे हैं साहब आप। सिर्फ़ पॉलिटिशियन ही नहीं, ये पुलिस वाले

भी..." ड्राइवर ने सड़क किनारे एक ट्रक ड्राइवर से पैसे लेते हुए पुलिस वाले को दिखाते हुए कहा–"ये दोनों ब्लडी ही होते हैं। इनके आगे तो भ्रष्टाचार भी हाथ जोड़ के खड़ा हो जाता है और कहता है माफ़ कर दो भाईसाहब, अब तो जाने दो। हम ग़रीबों का ब्लड चूस-चूस कर ब्लडी हो गए।"

"ब्लड चूसकर ब्लडी हो गए।" ड्राइवर की बात को दोहराकर मयूर ने ठहाका मारा और ड्राइवर से बात करते हुए पूछा–"अच्छा तुम्हें पता है क्या कि जिस मंत्री की सभा में हम जा रहे हैं उस पर बलात्कार की शिकायत दर्ज हुई थी?"

"अब तो पूरे देश को पता है साहब। मेरा गाँव भी हज़ारा से 30 किमी. दूर ही है। शिकायत हुई थी पर ग़रीब की सुनता कौन है साहब। सब दबा दिया मामला।"

"मतलब कि तुम मानते हो राघवेन्द्र ने बलात्कार किया है?"

"देखिए साहब, हज़ारा के लोग तो नहीं मानते लेकिन सब इस बात से ग़ुस्सा हैं कि मंत्री और लड़की दोनों के परिवार ने मिलकर हज़ारा को बदनाम कर दिया है। बाक़ी सही कहें तो साहब इससे पहले कभी सुना नहीं कि मंत्री जी लँगोट के कच्चे हैं। लेकिन मर्द के लँगोट का क्या भरोसा। मुम्बई में कब बारिश हो जाए और मर्द कब लँगोट का कच्चा हो जाए कोई नहीं कह सकता...लेकिन साहब सच ये भी है कि कोई सबूत तो मिला नहीं। अब बड़े लोगों से पैसा वसूलने को भी औरतें खेल कर जाती हैं।"

"तो तुम्हें लगता है कि ये पैसे वसूलने का खेल है?" मयूर ने थोड़ा ग़ुस्सा होकर पूछा।

"अरे नहीं साहब, मैं वैसे ही एक बात कह रहा था। ये लड़की तो अभी सत्रह साल की ही है। ये क्या साज़िश करेगी और क्या सबूत देगी। वैसे इसका चाचा बहुत कमीना है। उस इलाक़े का बड़ा बदमाश था।" ड्राइवर की बात सुन मयूर को फिर खीज उठी, वो कुछ बोलता उससे पहले ही ड्राइवर ने कहा–"वैसे भी साहब सबूत होता भी तो मंत्री लोगों को सबूत ग़ायब करने में वक़्त ही कितना लगता है। पुलिस तो है ही इनकी रखैल...लेकिन साहब पुलिस भी इस फ़ेसबुक के ज़माने में कितना दबा लेगी मामले को?"

"अबे तू ड्राइवर है कि न्यूज़ चैनल का एंकर? एक जगह टिकता ही नहीं। जो कहता है ख़ुद ही उसे काट के नई बात कह देता है।"

"हें हें हें, मैं तो सिर्फ़ बात कह रहा था साहब...हम तो ड्राइवर हैं, जब

चलते हैं तो दोनों तरफ़ देखते हैं। आप बड़े लोग पीछे बैठते हैं। आपको एक ही तरफ़ देखने की सुविधा है।"

शुरू में ड्राइवर की बातों से मयूर को हँसी आई थी लेकिन अब उसे खीज होने लगी। दरअसल मयूर ड्राइवर के मुँह से सुनना चाहता था कि राघवेन्द्र दोषी है। जब आप किसी के प्रति ग़ुस्से या नफ़रत से भरे होते हैं तो हर आदमी से उसकी बुराई ही सुनना चाहते हैं।

मयूर की गाड़ी सभास्थल पर पहुँच चुकी थी। सभास्थल पर मौजूद लोगों की भीड़ ने मयूर को चकित कर दिया। बड़े मैदान में जगह-जगह बाँस के गड़े खम्भों पर राघवेन्द्र की आदमक़द तस्वीर लटकी थी। सभा का असल उद्देश्य था इलाक़े में शुरू हुए नए विकास कार्यों की बात करना लेकिन राघवेन्द्र ने पिछली रात मुख्यमंत्री से मुलाक़ात के बाद उस पूरे सभास्थल को अपना शहादत स्थल बनाने के लिए तैयारी कर ली थी। स्टेज पर लगे बैकड्रॉप पर भी आधे में राघवेन्द्र की तस्वीर थी और बाक़ी के हिस्से में मुख्यमंत्री, पार्टी अध्यक्ष की तस्वीर के अलावा इलाक़े के बाक़ी विधायकों की तस्वीर थी। मैदान के आदमक़द पोस्टरों के अलावा स्टेज का बैकड्रॉप यह सन्देश देने में सफल था कि राघवेन्द्र अब भी इस इलाक़े का सबसे बड़ा नेता है।

मैदान में बहुतों के हाथ में पार्टी के झंडे थे। कुछ लड़के राघवेन्द्र की तस्वीर वाली टी-शर्ट पहने घूम रहे थे। मयूर ने लोगों से बात की तो उसे समझ में आया कि राघवेन्द्र उसकी उम्मीद से कहीं ज़्यादा बड़ा नेता बन चुका है। उसने पन्द्रह सालों में अपने आप को ऐसे स्थापित किया कि लोगों में उसके लिए भय और सम्मान दोनों एक साथ दिखाई देते थे।

बाहर कई राष्ट्रीय चैनलों की ओबी वैन खड़ी थी। अन्दर मीडिया के लिए प्लेटफ़ार्म बना था जिस पर इन चैनलों के प्रतिनिधि कैमरा-माइक के साथ थे। मंच के पास शुरू की दो पंक्तियों में सोफ़े रखे थे जिन पर वीआईपी का टैग लगा था। उसके पीछे गद्देदार कुर्सियाँ मीडिया के टैग के साथ थीं। उसके पीछे बैरिकेड लगा था और बाक़ी जनता के लिए सामान्य टेंट हाउस की कुर्सियाँ थीं। मयूर मीडिया वाले हिस्से में जाकर बैठ गया।

भीड़ में अचानक से शोर उठा, राघवेन्द्र हाथ जोड़े स्टेज पर चढ़ रहा था। मयूर के मन में अभी भी जींस-शर्ट वाले राघवेन्द्र की ही छवि थी। सफ़ेद कुर्ता-पाजामा पहने, बालों में हल्की सफ़ेदी, पहले के मुक़ाबले शरीर से थोड़ा-सा भारी राघवेन्द्र यूनिवर्सिटी के दिनों से अब तक काफ़ी बदल गया था। राघवेन्द्र

ने स्टेज के बीचोबीच आकर हाथ जोड़े और कमर तक झुककर लोगों को प्रणाम किया। नीचे से टी-शर्ट वाले कार्यकर्ताओं ने 'राघवेन्द्र शर्मा ज़िन्दाबाद' के नारे लगाने शुरू किए तो किसी ने 'राघवेन्द्र तुम संघर्ष करो, हम तुम्हारे साथ हैं' का नारा लगा दिया। राघवेन्द्र खड़ा हाथ जोड़े मुस्कुराता रहा। थोड़ी देर नारेबाज़ी होती रही और जब राघवेन्द्र को लगा कि मीडिया ने उसे और इस नारेबाज़ी को कैमरे में क़ैद कर लिया है तो वह जाकर अपनी कुर्सी पर बैठा।

सभा के आयोजक ने सभी का स्वागत किया, फूल माला वाली औपचारिकता हुई। दो छोटे-छोटे भाषण भी हुए और उसके बाद राघवेन्द्र को बुलाया गया। राघवेन्द्र सधे क़दमों से पोडियम की ओर बढ़ा और वहाँ जाकर कुछ देर चुप खड़ा रहा। कुछ समय भीड़ को निहारने के बाद बोला–"आप सबने सुना ही होगा मेरे ख़िलाफ़ कैसी चालें चली जा रही हैं, किस तरह मुझे बदनाम किया जा रहा है..."

भीड़ से फिर टी-शर्ट वाले कार्यकर्ताओं ने नारा लगाया–राघवेन्द्र तुम संघर्ष करो...पीछे से भीड़ चिल्लाई–हम तुम्हारे साथ हैं।

राघवेन्द्र ने सबकी तरफ़ हाथ जोड़े और उन्हें बैठने का इशारा करने के बाद आगे बोलना शुरू किया–"राघवेन्द्र शर्मा अगर कुर्सी पर रहता है तो काम होता है...और काम बिना दलालों के होता है। इन्हें सहन नहीं होता कि एक आम आदमी कुर्सी पर बैठकर इनकी दलाली बन्द करवा दे। इन बड़े महलों वालों को ये हज़म नहीं एक ग़रीब ब्राह्मण का बेटा हर बार पिछली बार से ज़्यादा वोटों से जीत रहा है। इन्हें ये सहन नहीं होता कि ये ब्राह्मण जात-पाँत से ऊपर उठकर समाज के हर तबके को साथ लेकर चल रहा है। इन्हें ये सहन नहीं होता मुसलमानों से भरे इलाक़े में एक हिन्दू अपने धर्म का पालन करते हुए एक ऐसा समाज बना लेता है जहाँ सब प्यार से रहते हैं।" राघवेन्द्र शर्मा रैली में दहाड़ रहा था।

"साला अपनी जातिवादी पहचान बताकर बोल रहा है कि हर तबके को साथ लेकर चलता है।" न्यूज़ चैनल के कैमरामैन ने बगल में खड़े दूसरे न्यूज़ चैनल के कैमरामैन से कहा। दूसरा कैमरामैन हँसा और बोला–"नेता किसी भी पार्टी के हों इनका भाषण एक ही रहता है। विकास से शुरू होगा, जात-पाँत और धर्म पर ख़त्म हो जाएगा।"

राज्य में राघवेन्द्र पहला ऐसा मंत्री था जिसका भाषण कवर करने नेशनल मीडिया आया हुआ था। पिछले दिन की घटना के बाद राघवेन्द्र जानता था कि अगर वह दबा तो मीडिया वाले उसे चीर-फाड़ देंगे इसलिए बेहतर है कि

पूरी दबंगई से सामने आकर अपनी ताक़त दिखाई जाए।

मीडिया के कैमरे चल रहे थे। सामने पब्लिक थी, मंच पर राघवेन्द्र था, राघवेन्द्र के सामने माइक था। राघवेन्द्र ने थोड़ा रुकने के बाद माइक को हाथ से पकड़ा और फिर बोलना शुरू किया।

"अरे भाई, इतनी ही दिक़्क़त है जनता के इस सेवक से तो सामने आकर चुनाव लड़ो और जीत लो मैदान, ले लो कुर्सी, करो अपने मन की...लेकिन नहीं, वो ये नहीं करेंगे। क्या कहकर वोट माँगेगे आप लोगों से, कैसे खोलेंगे दलाली से भरी अपनी मुट्ठियाँ आपके सामने हाथ जोड़ने को। भीष्म पितामह को मारने के लिए सामने शिखंडी था जो कम-से-कम आधा नर तो था पर इन्होंने...इन लोगों ने मेरे सामने एक छोटी-सी बच्ची को हथियार बना लिया। और बच्ची भी कौन...वो जिसके परिवार को मैंने सहारा देकर खड़ा किया, हर मुसीबत में सहायता की। मुझे फँसाने के लिए इन लोगों ने उस बच्ची को प्रताड़ित किया। मैं उस बच्ची के ऊपर राजनीति की ख़ातिर हो रहे अत्याचार को नहीं देख सकता। जिस इलाक़े में मैंने अगड़े-पिछड़े का फ़र्क़ मिटाया वहाँ इस मामले की वजह से आपसी प्यार नहीं बिगाड़ने दूँगा। इसलिए दोस्तो मैं यहाँ इस मंच से एलान करता हूँ कि मैं अभी मंत्री पद से इस्तीफ़ा देता हूँ और मुख्यमंत्री जी से निवेदन करता हूँ कि इस मामले की निष्पक्ष जाँच करवाएँ। अब मैं कुर्सी पर तभी बैठूँगा जब मेरी बेगुनाही साबित होगी।" राघवेन्द्र के इस्तीफ़े की बात ने लोगों में हलचल मचा दी। रिपोर्टर्स ने न्यूज़रूम को मैसेज भेजने शुरू किए और टिकर चलने लगा दाग़ी मंत्री राघवेन्द्र शर्मा का इस्तीफ़ा।

"मैं आज यहाँ हमारे आने वाले प्रोजेक्ट और अब तक किए काम का हिसाब-किताब देने आया था लेकिन उससे पहले अपनी जनता के बीच अपनी बात कहना ज़रूरी था। इन षड्यंत्रकारियों ने आपके इस बेटे को सताया है, आपके इस भाई को जलील करने की कोशिश की है और उसका बदला अब मैं नहीं आप लेंगे। मैंने आपके भरोसे की ख़ातिर यहाँ आपके बीच से इस्तीफ़ा दिया है। मुझे पता है मेरे ख़िलाफ़ साज़िश करने वालों को आप अगले चुनावों में मुँहतोड़ जवाब देंगे। अगले चुनाव में वोटों के ज़रिए इन लोगों को बता दीजिए कि उनकी साज़िशों को जनता जानती है। इन्हें पता लग जाए कि आज भी ये जनता राघवेन्द्र शर्मा में और हमारी प्रिय नेता अचला सिंह जी के नेतृत्व में भरोसा करती है।"

राघवेन्द्र भाषण देकर हटा। लोग तालियाँ बजा रहे थे कि स्टेज पर माधवी

चढ़ी। राघवेन्द्र ने उसे देखते ही राहत की साँस ली। माधवी ने स्टेज पर चढ़कर माइक पकड़ा–"मेरे पति निर्दोष हैं। आप सोचेंगे कि पत्नी तो पति की तरफ़दारी करेगी ही, लेकिन आप लोग याद रखिए कि मैं सिर्फ़ राघवेन्द्र शर्मा की पत्नी नहीं, इस इलाक़े की बेटी भी हूँ और ये बेटी किसी की भी बेटी-बहू के साथ अन्याय नहीं होने देगी। हम चाहते हैं कि सरकार इस मामले की निष्पक्ष जाँच करे ताकि दूध का दूध पानी का पानी हो जाए। यदि मेरे पति ग़लत होंगे तो मैं ख़ुद उनके ख़िलाफ़ आपके सामने आऊँगी लेकिन मैं जानती हूँ कि ऐसा करने की ज़रूरत नहीं पड़ेगी। आप लोगों से हाथ जोड़कर निवेदन है कि लोगों की कही-सुनी बातों में न आएँ और अपने नेता राघवेन्द्र शर्मा पर भरोसा रखें। क़ानून न्याय करेगा, हमें यक़ीन है।"

माधवी के भाषण के बाद तालियों की गड़गड़ाहट राघवेन्द्र के भाषण से भी तेज़ थी। अब राघवेन्द्र के साथ माधवी ज़िन्दाबाद के नारे भी लगने लगे। राघवेन्द्र माधवी को देखकर प्यार से मुस्कुराया लेकिन माधवी ने मुँह घुमा लिया। मयूर नीचे था लेकिन मंच पर चल रही हर गतिविधि पर बारीक नज़र बनाए हुए था। माधवी के मुँह घुमाते ही मयूर मन-ही-मन मुस्कुराया और इससे पहले कि भीड़ बाहर को निकले वह निकल पड़ा।

स्टेज से उतरकर राघवेन्द्र अपनी गाड़ी के पास पहुँचा तो उसे सामने जाना-पहचाना चेहरा दिखा। उस चेहरे ने राघवेन्द्र को आँख मारी और मुड़कर वापस अपने रास्ते चल पड़ा। राघवेन्द्र को चेहरा पहचानने में कुछ वक़्त लगा और जैसे ही चेहरा याद आया वह अपनी गाड़ी में बैठते हुए बोला–"मेरी कुंडली में तुम राहु बन गए हो मयूर...ग्रह शान्ति करानी होगी।"

स्टेज पर अब भी भाषण चल रहा था। राघवेन्द्र समर्थक मंत्रियों ने भी सरकार से इस्तीफ़ा देने की घोषणा कर दी। मीडिया इन इस्तीफ़ों के बाद अचला सरकार पर आने वाले संकट पर पैनल डिस्कशन की तैयारी में जुट गया था।

11 अप्रैल, 2016, शाम 4 बजे

सिपाही ने मयूर का विज़िटिंग कार्ड देखते हुए कहा–"साहब ने मना किया है मीडिया वालों को भेजने से।"

"अरे यार...ये नहीं, कार्ड के पीछे जो हाथ से लिखा है वो दिखाना।"

सिपाही ने कार्ड पलटा। पीछे लिखा था 'मयूर भारद्वाज, रोल नम्बर 21, फ़ॉर्मर प्रेसिडेंट, राजस्थान यूनिवर्सिटी स्टूडेंट यूनियन।' सिपाही झिझकते हुए अन्दर चला गया।

कार्ड देखते ही एसपी लक्ष्मण पंत भागता हुआ बाहर आया और बोला–"अबे साले तू ज़िन्दा है..."

"यो मैन..." मयूर ने उठते हुए दोनों हाथों की उँगलियों से पिस्तौल बनाकर लक्ष्मण को दिखाते हुए कहा। लक्ष्मण तेज़ी से आगे बढ़ा और मयूर को गले लगा लिया। मयूर ने भी उसे कसकर बाँहों में भर लिया।

"यू आर रियल..." लक्ष्मण ने पीछे हटकर मयूर के कन्धों को दोनों हाथों से पकड़ा और उसकी आँखों में देखते हुए कहा–"कहाँ ग़ायब हो गया था?"

मयूर ने लक्ष्मण के नेम प्लेट की ओर इशारा करते हुए कहा–"पता लगा कि दोस्त साहब हो गया है तो आ गया भाई के ठाठ देखने।"

मयूर भारद्वाज और लक्ष्मण पंत दोनों यूनिवर्सिटी में एक ही क्लास में थे। दोनों के बीच में सिर्फ़ एक रोल नम्बर का फ़ासला था। परीक्षा में दोनों आगे-पीछे बैठते और परस्पर सहयोग की भावना से परीक्षा देते। मयूर नेता था और लक्ष्मण प्राय: पढ़ाई में ही मशगूल रहता। दोनों यूँ एक-दूसरे से साल भर नहीं मिलते थे लेकिन परीक्षा आने से दो महीने पहले से दोनों की मुलाक़ातें बढ़ जातीं। मयूर लक्ष्मण को इम्पॉर्टेन्ट क्वेश्चन या गेस पेपर लाकर देता तो लक्ष्मण उसे चैप्टर तैयार करवा देता। इस सबके बाद भी अगर कुछ कमी-बेसी हो गई तो परीक्षा हॉल में दोनों पड़ोसी धर्म निभा लेते। मयूर के सन् 2000 में ग़ायब होने पर उसे ढूँढ़ने वाले दोस्तों में लक्ष्मण भी एक था।

मयूर लक्ष्मण के साथ उसके दफ़्तर में घुसा। कमरे में घुसते ही सामने बड़ी मेज़ पर एक लाल कपड़े में बँधा छोटा सा गट्ठर था जिसके खुले हिस्से से चार-पाँच फ़ाइलें झाँक रही थीं। मेज़ के पीछे एसपी की कुर्सी थी जिस पर सफ़ेद रंग का तौलिया रखा था। इन अफ़सरों की कुर्सी पर सफ़ेद तौलिया जाने क्यों रखा होता है। ऐसा लगता है कि सफ़ेद तौलिये शायद बनते ही दो जगहों के लिए हैं–एक तो होटलों के लिए और दूसरा इन अफ़सरों के दफ़्तर के लिए। कुर्सी के पीछे दीवार पर गांधी जी थे और साथ ही टँगा हुआ था लकड़ी का विशाल बोर्ड जिस पर अब तक के सभी एसपी का नाम और उनका कार्यकाल लिखा हुआ था।

एसपी की मेज़ के आगे चार कुर्सियाँ आगन्तुकों के लिए रखी थीं। मयूर

उधर बढ़ा तो पंत ने उसे रोककर दूसरी तरफ़ रखे सोफ़े की तरफ़ चलने को कहा। सोफ़े पर एक तरफ़ काफ़ी गुलदस्ते और फूलमालाएँ रखी थीं। दोनों दोस्त सोफ़े पर बैठ गए और बरसों बाद एक-दूसरे को मुस्कुराते हुए निहार रहे थे। कहते हैं कि दो महिलाएँ जब मिलती हैं तो एक-दूसरे के नख-शिख का पूरा जायज़ा ले लेती हैं लेकिन ये कोई नहीं बताता कि पुरुष भी इस काम में कहीं कम नहीं। मयूर और लक्ष्मण दोनों ने एक-दूसरे को ऊपर से नीचे तक देखा। कनपटी पर बाल सफ़ेद हुए कि नहीं, किसी का पेट निकला तो नहीं, ये सब दोनों दोस्तों ने सोफ़े पर बैठने के कुछ ही पलों में नाप लिया था।

मयूर ने बातचीत शुरू की और लक्ष्मण के हाथ पर हाथ रखते हुए कहा–"एसपी बन गया बे तू...सही है यार...तू अफ़सर बनेगा ये तो मैं जानता था मगर पुलिस जॉइन करेगा ये कभी नहीं सोचा था।"

"यूपीएससी दिया था, इंटरव्यू तक गया पर नहीं हुआ। आरपीएससी दिया, आरपीएस मिल गया। सोचा पुलिस जॉइन कर लूँ फिर मेन्स की तैयारी करूँगा पर काम शुरू करके लगा कि ये भी अच्छा है। पुलिस बदनाम है पर अगर कोई ठीक से काम करे तो जनता की यहाँ से भी ख़ूब सेवा हो सकती है। अब प्रमोट होकर आईपीएस रैंक में आ गया हूँ।"

"सुना है काम भी तुमने ज़बरदस्त किया है। इतने हंगामेदार केस में तुम्हें भेजा जा रहा है। कहा जा रहा है कि सबसे ज़्यादा ईमानदार अफ़सरों में से एक हो तुम।"

"छोड़ो यार ये सब...तुम बताओ भाई, कहाँ ग़ायब हो गए थे इतने साल। कोई ख़बर नहीं...ऑरकुट, फ़ेसबुक, सब पर ढूँढ़ा तुझे पर कहीं कोई पता नहीं। किसी के म्युचुअल फ्रेंड में नहीं। हो कहाँ तुम? हो भी कि नहीं हो? तुम्हारा आधार कार्ड बना है? नागरिक हो ना अब भी इस देश के?" लक्ष्मण ने मयूर की टाँग खींचने के उद्‌देश्य से कहा।

"साला पुलिस वाला...आधार कार्ड भी है, वोटर आईडी भी है, पासपोर्ट भी है भारत गणराज्य लिखा हुआ...दिखाऊँ?" मयूर की बात पर लक्ष्मण हँस पड़ा।

कांस्टेबल चाय लेकर आ गया था। एक प्लेट में बिस्किट रखे गए। उसके जाने के बाद लक्ष्मण ने मयूर का भेजा कार्ड उलट-पलट कर देखते पढ़ा–"मयूर भारद्वाज, एडिटर इन चीफ़, अर्क बिज़नेस...क्या बात है बड़े लोग..." लक्ष्मण को कार्ड पढ़ते हुए अचानक कुछ याद आया–"एक मिनट...तूने ही सीएम का इंटरव्यू लिया था पिछले महीने?"

"हाँ, और तेरा पता भी सीएम हाउस से ही मिला है। कल इंटरनेट पर आत्मदाह वाली पहली ख़बर भी मैंने ही की थी। जब पता चला कि तू आज हज़ारा निकल रहा है तो दौड़ा आया।"

"एकदम टाइम पर आया। आधे घंटे में निकल रहा हूँ। देख स्टाफ़ तो विदाई दे ही चुका।" लक्ष्मण ने गुलदस्तों की तरफ़ दिखाते हुए कहा। लक्ष्मण ने चाय का एक घूँट लिया और मयूर से पूछा–"सच-सच बताना मयूर, यहाँ तू अपने पुराने दोस्त से मिलने आया है या उस एसपी से जो तेरे दुश्मन राघवेन्द्र का केस देखेगा।"

मयूर का हाथ चाय के कप को मुँह तक ले जाते हुए रुक गया। उसने लक्ष्मण को देखा, एक घूँट चाय पी और कहा–"अभी तो दोस्त से ही मिलने आया हूँ। अब वही दोस्त इस केस का इंचार्ज है तो और अच्छा है। तेरी जाँच और मेरी रिपोर्टिंग की मदद से लड़की को न्याय मिल जाएगा और मेरा राघवेन्द्र से हिसाब चुकता हो जाएगा।"

"इतना आसान नहीं है मयूर। अब राघवेन्द्र वो राघवेन्द्र नहीं रहा जिसे तुमने यूनिवर्सिटी में पटकनी दी थी। ये आज राज्य के सबसे ताक़तवर नेताओं में से एक है। मुख्यमंत्री उसकी सलाह के बिना हिलती नहीं।"

"अब सरकार कुछ करना चाहती है तभी तेरे जैसे ईमानदार अफ़सर को लाया गया है ना..."

"ईमानदार अफ़सर मामला ईमानदारी से निपटाने के लिए नहीं लाये जाते। उन्हें सिर्फ़ चेहरा बनाकर सामने रखा जाता है जिससे लगे कि सब ईमानदारी से हो रहा है। प्रधानमंत्री सीबीआई जाँच करवाना चाहते हैं, सीएम नहीं चाहती। ईमानदार अफ़सर लाकर मुख्यमंत्री ने सीबीआई जाँच नहीं करवाने का बहाना ढूँढ़ लिया है। हम जाँच ईमानदारी से करेंगे लेकिन उसके बाद करना क्या है ये तो ऊपरवाले ही तय करते हैं।" लक्ष्मण सिस्टम की सचाई बयान कर रहा था। उसने मयूर को देखा और कहा–"मयूर, तू अपना ध्यान रखना, राघवेन्द्र ख़तरनाक है।"

"जब सिर ओखली में दे दिया तो मूसल से क्या डरना। इस बार राघवेन्द्र से जो होगा आर-पार होगा।" दोनों दोस्त इस बात पर ज़ोर से हँसना चाहते थे मगर जाने क्या सोच एक-दूसरे को देख हल्का सा मुस्कुराकर रह गए।

"सुन मयूर, मुझे जाना होगा। आज ही हज़ारा पहुँचना है।" लक्ष्मण ने मयूर से कहा।

"वहाँ पहुँचकर एक काम करेगा?" मयूर के सवाल पर लक्ष्मण ने भौंहें उचकाकर पूछा–"क्या?"

"राघवेन्द्र के भाई अमित के ख़िलाफ़ रामफूल सिंह ने मारपीट की शिकायत दी थी। पुलिस ने रामफूल की शिकायत दर्ज ही नहीं की। वहीं आज राघवेन्द्र के एक इशारे पर रामफूल को आर्म्स एक्ट में गिरफ़्तार कर लिया। रामफूल इतना पीटा गया था कि आज तक लँगड़ा के चलता है। मेरे पास उसकी शिकायत की कॉपी है। क्या तू उसकी शिकायत दर्ज करेगा? इससे उस परिवार का भरोसा सिस्टम पर बढ़ेगा।"

"हो जाएगा और आज ही हो जाएगा। और कोई हुकुम..."

"वहाँ एक डीएसपी है अजय सिंह। हो सके तो उसे इस मामले से दूर रखना।"

"अजय के बारे में तो पूरा डिपार्टमेंट जानता है। उसका भी वक़्त आएगा... पहले रामफूल की शिकायत देखूँ।"

"थैंक्स यार...लेट्स गिव दीज़ बास्टड्र्स टेस्ट ऑफ़ देयर ऑन मैडिसिन..."

लक्ष्मण मयूर से हाथ मिलाकर हज़ारा के लिए निकल पड़ा।

सब एसपी साहब का हज़ारा गेस्ट हाउस पर इन्तज़ार कर रहे थे लेकिन एसपी साहब सीधे उस थाने में पहुँचे जहाँ रामफूल गिरफ़्तार था। थाने में खलबली मच गई। लक्ष्मण ने रामफूल को उसकी शिकायत की कॉपी दिखाई और पूछा–"तुम इस शिकायत पर अब भी क़ायम हो?" रामफूल ने हामी भरी।

लक्ष्मण ने दो सब-इंस्पेक्टर और पाँच कांस्टेबल की एक टीम बनाई। उसने इंस्पेक्टर को थाने में ही रुकने का आदेश देते हुए कहा–"अगर मेरे वापस आने तक किसी को पता चला कि मैं हज़ारा पहुँच गया हूँ और टीम लेकर गया हूँ तो जितने अभी थाने में बैठे हो सब सस्पेंड हो जाओगे। किसी को मतलब किसी को भी, चाहे वह डीएसपी ही क्यों न हो।" कोई नहीं जानता था कि लक्ष्मण टीम लेकर कहाँ जा रहा है लेकिन अन्दाज़ा सबको हो गया था।

एक घंटे बाद लक्ष्मण की अगुवाई में गई टीम ने अमित और उसके साथियों को थाने के लॉकअप में बन्द कर दिया। पूरी तरह से आश्वस्त होने के लिए लक्ष्मण ने अपने सामने ही अमित के ख़िलाफ़ रिपोर्ट फ़ाइल करवाई

और इंस्पेक्टर को कहा–अब जिसे बताना हो बता देना। लक्ष्मण ने गेस्ट हाउस के रास्ते में मयूर को मैसेज किया–'फ़र्स्ट जॉब डन। अमित अरेस्टेड।' मयूर ने आधे घंटे बाद जवाब में थम्स अप वाली इमोजी के साथ एक ख़बर का लिंक लक्ष्मण को भेजा जिसकी हेडिंग थी–'सिंघम इन एक्शन।'

लक्ष्मण पंत ने रिप्लाई किया–"अबे ये क्या हेडिंग लगाई है?" मयूर ने जवाब में सिर्फ़ विंक इमोजी (आँख मारने वाली) भेजी।

रात 11 बजे

सोने की तैयारी कर रहे मयूर के फ़ोन पर लक्ष्मण पंत का नम्बर फ्लैश हुआ। पंत ने मयूर के हेलो बोलने का इन्तज़ार किए बिना ही कहा–"मयूर, बड़ी भसड़ हो गई है दोस्त। रामफूल मर गया।" मयूर को कानों पर यक़ीन ही नहीं हो रहा था। उसने पूछा–"कब? कैसे?"

"मेरे निकलने के बाद अजय सिंह थाने गया। उसने रामफूल और अमित को एक ही लॉकअप में डाल दिया। अन्दर फिर से मारपीट हुई। रामफूल सह नहीं पाया।"

"ओह नो...सस्पेंड कर रहे हो अजय को?"

"उसे भी और इंस्पेक्टर को भी। अमित पर हत्या का मुक़दमा भी होगा अब...यार एक रिक्वेस्ट करूँ?"

"हाँ, बोल ना..."

"यार मुझे ख़बरों में अभी हाईलाइट मत करो। तुमने थोड़ी देर पहले सिंघम बनाया और अब चिंगम हो गया हूँ। मैं मीडिया ट्रायल में नहीं फँसना चाहता। हो सके तो वो सिंघम वाली स्टोरी भी वेबसाइट से हटा दो।"

मयूर ने कहा–"लक्ष्मण तूने अपना काम ईमानदारी से किया है इतना बहुत है। तू चिन्ता मत कर, तेरा भाई मीडिया में बैठा है। कल सुबह का अर्क टाइम्स देखना।"

"लेकिन..."

"लेकिन-वेकिन कुछ नहीं। मैं बैठा हूँ ना...बस इतना याद रख कि राघवेन्द्र को उसके किए की सज़ा दिलानी है।"

अगले दिन अर्क टाइम्स ने लक्ष्मण पंत को एक कार्टून में अभिमन्यु की तरह

दिखाया जो अपने डिपार्टमेंट के भ्रष्ट अधिकारी और राजनीतिज्ञों के चक्रव्यूह को तोड़ने में लगा है। हेडिंग थी–'क्या इस बार अभिमन्यु चक्रव्यूह तोड़ पाएगा?'

राहुल बंसल ख़ुश थे। #अभिमन्यु और #अरेस्ट राघवेन्द्र ट्रेंड कर रहा था। हैशटैग एक्टिविस्ट ट्वीट के साथ न्यूज़ क्लिपिंग भी शेयर कर रहे थे। मयूर की ख़बर ने लक्ष्मण पंत को मीडिया ट्रायल से बचा लिया।

12 अप्रैल, 2016

लक्ष्मण पंत के पास अब रुकने का समय नहीं था। उधर रामफूल का दाह-संस्कार हो रहा था और इधर लक्ष्मण अमित के जेल में रहने का पक्का इन्तज़ाम कर रहा था। अब उसे जल्द से जल्द सीमा का बयान चाहिए था जिससे कि राघवेन्द्र पर बलात्कार के मामले को दुबारा कोर्ट में पेश कर सके। वर्तमान परिस्थितियों में उसके पास रुकने का वक़्त नहीं था। उसे डर था कि केस में जरा सी भी देर नया मोड़ ला सकती है। सीमा के घर में ग़मी के माहौल को देखते हुए लक्ष्मण ने मयूर को सीमा का बयान जल्दी करवाने की ज़िम्मेदारी दी।

मयूर जब सीमा से मिलने पहुँचा तो शाहिद हुसैन और सतबीर उसे कुछ समझा रहे थे। सतबीर भाई के अन्तिम संस्कार के लिए पैरोल पर था। सीमा निढाल पड़ी थी। पिता का होना भर आपको एक आत्मविश्वास से भर देता है। आप जानते हैं कि आप कमज़ोर पड़े तो पिता सँभाल लेंगे। सीमा आज इस आत्मविश्वास को खो चुकी थी। नज़दीक पहुँचते हुए मयूर के कान में सतबीर के शब्द पड़े–"माँ का तो सोच ले..."

"क्या सोचना है माँ का?" मयूर ने सीमा के पास ज़मीन पर बैठते हुए पूछा। सीमा मयूर को देखते ही ज़ोर-ज़ोर से रोने लगी। मयूर ने सीमा को ढाँढस बँधाने की कोशिश की लेकिन जब किसी के पिता न रहे हों तो उसे समझाने के लिए एक पूरा शब्दकोश भी कम पड़ता है। सतबीर ने मयूर का हाथ अपने हाथ में लिया और अपना परिचय देते हुए कहा–"आप समझाओ इसे। इसने हिम्मत रखनी है। मैं तो आज फिर जेल चलो जाऊँगो। माँ ने भी इसे ही सँभालनो है। बाप की मौत का बदला भी लेना है।"

"बदला नहीं, उसे न्याय कहते हैं सतबीर जी।" मयूर ने सीमा की ओर मुख़ातिब होते हुए कहा–"सीमा, मुझे पता है कि ये सही समय नहीं है लेकिन

दुबारा जाँच के लिए तुम्हें पुलिस को जल्द से जल्द बयान देना होगा। हमने जरा भी देर की तो सामने वाले को सँभलने का मौक़ा मिल जाएगा। क्या कल हम बयान कर सकते हैं?"

"सही कह रहे हैं आप।" शाहिद ने जवाब दिया, "इतनी बहादुर लड़की है लेकिन अब कह रही थी कि उसे राघवेन्द्र के ख़िलाफ़ कोई शिकायत नहीं देनी। हमारी सारी मेहनत ख़राब हो जाएगी।"

मयूर को शाहिद पर बहुत तेज़ ग़ुस्सा आया। लड़की के पिता मर गए और इसे अपनी मेहनत ख़राब होती दिख रही है। मयूर का मन जवाब देने का हुआ लेकिन उसने जाने दिया। उसने सीमा से कहा–"अगर तुम ये सोच रही हो कि इस सबको छोड़ देना चाहिए तो कुछ ग़लत नहीं है। इतना कुछ हो जाने के बाद कोई भी हिम्मत हारेगा। ये लोग हमारे लिए ऐसा ही माहौल बनाते हैं कि हम ख़ुद ही रास्ते से हट जाएँ। हम हटे और ये जीते। तुम इतना लड़ने के बाद पीछे हटोगी तो ये लोग हमेशा हम जैसों को दबाते-डराते रहेंगे। अगर तुम्हारे मन में कहीं भी राघवेन्द्र का डर हो तो अब उसे अपने दिमाग़ से बिलकुल निकाल दो। इस समय तुम्हारे लिए पूरा देश खड़ा है, अब डरकर पीछे हटना न्याय पर से उनकी उम्मीदें तोड़ देगा।"

"देश के खड़े होने से क्या होगा मयूर भैया। मैं जिसके सहारे खड़ी थी वो तो अब इस दुनिया में नहीं हैं। काश! पहले उनकी बात सुन ली होती, काश! उनसे इतना नहीं लड़ी होती। मेरी एक बेवकूफ़ी की क़ीमत उन्होंने चुकाई।" सीमा फिर सुबकने लगी। सीमा ने पहली बार मयूर से इस तरह आत्मीयता से कुछ कहा था। मयूर भावुक हो उठा और बोला–"पिता की कमी को कोई पूरा नहीं कर सकता सीमा लेकिन एक भाई जितना कर सकता है उतना करेगा। तूने भैया बोला अभी मुझे। तू डरना मत। तेरा भाई तेरे साथ खड़ा है। तुझे कल बयान नहीं देना तो मत दे। तुझे सँभलने का वक़्त चाहिए तो ले। मैं उस राघवेन्द्र को अब तेरा बाल भी बाँका न करने दूँगा। उसे उसके किए की सज़ा मिलेगी। तुम जब बयान देने को तैयार हो तो बताना। अभी आराम करो, मैं चलता हूँ।"

सीमा ने कातर निगाहों से मयूर को ऐसे देखा जैसे रुकने को कह रही हो। मयूर ने देखा कि शाहिद और सतबीर की भी भाव-भंगिमा बदल गई है। मयूर को समझ नहीं आया कि अभी वह क्या करे। रुकने की कोई स्पष्ट वजह न थी इसलिए उसने सीमा से चलते हुए कहा–"तेरा जब भी बात करने का मन हो मुझे फ़ोन कर लेना।"

मयूर गाड़ी में बैठा ही था कि शाहिद दौड़ता हुआ आया और बोला–"सीमा को यहाँ की पुलिस पर भरोसा नहीं। क्या आप एसपी साहब से बात करके उसका बयान दिल्ली या जयपुर में करवा सकते हैं?"

"ठीक है, मैं बात करता हूँ। ज़रूरत पड़ी तो मैं भी चलूँगा आपके साथ।"

मयूर ने लक्ष्मण से बात की और जयपुर में दो दिन बाद बयान करवाने का फ़ैसला किया गया।

14 अप्रैल, 2016, सुबह 8.45

मयूर की नींद अपने बॉस राहुल बंसल के फ़ोन से खुली। मयूर की उनींदी आवाज़ सुनकर राहुल बोला–"तुमने कहा था कि तुम इस मामले को ज़्यादा समझते हो इसलिए यह मामला तुम्हें रिपोर्ट करने दूँ। मैंने करने दिया लेकिन तुम तो वहाँ सो रहे हो यहाँ तुम्हारी स्टोरी कोई और उड़ा गया।"

"कौन-सी स्टोरी बॉस? आज बयान है सीमा का। मैं कल देर रात को सब इन्तज़ाम करके वापस जयपुर आया हूँ।" मयूर ने जवाब दिया।

"रात और सुबह के बीच बहुत कुछ बदल जाता है मयूर। तुम्हें 15 मिनट पहले एक लिंक भेजा है। पढ़ो और जनतान्यूज़.कॉम के लिए उससे बेहतर ख़बर भेजो।"

मयूर फ़ोन लेकर बाथरूम में गया और टॉयलेट सीट पर बैठते हुए राहुल का भेजा लिंक खोला। एक न्यूज़ चैनल के एप की ब्रेकिंग न्यूज़ का नोटिफ़िकेशन भी था–'बयान देने जयपुर जा रही बलात्कार पीड़िता की कार को ट्रक ने मारी टक्कर।'

हेडलाइन पढ़ते ही मयूर की नींद झटके से खुल गई। ख़बर में मात्र इतना ही था कि एक ट्रक ने क़रीब आधे घंटे पहले हाईवे पर पीड़िता की कार को टक्कर मार दी। पीड़िता और उसकी माँ को जयपुर के सवाई मानसिंह अस्पताल भेजा गया है। ख़बर के अन्त में ब्रेकट में डेवलपिंग स्टोरी में लिखा था यानी कि ख़बर अभी आई है, आगे उस पर और अपडेट होंगे। मयूर को भी इस गाड़ी में सीमा के साथ आना था लेकिन उसे थोड़ी असहजता महसूस हो रही थी इसलिए वह इन्तज़ाम करके रात को ही वापस आ गया था।

लक्ष्मण पंत का फ़ोन बिज़ी चल रहा था। मयूर ने शाहिद को फ़ोन मिलाया,

स्विच ऑफ़ था। मानव को लगाया कि मोबाइल का नेटवर्क चला गया। मयूर ने घड़ी देखी, फटाफट टॉयलेट से उठा और हाथ-मुँह धोकर वापस कमरे के नेटवर्क वाले हिस्से में आया। लक्ष्मण का फ़ोन अब भी बिज़ी था लेकिन मानव का नम्बर लग गया। मानव ने मयूर से कहा–"बच गई पर गम्भीर है। शायद कोई पुलिस वाला भी मिला हुआ है इसमें वरना उन्हें क्या पता था कि हम जयपुर जा रहे हैं। उसे बयान देने से रोकने की कोशिश हो रही है मयूर सा।"

"शाहिद भी तो उनके साथ जाने वाला था ना?" मयूर ने पूछा।

"शाहिद उनके पीछे गाड़ी में था। वही उन्हें जयपुर लेकर आया है। मैं हॉस्पिटल जा रहा हूँ। हो सके तो आप भी आ जाइए।"

कॉल वेटिंग में लक्ष्मण का फ़ोन आते देख मयूर ने मानव का फ़ोन काट लक्ष्मण का फ़ोन उठाया।

लक्ष्मण–"सीमा अभी बेहोश है मयूर लेकिन चिन्ता की बात नहीं। वह सँभल जाएगी। उसकी माँ की हालत बेहद गम्भीर है।"

"जेन्युइन एक्सिडेंट है या..."

"वो ट्रक इसी कार के आने का इन्तज़ार कर रहा था। टक्कर मारने के बाद ड्राइवर भाग गया। उसका फ़ोन ट्रक में ही गिरा मिला।"

"फ़ोन डिटेल्स चेक कीं तुमने?" मयूर ने अधीरता से पूछा।

"रामफूल के मरने के बाद से राघवेन्द्र की आउटगोइंग और इनकमिंग कॉल ट्रैक कर रहा हूँ। परसों रात जबसे हमने जयपुर में बयान करने का फ़ैसला किया तब से चार नम्बरों के बीच एक क्रम में बात हो रही है जिसमें पहली कॉल राघवेन्द्र एक विधायक को करता था। वह विधायक किसी और को कॉल करता और जिसे वह कॉल करता था वह इस ड्राइवर को फ़ोन करता। ड्राइवर से बात होने के बाद कॉल वापस इसी क्रम में राघवेन्द्र तक आती है। आज सुबह राघवेन्द्र ने एक्सिडेंट के टाइम से ठीक एक मिनट पहले सीधे ड्राइवर को फ़ोन किया।"

"जब सब कुछ क्रम से चल रहा था तो आज उसने क्यों क्रम तोड़ा?"

"विनाश काले विपरीत बुद्धि...लेकिन हमारे लिए ठीक ही है। अब राघवेन्द्र को गिरफ़्तार कर सकता हूँ।"

"कॉल रिकॉर्ड ही देखे या टेप भी किया?"

"सिर्फ़ कॉल रिकॉर्ड क्योंकि टेप करने के लिए उनसे अनुमति चाहिए जो उसे बचाना चाहते हैं। इसलिए जो अपने दायरे में है उसी के आधार पर जाँच

कर ली। बीच के दोनों को भी गिरफ़्तार करूँगा।"

"तुम्हारी समझदारी पर गर्व है लक्ष्मण पंत। मैं तुम पर और गर्व कर सकूँ इसके लिए तुम्हें मेरे दो काम करने होंगे मित्र..."

"बोलो मित्र, क्या करना है?"

"राघवेन्द्र को गिरफ़्तार करते वक़्त मुझे मोबाइल से उसका एक फ़ोटो खींचकर भेजना। गिरफ़्तार करते ही भेजना। कोई और मीडिया वाला हो तो उसे दूर रखना। बॉस ने सुबह-सुबह ले ली है मेरी, ये फ़ोटो मरहम का काम करेगा।"

लक्ष्मण हँसा और बोला–"तुम मीडिया वाले भी ना...ठीक है। भेज दूँगा। और दूसरा काम?"

"राघवेन्द्र गिरफ़्तार हो जाए तो मैं उससे मिलना चाहूँगा। उसका बयान भी तो चाहिए।"

लक्ष्मण ने इस बार ठहाका मारा और बोला–"यू बास्टर्ड..."

दोपहर 3 बजे

"क्या बात है...भाई से भी बड़ा पत्रकार बन गया तू तो..." पुलिस स्टेशन में एसएचओ के दफ़्तर में बैठे राघवेन्द्र ने मयूर को ऊपर से नीचे तक देखा और पूछा–"भाई कहाँ है तेरा? सुना दुबई में कोई मीडिया एजेंसी खोल ली।"

मयूर चुप रहा। मयूर का बड़ा भाई शेखर भारद्वाज राजस्थान में पॉलिटिक्स बीट के बड़े पत्रकारों में गिना जाता था। कॉलेज के ज़माने में मयूर और राघवेन्द्र का परिचय शेखर के ज़रिए ही हुआ था। मयूर को चुप बैठा देख राघवेन्द्र बोला–"जब मुझे पता चला कि मेरे बारे में दो दिन से तू इतना कुछ लिख रहा है तो मुझे ज़रा भी ग़ुस्सा नहीं आया। उलटे तेरा नाम सुनकर प्यार उमड़ आया। अब जो हुआ हमारे बीच सो हुआ मगर यह तो सच है कि हम दोनों भाई जैसे थे। मैं समझ गया कि मेरा छोटा भाई अब भी ग़ुस्से में है और छोटे के ग़ुस्से पर क्या ग़ुस्सा होना...एक भाई दूसरे से कितने समय नाराज़ रहेगा।" अब तक प्यार और प्रशंसा का भाव चेहरे पर ओढ़े राघवेन्द्र के चेहरे पर अचानक विषाद नज़र आया और वह बोला–"बस एक बात का दुख हुआ कि मुझसे तेरी नाराज़गी का फ़ायदा ग़लत लोगों ने उठाया और तेरा इस्तेमाल किया।"

राघवेन्द्र ने कांस्टेबल को आवाज़ दी। कांस्टेबल दौड़ा हुआ आया।

राघवेन्द्र ने मयूर को दिखाते हुए पूछा–"जानते हो ये कौन हैं?" कांस्टेबल ने जवाब दिया–"कोई पत्रकार हैं।"

राघवेन्द्र मयूर की ओर देख फिर मुस्कुराया और कांस्टेबल को बोला–"पत्रकार नहीं, बड़े पत्रकार हैं। इनके बड़े भाईसाहब भी बड़े पत्रकार थे। मगर ये ज़रूरी नहीं, ज़रूरी बात ये है कि ये मेरे छोटे भाई हैं।" राघवेन्द्र ने मयूर के चेहरे पर नज़र डाली। वह अब भी निर्विकार रूप से बैठा रहा। राघवेन्द्र मयूर को ही देखते हुए कांस्टेबल से बोला–"जाओ स्पेशल चाय ले आओ, और अच्छे कप में डाल के लाना। दिल्ली के बड़े साहब हैं।" अब तक मोहब्बत दिखाते राघवेन्द्र की बातों में व्यंग्य का पुट आ गया।

राघवेन्द्र एक बेहतरीन अभिनेता की तरह एक ही दृश्य में कई भाव ला चुका था। कांस्टेबल के जाते ही राघवेन्द्र के चेहरे के भाव फिर बदले और वह यादों में खोते हुए छत की ओर देखते हुए बोला–"याद है मयूर जब हम लोग यूनिवर्सिटी में थे तब सिकंदर बेनीवाल ने मुझे एक फ़र्ज़ी केस में गिरफ़्तार करवाया था..." कुछ देर चुप रहकर उसने फिर मयूर को प्यार से देखा और कहा–"उस दिन भी तू मुझसे मिलने थाने आया था और तेरे आने पर मैंने वहाँ के कांस्टेबल से पूछा था कि इन्हें जानते हो और उसने कहा था हाँ..." राघवेन्द्र ने अपने दोनों हाथों से अपने चेहरे को पोंछा और उँगलियाँ चटकाते हुए बोला–"ऐसा लग रहा है पुराना सब कुछ फिर वैसे ही चल रहा है।"

"उस दिन आपसे मिलने मेरे साथ दुष्यन्त भी आया था। ये याद है आपको?" अबकी बार चुप रहने की बारी राघवेन्द्र की थी। "याद है दुष्यन्त या भूल गए?" मयूर जो अब तक अपने भीतर दबे ग़ुस्से और घृणा को अपने ऊपर हावी होने से रोके हुए था, अब नहीं रुक पाया। उसने राघवेन्द्र से पूछा–"क्या लगता है आपको कि ये सब पुरानी बातें करोगे, मुझे अपना भाई बोलोगे तो मैं आपके ख़िलाफ़ लिखना छोड़ दूँगा?"

मयूर जल्दी ग़ुस्सा नहीं होता और जब होता तो उसका ग़ुस्सा समुद्र की लहरों की तरह बार-बार उफान मारता– "आपको आईने में अपनी शक्ल देखकर कभी शर्म आती है क्या? जिस-जिस ने आपका साथ दिया उन्हें आपने धोखा दिया। पुरानी बातें याद दिला रहे हो ना मुझे? याद है आपको वो निशान्त पारीक जिसे आपने 'जनता स्टोर' पर जला के मार दिया। राज्येश सिंह को, सिकंदर को, मुझे और न जाने किस-किस को धोखा दिया, याद है?" मयूर ने घृणा के साथ राघवेन्द्र को देखा–"और अब इस छोटी-सी बच्ची के साथ...थू है आप

पर। आपके उन सब पापों की सज़ा दिलवाऊँगा मैं।"

राघवेन्द्र ने मयूर का विरोध किया और कहा–"हाँ, दिया धोखा मैंने सबको मगर उस लड़की के साथ कुछ नहीं किया।"

"इसीलिए उसे मरवाने के लिए ट्रक से उड़ा दिया?"

"उस एक्सिडेंट का ज़िम्मेदार मैं नहीं तुम हो मयूर...मैंने उसे मरवाने के लिए नहीं तुम्हें मारने के लिए यह एक्सिडेंट करवाया था। मुझे बताया गया था कि तुम भी उसके साथ जाओगे। जब मुझे पता लगा कि तुम पहले ही जा चुके हो तो उस ड्राइवर को रोकने के लिए मैंने फ़ोन किया लेकिन देर हो चुकी थी। न वो फ़ोन करता और न मैं फँसता। तू मेरी कुंडली में राहु बन गया है साले, जब भी आता है सब सही चलता हुआ गड़बड़ हो जाता है।" राघवेन्द्र ने काफ़ी ग़ुस्से से कहा लेकिन मयूर के शरीर में यह सोचकर झुरझुरी भर गई कि यह एक्सिडेंट उसके लिए था। अगर वह रात ही निकल न आया होता तो अभी वह भी अस्पताल में होता या शायद दुनिया ही छोड़ चुका होता।

"सुन मयूर, मैंने जो किया तेरे सामने स्वीकार किया मगर जो नहीं किया वो स्वीकार नहीं करूँगा। मैंने लड़की का रेप नहीं किया। इससे ज़्यादा मेरे पास तुझे कहने को कुछ नहीं।"

"मुझे पता ही था कि आप ख़ुद को निर्दोष ही बताएँगे लेकिन फिर भी बयान छापने से पहले पूछने की औपचारिकता तो करनी पड़ती है। कुछ और कहना है आपको आधिकारिक तौर पर?"

"तुझे जो लिखना है लिख लेकिन ये मत लिखना कि मैं तुझे मारना चाहता था क्योंकि अगर ये बात बाहर आई तो सबको पता लग जाएगा कि जिस दुष्यन्त का बदला तू मुझसे लेने आया है उसका दोषी अकेला मैं नहीं।"

मयूर तिलमिला उठा। कांस्टेबल चाय लेकर आ गया था। मयूर ने उसे कहा–"मेरे हिस्से की चाय भी मेरे इन भाई को ही पिला दीजिए। जेल में जाने कैसे कप में चाय मिले।"

मयूर बाहर निकला तो वहाँ खड़ी एक स्त्री ने पूछा–"जेल के कप इतने बुरे होते हैं?" मयूर को स्त्री देखी हुई लगी मगर वह पहचान नहीं पाया। मयूर के चेहरे पर विस्मय देख उस स्त्री ने कहा–"माधवी...मैं राघवेन्द्र की पत्नी हूँ।"

"ओह..." मयूर ने जवाब दिया।

"इसमें इतने दुख से ओह करने की क्या बात थी?" माधवी ने पूछा।

मयूर इस सवाल से झेंप गया लेकिन तुरन्त उसने झेंप मिटाने की कोशिश

करते हुए कहा–"आप इनसे मिलने के लिए इन्तज़ार करने की आदत डाल लीजिए क्योंकि अब ये आसानी से मिलेंगे नहीं।"

"क्या आप इन्हें काला-पानी की सज़ा करवा रहे हैं क्या?" माधवी के चेहरे पर व्यंग्य भरी मुस्कान उभर आई। मयूर को उसकी यह मुस्कान चुभी। उसने कहा–"आपको मैंने उस दिन स्टेज पर देखा था। आपने माइक पर चाहे जो बोला हो लेकिन आप राघवेन्द्र से काफ़ी नाराज़ लग रही थीं। क्या आपको एक स्त्री होने के नाते उस बच्ची का साथ नहीं देना चाहिए?"

"ज़रूर देना चाहिए लेकिन उससे पहले ये तो पता हो कि वाकई मेरा पति दोषी है। सिर्फ़ आपके कहने से तो नहीं मान सकते ना? उनके कई दुश्मन हैं। आप भी उनमें से एक हैं, तभी तो मैनेजमेंट के आदमी होकर सब काम-धाम छोड़ यहाँ रिपोर्टिंग करने बैठे हैं।" मयूर ने माधवी की बात को ख़ारिज करने की मुद्रा में अपना सिर झटका। माधवी पर इसका कोई असर नहीं हुआ–"मेरे पति अपराधी होंगे तो सज़ा मैं ख़ुद उन्हें दिलाऊँगी लेकिन इतना तो मैं अपने पति को जानती हूँ कि दावे के साथ कह सकूँ कि ये बलात्कार उन्होंने नहीं किया।" माधवी ने मयूर के जवाब का इन्तज़ार नहीं किया और राघवेन्द्र से मिलने चली गई। उधर सीमा को होश आ गया था तो मयूर उसे देखने हॉस्पिटल पहुँच गया।

शाम 4.30 बजे

अस्पताल में पुलिस के दो सिपाहियों के अलावा शाहिद हुसैन और उसके कुछ लोग सीमा की सुरक्षा के लिए मौजूद थे। मयूर ने सीमा के सिर पर हाथ फेरा। सीमा उसे देखते ही उसका हाथ पकड़कर सुबकते हुए बोली–"मेरी वजह से माँ..." सीमा अपनी रुलाई में अपना वाक्य पूरा नहीं कर पाई। मयूर ने उसे सांत्वना देते हुए कहा–"कुछ नहीं होगा माँ को और अब तुम्हें भी, कोई कुछ नहीं कर पाएगा। राघवेन्द्र गिरफ़्तार हो गया है।"

सीमा ने एक बार शाहिद को देखा और फिर मयूर का हाथ कसकर पकड़ लिया। मयूर को यह पकड़ कुछ अलग महसूस हुई। उसने सीमा से पूछा–"कुछ कहना चाहती हो?" सीमा ने कोई जवाब नहीं दिया लेकिन उसका चेहरा कह रहा था, वह कुछ कहना चाहती है। मयूर ने फिर पूछा–

"बोलो सीमा, अब कोई डर नहीं।" सीमा कुछ कहे उससे पहले शाहिद ने टोका–"मयूर जी ने सब ठीक कर दिया है। अब तुम आराम करो। ज़्यादा बोलोगी तो तबीयत ख़राब होगी।"

शाहिद द्वारा सीमा को बोलने से रोकना मयूर को खटक गया। रामफूल की मृत्यु के बाद शाहिद दूसरी बार सीमा को मयूर से बात करने से रोकने की कोशिश कर रहा था। मयूर ने शाहिद को देखते हुए सीमा से कहा–"तू बोल बेटा क्या बात है?"

"गेम खेलना है..." सीमा धीरे से बोली।

"क्या? गेम?" मयूर ने आश्चर्य से पूछा।

"हाँ, मोबाइल पर गेम खेलना है। लूडो वाला।" सीमा ने बहुत मासूमियत से कहा। उसका जवाब सुनकर मयूर की हँसी छूट गई। वो बोला–"लूडो मोबाइल पर...तो खेलो ना...किसने रोका है?"

"मेरे पास मोबाइल नहीं है। बहुत दिन पहले टूट गया।" सीमा ने एक बार शाहिद को देखा और फिर मयूर से बोली–"आप अपना फ़ोन दो उस पर खेलूँगी।" सीमा की माँग मयूर को अजीब लगी।

मयूर ने अपना मोबाइल सीमा को थमाते हुए कहा–"मेरे मोबाइल में गेम नहीं है।" सीमा से उसकी आत्मीयता बढ़ी थी लेकिन अब भी दोनों के बीच ऐसी बेतकल्लुफ़ी का रिश्ता तो था नहीं कि गेम खेलने के लिए मोबाइल माँगे और ऐसे समय में मोबाइल पर गेम खेलना...

शाहिद मोबाइल में झाँकने लगा। सीमा लूडो गेम डाउनलोड कर रही थी। उसने शाहिद से पूछा–"आप भी खेलोगे?" शाहिद ने न में सिर हिलाया। "फिर बैठो न उधर।" सीमा रुख़ाई से बोली। कुछ देर मोबाइल पर खेलने के बाद उसने मयूर को वापस फ़ोन दे दिया और कहा–"एक बार देख लेना। मैंने कहीं ग़लती से कुछ और डाउनलोड तो नहीं कर दिया। मेरे से हो जाता है।"

मयूर ने हॉस्पिटल से निकलने के बाद अपना फ़ोन देखा। लूडो गेम को छोड़कर कुछ भी नया डाउनलोड नहीं था। मयूर फ़ोन जेब में रख वापस अपने होटल को चला। सीमा का आज का बर्ताव उसे अजीब लग रहा था। पहले रोना, फिर अचानक गेम खेलने को मोबाइल माँगना और ज़ोर देकर कहना कि फ़ोन ठीक से देखे। मयूर ने फिर से फ़ोन निकाला और इस बार अपना मैसेज बॉक्स, व्हाट्सएप, मेल सब देखा। कुछ नहीं मिला। मयूर ने रिसेंट ओपन एप्स की लिस्ट देखी। नोट्स एप लूडो गेम के बाद खोला गया था।

नोट्स एप में मयूर को एक नया नोट मिला–"भैया, मुझे आपसे कुछ ज़रूरी बात कहनी है लेकिन सब लोग मेरे पर नज़र बनाए हैं। मेरा मोबाइल भी छीन लिया इन्होंने। मुझे छुपा के एक मोबाइल दे जाओ, जैसे ही मौक़ा मिलेगा मैं आपसे बात करूँगी। आप किसी को इस मैसेज के बारे में मत बताना। आपको पता नहीं यहाँ कौन-कौन किस-किस से मिला हुआ है। मैंने तो शाहिद और राघवेन्द्र को भी बात करते सुना है। प्लीज़ मुझे बचा लो।"

मयूर को याद आया रामफूल की मौत के दिन भी शाहिद सीमा को एक तरह से घेरे हुए था। मयूर ने तुरन्त लक्ष्मण पंत को फ़ोन करके कहा–"यार पंत, क्या हम इस शाहिद को हॉस्पिटल से हटा सकते हैं?"

"शाहिद को हटाना आसान नहीं होगा। क्यों? क्या हुआ?"

"यार मुझे लग रहा है कि जैसा वो सामने से दिख रहा है वैसा है नहीं। मैंने महसूस किया कि सीमा कई दिन से मुझसे बात करना चाहती है पर शाहिद करने नहीं देता। सीमा को लगता है कि शाहिद और राघवेन्द्र की आपस में बात भी हो रही है। मैं एक बार सीमा से अकेले में बात करना चाहता हूँ।"

लक्ष्मण मयूर की बात से असहमत हुआ–"शाहिद और राघवेन्द्र की बातचीत...इम्पॉसिबल..."

"राघवेन्द्र का कहना है कि वो एक्सिडेंट मुझे मारने के लिए किया था, सीमा के लिए नहीं। मैं सीमा के साथ बयान दिलवाने गाड़ी में जा रहा हूँ ये बात सिर्फ़ तू जानता था और शाहिद जानता था। मैं रात में ही जयपुर निकल गया ये बात सिर्फ़ तुझे पता थी, शाहिद को नहीं। राघवेन्द्र को एक्सिडेंट से थोड़ा पहले पता लगा कि मैं गाड़ी में नहीं हूँ। राघवेन्द्र और शाहिद शायद आपस में मिल गए?"

"सीरियसली? मैं शाहिद के कॉल रिकॉर्ड भी देखता हूँ।"

"थैंक्स यार...वैसे आज राघवेन्द्र की बीवी मिली थी। काफ़ी तेज़-तर्रार लगी।"

"अच्छा माधवी से मिले...बहुत सुलझी हुई महिला है। ग़लत का साथ नहीं देती। जाने कैसे राघवेन्द्र से शादी कर ली।"

"लव इज ब्लाइंड माय फ्रेंड। ये अंधे लोग ऊपर से बन के आए रिश्तों की डिफ़ाल्ट सेटिंग बिगाड़ देते हैं। इन दोनों का भी ऐसा ही लगता है।" मयूर की बात पर पंत ज़ोर से हँसा और बोला–"कमीना साला...चल मैं तेरे शाहिद हुसैन का इन्तज़ाम करता हूँ।"

शाम 7 बजे

"कब तक चुप रहोगी सीमा, बोलो...शाहिद थोड़ी देर में फिर आ जाएगा। जो कहना है कहो।"

"भैया मुझे ये केस नहीं लड़ना। कोई बयान नहीं देना। मुझे नहीं पता था कि एक ग़लती से मेरा परिवार ख़त्म हो जाएगा। अब माँ भी बचेगी कि नहीं पता नहीं।" सीमा आँखों में आँसू लिये सिर झुकाए हुए मयूर से बोली।

"तुम्हारी माँ को कुछ नहीं होगा। डॉक्टर ने कहा है वो ठीक हो रही हैं।" मयूर ने सांत्वना देने के लिए झूठ बोल दिया। "इतना लड़ने के बाद अब पीछे हटना ठीक नहीं। तुम्हारे पिता, तुम्हारी माँ, तुम्हारी ख़ुद की, तुम्हारे चाचा सबकी लड़ाई बेकार हो जाएगी। तुम डरो मत।"

"सब झूठ है भैया, सब झूठ। यह लड़ाई हमारी थी ही नहीं। यह लड़ाई तो सिर्फ़ मेरे चाचा की है और उनके झूठ की क़ीमत मैंने अपना पिता खोकर चुकाई। मैंने बहुत बड़ी ग़लती कर दी। अब मैं फँस गई हूँ भैया इन लोगों के चक्कर में। मुझे बचा लो।" सीमा बात ख़त्म करते-करते दहाड़ें मारने लगी। मयूर ने शुक्र मनाया कि वह डॉक्टर के केबिन में था वरना उसका रोना सुन लोग इकट्ठे हो जाते।

"कौन-सा झूठ...मुझे कुछ समझ में नहीं आ रहा सीमा, साफ़-साफ़ बताओ।"

"कोई रेप नहीं हुआ। मैंने झूठी रिपोर्ट लिखवाई।"

मयूर को अपने कानों पर यक़ीन नहीं हुआ। उसने सीमा से पूछा–"क्या तुम अब भी राघवेन्द्र से डर रही हो?"

"नहीं भैया, यही सच है। मैंने अपने चाचा के कहने पर ये मुक़दमा दर्ज करवाया था लेकिन जैसा सोचा था वैसा हुआ नहीं।"

सीमा की बात सुनकर मयूर को लगा कि जैसे किसी पहलवान ने उसे उठाकर गोल-गोल घुमाकर दूर फेंक दिया हो। मयूर को समझ ही नहीं आया कि वह क्या कहे। इतनी मेहनत से जिस मामले को उसने यहाँ तक पहुँचाया वो झूठा था। इन सब लोगों ने राघवेन्द्र से उसकी दुश्मनी का लाभ उठाया। उसने सीमा से पूछा–"लेकिन क्यों? इतना बड़ा झूठ क्यों? तुमने सोचा नहीं कि झूठ बोलने पर राघवेन्द्र तुम्हें ज़िन्दा नहीं छोड़ेगा...मेरा इस्तेमाल किया तुम लोगों

ने। मैं अपना ऑफ़िस छोड़कर यहाँ तुम्हारे लिए बैठा हूँ।" न चाहते हुए भी मयूर की आवाज़ तेज़ हो गई।

"प्लीज़ आप मुझसे नाराज़ मत होइए। मैंने आपका कोई इस्तेमाल नहीं किया। मैं तो पन्द्रह दिन पहले तक आपको जानती भी नहीं थी। मुझे पता नहीं आपको किसने और क्यों बुलाया। मैं आपको सब सच बताऊँगी। बस आप नाराज़ मत होइए।" सीमा फिर रोने लगी।

मयूर को अब सीमा के रोने पर ग़ुस्सा आ रहा था। उसने ख़ुद को काबू किया और बोला–"बिना कुछ छुपाए सब कुछ बताओ।"

"अज़हर मुझे पसन्द था लेकिन मेरे पापा को नहीं। मैंने किसी की नहीं सुनी और एक दिन उसके साथ भाग गई लेकिन पहले ही दिन उन्होंने हमें ढूँढ़ लिया। मंत्री जी ने मुझे और पिताजी को अज़हर और शाहिद हुसैन के ख़िलाफ़ झूठा बयान देने को कहा। मैंने मना कर दिया। मुझे मंत्री जी ने मिलने को बुलाया और कहा कि यह लव जिहाद है और इसमें मुसलमान लड़के हिन्दू लड़कियों को फँसाते हैं और उन्हें बेच देते हैं।" सीमा चुप हो गई।

"इसके लिए तुम दस दिन अपने कमरे में बन्द हो गईं? किसी से बात नहीं की। खाना नहीं खाती थीं...इस बात के लिए ये सब कौन करता है? देखो सीमा अब भी अगर तुम डर के कारण राघवेन्द्र के पक्ष में बोल रही हो तो मुझे बता सकती हो।"

"डर के कारण ही तो इतने दिन से चुप थी, मगर अब कोई डर नहीं। उन्होंने मुझे बहुत सारे अख़बारों की कटिंग दिखाई जिसमें मुसलमान लड़कों ने हिन्दू लड़कियों से शादी करने के बाद उन्हें जान से मार दिया था। कुछ लड़कियों को बेचा था तो किसी पर तेज़ाब डाल दिया। उन्होंने मुझे इंटरनेट पर ऐसी कई लड़कियों के इंटरव्यू भी दिखाए जो मुसलमान बन भी गईं तब भी उन्हें बदतर हालत में रखते थे। मैंने सब देखा तो मुझे घबराहट होने लगी फिर भी मैंने कहा कि अज़हर ऐसा नहीं है। मंत्री जी ने मुझे अज़हर की पुलिस फ़ाइल दिखाई। मैं उसे मैकेनिक ही समझती थी लेकिन वह चोरी, मारपीट और लड़कियों को छेड़ने जैसे मामलों में पहले पकड़ा जा चुका था। मुझे यह सब नहीं मालूम था। मंत्री जी ने कहा कि वह और शाहिद हुसैन मुझे मुम्बई में बेचना चाहते थे। वहाँ पकड़े न जाएँ इसलिए ख़रीदार मिलने तक हमें कोटा में रखा था। उनकी बात सुनकर मुझे ध्यान आया कि जब हम कोटा पहुँचे तो अज़हर के पास काफ़ी पैसे थे। हम जिस घर में रुके थे वह अज़हर के

किसी दोस्त ने दिलवाया था। अज़हर के पास इतने पैसे होना और ऐसे घर में रुकवाने वाले दोस्त होना दोनों ही नामुमकिन थे। मंत्री जी ने जब मुझसे पूछा कि अगर अज़हर के इरादे ठीक थे तो उसने मुझे नशे की गोली क्यों दी, तब मुझे उनकी बात का यक़ीन होने लगा। मैं घर पहुँची तो इस कशमकश में थी कि मंत्री जी का यक़ीन करूँ या नहीं। दिल अज़हर के साथ था पर दिमाग़ मंत्री की बातों में। मैं यह सब घर में किसी से नहीं कह सकती थी। मैं सोच भी नहीं पा रही थी कि अज़हर मेरे साथ ऐसा करेगा। अगर अज़हर सच्चा था तो मंत्री मेरे लिए ख़तरा और अगर मंत्री सच्चे तो अज़हर मेरे लिए ख़तरा था। मैं सच समझ नहीं पा रही थी और कोई मुझे समझने वाला भी नहीं था, इसलिए मैं कमरे में बन्द हो गई।"

"मैंने सुना कि तुमसे मुलाक़ात के बाद राघवेन्द्र ने तुम लोगों पर बयान देने के लिए दबाव डालना छोड़ दिया था, जबकि बुलाया तो उसने तुम्हें इसी के लिए था। ऐसा क्यों?" मयूर को अब भी सन्देह था।

"मैं नहीं जानती उन्होंने क्या सोचा लेकिन उस दिन जब मैंने यह सब देखा तो उनके सामने बुरी तरह रोने लगी और चक्कर खाकर गिर पड़ी। मेरे चक्कर खाने के बाद उन्होंने पानी पिलाया, आराम से बिठाया। मैंने उनसे कहा कि अब मैं इस सबसे दूर होना चाहती हूँ। अज़हर ने मुझे जो सोचकर नशे की गोली दी हो, गई तो मैं अपनी मर्ज़ी से थी। आप ज़िद करेंगे तो बयान दे दूँगी लेकिन क्या मुझे अपनी ग़लती की सज़ा अज़हर को देनी चाहिए। मेरे ये कहने पर उन्होंने कहा–घर जाकर सोच लो एक बार, फिर भी न मन हो तो मैं ज़िद नहीं करूँगा। मेरी बस एक शर्त है...अगर अज़हर तुम्हें मिलने आया तो उससे नहीं मिलोगी और हमें उसके बारे में बताओगी।"

मयूर को अचानक उस ड्राइवर की बात याद आई जिसने कहा था कि मंत्री जी लंगोट के कच्चे नहीं हैं, माधवी का वह आत्मविश्वास भरा कथन कि वह दावे से कह सकती है कि उसके पति ने बलात्कार नहीं किया, ख़ुद राघवेन्द्र का कहना कि उसने लड़की को बिकने से बचाया और वह उसे बेचने गए लोगों से ही मिल गई। उसने पूछा–"फिर तुम इन सब चक्करों में फँसी कैसे? ऐसा क्या कहा चाचा ने?"

"चाचा ने कहा कि राघवेन्द्र ने सब झूठ बोला है। वह बोले कि अगर मैं अज़हर से शादी करना चाहूँ तो वो मदद करेंगे। पिछले कई दिनों से दिमाग़ पूरी ताक़त से दिल से लड़ रहा था लेकिन चाचा का समर्थन मिलते ही दिल दिमाग़

पर हावी हो गया। मुझे लगा कि अगर चाचा कह रहे हैं तो इसका मतलब अज़हर सही था। चाचा बोले कि राघवेन्द्र इतना ही भला आदमी होता तो मेरे पापा को झूठ बोलने के लिए क्यों मजबूर करता। चाचा भी कई साल से राघवेन्द्र की वजह से भाग रहे हैं। वह बोले कि मेरी शादी में रुकावट राघवेन्द्र शर्मा है और वह हम सबको मरवाने का प्लान बना रहा है। मेरा मन बैठने लगा। उन्होंने कहा इससे पहले राघवेन्द्र कुछ करे हम उसे ऐसे मामले में फँसा देते हैं कि वो हमारे रास्ते से ही हट जाए। एक बार हमने रिपोर्ट लिखवा दी तो मीडिया में शोर मच जाएगा और राघवेन्द्र शर्मा हमें छू भी नहीं पाएगा। मैं अज़हर को बहुत चाहती हूँ, उससे शादी करना चाहती थी इसलिए मान गई। जब चाचा गिरफ़्तार हो गए तब मुझे पता चला कि चाचा ने भी मुझसे झूठ बोला। उनकी पहले से मंत्री जी से दुश्मनी थी। मैं डर गई और सोच लिया कि मैं झूठी रिपोर्ट नहीं लिखाऊँगी लेकिन तब तक शाहिद हुसैन मुझ पर फिर से यह मुक़दमा लिखवाने को ज़ोर देने लगे। हम उसी के घर पर छुपे थे, इसलिए मेरे पास उसको टालने का रास्ता नहीं था।"

"तुम्हारे घरवाले? तुम्हारी माँ क्यों राजी हुई इस सबके लिए?"

"उनको भी सच नहीं पता था। उन्हें चाचा ने यक़ीन दिला दिया कि मेरे साथ ऐसा हुआ है। पिताजी तैयार नहीं थे लेकिन माँ मेरे साथ थी। जब शाहिद ने भी उनका साथ देने की बात की तो वह मुक़दमा दर्ज कराने को तैयार हो गई। माँ का मुझ पर भरोसा देख मेरी उन्हें सच बताने की रही-सही हिम्मत भी टूट गई। फिर कहीं न कहीं यह उम्मीद भी थी कि अगर मुक़दमा हो जाएगा तो मुझे अज़हर मिल जाएगा। शायद इस वजह से भी मैंने सच छुपाए रखा। जब मामला दर्ज हुआ तो पुलिस ने मेरा बयान लिए बिना ही उसे बन्द कर दिया। मैं एक तरह से ख़ुश भी थी कि झूठ बोलने से बची लेकिन फिर ये लोग आपको ले आए और आपने..." सीमा आगे जो कहने वाली थी उन शब्दों को उसने भीतर ही रोक लिया और बात बदलकर बोली–"आपको याद है कि जब मैं आपसे होटल में मिली थी तब भी मैंने यही कहा था कि मुझे अपने घर जाना है। मैंने एक बार भी नहीं कहा कि मेरे साथ रेप हुआ है। मुझे लगा कि मैं आपको कुछ नहीं बताऊँगी तो आप ये मामला छोड़ देंगे।"

"अगर ऐसा था तो तुम प्रधानमंत्री के सामने आत्मदाह के लिए तैयार क्यों हो गईं? तुम्हें मना करना चाहिए था।"

"मैंने किया था, सबको मना किया था। माँ ने कहा कि मुझे सामने आने

की ज़रूरत नहीं, अपनी बेटी को न्याय दिलाने के लिए वह सबके सामने ख़ुद को आग लगाएगी। यह झूठ इतना लम्बा खिंच गया कि मैं अब माँ को चाहकर भी सच बताने की हालत में नहीं थी। मैंने सोचा कि वहाँ जाकर जलकर मर ही जाऊँगी ताकि झंझट ख़त्म हो लेकिन जब आग लगाने को माचिस खोली तो उसमें जली तीलियाँ रखी हुई थीं। मंत्री जी इसके बाद गिरफ़्तार तो हो गए लेकिन मेरे पिताजी नहीं बच पाए। मेरे और मेरे चाचा के झूठ की क़ीमत उन्होंने चुकाई। बस मैंने फ़ैसला कर लिया कि अब मैं ये झूठ और नहीं बोलूँगी और सब सच बता दूँगी। उस दिन जब आप पिताजी की मृत्यु के बाद मुझसे मिलने आए थे तो शाहिद और चाचा मुझे धमका रहे थे कि मैं पीछे हटी तो माँ को मार देंगे। मैंने एक बार फिर डर से उनका कहा मान लिया और बयान देने को तैयार हो गई लेकिन ट्रक एक्सिडेंट हो गया और माँ मरने वाली हालत में पहुँच गई।"

"तुमने यह सब बात मुझे पहले क्यों नहीं बताई?"

"आपको बताने के लिए आप पर भरोसा तो होना चाहिए था। यह तो पता होना चाहिए था कि आप भी इनके साथ नहीं मिले हुए हो। मुझे आप पर भरोसा तब हुआ जब पता चला कि माचिस में जली तीलियाँ आपने रखवाई थीं। आप पहले आदमी थे जिसने इस बात का पूरा ध्यान रखा कि मुझे नुकसान न पहुँचे। बाक़ी सब तो सिर्फ़ केस करवाना चाहते थे कैसे भी। मैं आपसे बात करना चाहती थी लेकिन ये सब मुझे हर समय घेरे रहते थे। मैं इन सबकी कठपुतली बन गई हूँ भैया और इसके ज़िम्मेदार मेरे अपने चाचा हैं।"

मयूर का दिमाग़ एकदम झनझना उठा। उसे ये शक़ था कि शाहिद का कहीं इस सबमें हाथ है लेकिन पूरा मामला ही झूठ पर टिका है ये उसने सपने में भी नहीं सोचा था।

"आप नाराज़ तो नहीं हैं ना मुझसे?" सीमा ने पूछा। मयूर ने जवाब नहीं दिया। उसे सीमा पर ग़ुस्सा भी आ रहा था और दया भी। सीमा ने कुछ देर चुप रहने के बाद फिर कहा–"नाराज़ हैं तो डाँट दीजिए लेकिन बात करिए।"

मयूर को ये सुनकर अब दया आने लगी। उसने सोचा कि क्या वाक़ई सीमा की ग़लती है? उम्र ही क्या है उसकी। सत्रह साल...इस उम्र में इश्क में पड़ने वाले बच्चे कहाँ समझ पाते हैं जीवन की कठिनाइयों को, ऊपर से उसे बरगलाया भी उसके सगे चाचा ने। ऐसे में इस बच्ची का वाक़ई कोई कसूर नहीं। अगर यह शातिर होती तो अब भी उनके साथ होती और मयूर को सचाई नहीं बताती। मयूर ने सीमा को माफ़ करने का फ़ैसला किया और कहा–"सीमा

तुम्हें अन्दाज़ा नहीं है कि तुम किस मुसीबत में फँस चुकी हो। तुम सच बोलोगी तो मारी जाओगी, झूठ में तो मारी जा ही रही हो।"

सीमा कुछ नहीं बोली। मयूर ने कुछ देर सोचा और कहा–"मैं इस मुसीबत से निकलने का कुछ रास्ता ढूँढ़ता हूँ लेकिन तुम इस बारे में मुझसे पूछे बिना किसी से बात मत करना।" मयूर ने उसके हाथ में मोबाइल थमाते हुए कहा–"सिम भी डाल दिया और अपना नम्बर भी। कुछ भी हो मुझे फ़ोन करना।"

"राघवेन्द्र के डर से झूठ तो नहीं बोल रही वो?" लक्ष्मण पंत को भी यक़ीन नहीं हो रहा था कि सीमा ने झूठी रिपोर्ट लिखवाई है।

"नहीं यार, मैंने सब तरीक़े से पूछा। क्रॉस-क्वेश्चन भी किए लेकिन उसका हर जवाब बता रहा था कि वह अब सच बोल रही है। मुझे समझ ही नहीं आ रहा क्या करूँ?" मयूर ने परेशान होते हुए लक्ष्मण से कहा।

"अगर ये झूठ है तो सब बिखर जाएगा। सब लोग जिन्होंने उसका साथ दिया वो झूठे बन जाएँगे। उस लड़की की ज़िन्दगी हराम हो जाएगी। पुलिस उस पर केस करेगी, जेल होगी और जेल में उसके साथ क्या-क्या होगा तू सोच भी नहीं सकता। इन सबसे बचकर बाहर भी आ गई तो राघवेन्द्र उसे ज़िन्दा नहीं छोड़ेगा।" लक्ष्मण की बातें सुनकर मयूर का दिल दहल गया। उसके मन में इन सब घटनाओं की तस्वीर बनने लगी।

"अब क्या करें यार?" मयूर ने लक्ष्मण से इस तरह डरते हुए पूछा जैसे झूठ सीमा ने नहीं मयूर ने बोला हो।

"हमें उसे रोकना होगा मयूर। उसने जो आरोप लगा दिया उसे उसी पर क़ायम रहना होगा।"

"उस सत्रह साल की लड़की ने एक झूठ की इतनी क़ीमत चुकाई है कि वह इस सबसे दूर हटना चाहती है।"

"उसे समझाना तो होगा मयूर...अगर उसने सच बोल दिया तो तू भी राघवेन्द्र से बदला नहीं ले पाएगा दोस्त। इसी बदले के लिए तो तू इतने दिनों से इस केस को..."

"लक्ष्मण...मैं अपने स्वार्थ के लिए सीमा पर दबाव नहीं डाल सकता। मुझे मेरी ज़िन्दगी में एक और दुष्यन्त नहीं बनाना जो मेरे और राघवेन्द्र

के झगड़े में पिसे। अगर उसके बयान देने के बाद भी राघवेन्द्र बच गया तो?" मयूर बोलते-बोलते निराश हो गया और रुआँसा-सा होकर लक्ष्मण को बोला–"यार लक्ष्मण, वो मासूम लड़की है। उसे बचाने का कोई रास्ता निकाल यार।"

"नहीं हो सकता मयूर। सीमा को चुनना होगा उसे क्या चाहिए–राघवेन्द्र के लिए जेल या ख़ुद के लिए।"

मयूर अब उस पल को कोस रहा था जब वह सीमा से मिलने को तैयार हुआ। न वह सीमा से मिला होता न यह मामला इतना हाई-प्रोफ़ाइल बनता। वह अब सीमा की मुसीबत के लिए ख़ुद को भी उतना ही दोषी मानने लगा जितने सतबीर, शाहिद और मानव थे। उसे सीमा में दुष्यन्त नज़र आने लगा और इसके साथ ही सीमा को बचाने की इच्छा और बलवती हो उठी।

मयूर ने परेशान होकर राजावत जी को फ़ोन किया–"राजावत जी, सुना है राघवेन्द्र के समर्थक मंत्रियों ने भी इस्तीफ़ा भेजा है।"

"मयूर बेटा, रात के 10 बजे आपने ये पूछने के लिए मुझे फ़ोन किया है?"

"रात 10 बजे क्या ग़लत मुहूर्त है ऐसी बात के लिए?"

"क्या चाहिए तुम्हें मयूर?"

"अगर वह लड़की यह बयान दे कि उसने राघवेन्द्र के ख़िलाफ़ झूठा मुक़दमा किया तो कैसा रहेगा? आपका मंत्री बच जाएगा और सरकार भी।"

मयूर की बात सुनकर राजावत जी हँसने लगे और बोले–"ये तो हम सब जानते हैं मयूर कि केस झूठा ही है, मगर अब दिक़्क़त दूसरी है बेटा...अब जनता नहीं मानेगी, वह सोचेगी कि हमने लड़की पर दबाव डाला है। तुम्हारा जो आजकल का ये फ़ेसबुक, ट्विटर वग़ैरह है वहाँ पर पूरा जनमानस राघवेन्द्र के ख़िलाफ़ है। कल ही जस्टिस डिनायड, अचला सिंह शर्म करो जैसे हैशटैग ट्रेंड होने लगेंगे। बेटा आजकल देश का मूड, मीडिया का मूड ज़मीनी सचाई से नहीं इन हैशटैग से तय होता है। लोग ज़मीन पर कितने ही आन्दोलन कर लें पर उसकी ख़बर तब बनती है जब हैशटैग ट्रेंड होता है।"

मयूर को यह जानकर ख़ुशी हुई कि मीडिया का न सही पर सोशल मीडिया का डर तो नेताओं को है और दुख भी हुआ कि इस डर की वजह से सीमा का संकट बढ़ गया। उसने फिर से पूछा–"राजावत जी, आप ये कह रहे हैं कि अब आप राघवेन्द्र को नहीं बचाना चाहते?"

"उसे बचाने का मतलब ख़ुद को जलाना है बेटा। मैंने तो आपसे उसी दिन

कहा था राघवेन्द्र के ख़िलाफ़ जो करना है करो, हम आपके साथ हैं। बस अचला पर बात नहीं आनी चाहिए, लड़की बयान से पलटी तो बात अचला पर आएगी। अब कुछ नहीं कर सकते मयूर। राघवेन्द्र को जाना ही होगा। सरकार बचाने के लिए कुछ और रास्ता ढूँढ़ते हैं।" राजावत जी की बातें सुनकर मयूर के पास कोई जवाब नहीं था। वह फ़ोन रखने वाला ही था कि राजावत ने पूछा–"वैसे एक बात बताओ, तुम्हें राघवेन्द्र से सहानुभूति कैसे हो गई?"

"उससे कोई सहानुभूति नहीं है राजावत जी, उस लड़की से है। राघवेन्द्र के ख़िलाफ़ लगाए आरोप को वापस लेने के बदले में शर्त ये है कि उस लड़की को मुक़दमेबाज़ी और राघवेन्द्र दोनों से बचाएँगे।"

"अगर उस लड़की के दिमाग़ में यह मुक़दमा वापस लेने का विचार है तो उसे मना कर दो मयूर। उसने अब अगर इस मामले से पैर खींचा तो राघवेन्द्र से ही नहीं, सरकार से भी उसे बचाना मुश्किल होगा।"

मयूर सब ओर से निराश हो चुका था। उसने सीमा को फ़ोन किया और सारी स्थिति समझाते हुए उसे अपने बयान पर कायम रहने को कहा। सीमा ने सारी बात सुनी, स्थिति को समझा और बड़ी संजीदगी से कहा–"भैया जब हम पहली या दूसरी कक्षा में पढ़ते थे तो हम लोग किसी के झूठ बोलने पर गाते थे झूठ बोलना पाप है, घर के नीचे साँप है, काली माता आएगी, आग लगाकर जाएगी...बाक़ियों का तो पता नहीं लेकिन मेरे झूठ बोलने से मेरे घर में आग ज़रूर लग गई है। मैंने झूठ बोला तो घर से निकलना पड़ा, पापा को खोना पड़ा। अब अगर मैंने और झूठ बोला तो मेरी माँ भी नहीं बचेगी। मैं माँ को नहीं खो सकती, मैं यह बयान नहीं दूँगी।"

ज़िन्दगी में जिन चीज़ों का हम कभी मज़ाक़ बनाते हैं, परिस्थितियाँ कई बार उन्हीं पर यक़ीन करने के लिए मजबूर कर देती हैं। सीमा आज उसी स्थिति में थी। मयूर के पास सीमा को कहने और समझाने के लिए कुछ नहीं था। उसकी यह दुविधा सीमा भी समझ रही थी। उसने मयूर से कहा–"आप मेरी और चिन्ता मत करिए भैया। अब मेरे साथ जो होगा उसमें आपका कोई दोष नहीं। आप मेरे लिए जितना कर सकते थे उससे बढ़कर किया। मैं जेल नहीं जाना चाहती लेकिन झूठा बयान भी नहीं देना चाहती। रात हो गई है, आप सो जाइए।"

काफ़ी देर तक लेटे रहने के बाद मयूर को लगभग रात के एक बजे नींद आई लेकिन डेढ़ बजे लक्ष्मण के फ़ोन कॉल ने उसकी नींद तोड़ दी।

2

रात 1.30 बजे

"सीमा हॉस्पिटल से ग़ायब है मयूर..."

लक्ष्मण पंत की आवाज़ में घुली चिन्ता और तनाव मयूर के अन्दर भी प्रवेश कर गया। मयूर बिस्तर से उठ बैठा–"कैसे? पुलिस तो थी न वहाँ पर?"

"पुलिस भी थी और शाहिद भी। अब न सीमा है न शाहिद।"

"मतलब कि शाहिद को पता लग गया कि सीमा ने मुझे सब बता दिया है..." मयूर बोला।

"पता लगा हो या न लगा हो लेकिन राघवेन्द्र और शाहिद के बीच कुछ समझौता ज़रूर हुआ है। कॉल रिकॉर्ड के हिसाब से दोनों के बीच आत्मदाह के अगले दिन से बात हो रही है। ट्रक एक्सिडेंट से एक दिन पहले दोनों के बीच चार बार बात हुई, और आख़िरी कॉल एक्सिडेंट से आधे घंटे पहले का है। मैं शाहिद और सीमा को ट्रैक कर रहा हूँ। तू जरा देखना कि यह ख़बर अभी मीडिया में न आए।" लक्ष्मण यह सब कहते हुए बहुत हड़बड़ाया हुआ था।

'सीमा, क्या मुसीबत मोल ले ली तुमने...' मयूर बड़बड़ाया। नींद का असर पूरी तरह दूर होते ही मयूर को ध्यान आया कि वह सीमा को फ़ोन देकर आया था। उसने सीमा को फ़ोन मिलाया। घंटी बजी और कट गया। वह लक्ष्मण को सीमा का फ़ोन नम्बर ट्रैक करने को देने को ही था कि उसे सीमा के नम्बर से एक वॉइस नोट मिला।

"भैया मैं ठीक हूँ। हज़ारा बस स्टैंड पर आ गई हूँ। मैं जानती हूँ मुझे अब इस मुसीबत से कौन निकाल सकता है। वहीं जा रही हूँ।" वॉइस नोट सुनकर मयूर ने सीमा को फिर फ़ोन मिलाया मगर फ़ोन नहीं उठा।

मयूर ने भी वॉइस नोट रिकॉर्ड किया और सीमा के नाम को ग़ुस्से में लम्बा खींचते हुए बोला–"सीमा...निकलने से पहले मुझे पूछना तो चाहिए था तुम्हें।"

"आपने बहुत किया मेरे लिए, मैं आपको और परेशान नहीं कर सकती थी। ग़लती मैंने की, सुधारूँगी भी मैं ही।"

मयूर ने तुरन्त लक्ष्मण को फ़ोन करके सारी स्थिति बताई। लक्ष्मण ने राहत की साँस ली और बोला–"थैंक गॉड, मैं अभी पुलिस पैट्रोल टीम को लगाता हूँ काम पर।"

बीस मिनट बाद सीमा के फ़ोन से मयूर को फ़ोन आया। आवाज़ पूरी तरह

स्पष्ट नहीं थी लेकिन मयूर को इतना ज़रूर सुनाई पड़ा कि किसी ने सीमा से कहा कि तुम्हें मयूर को यह सब नहीं बताना चाहिए था। अब तुम्हारे ज़िन्दा रहने का मतलब हम सबका मरना है। सीमा ने बहुत चतुराई से मयूर को फ़ोन मिला दिया था ताकि मयूर जान सके कि सीमा किसके पास है और उनका इरादा क्या है। इस वक़्त मयूर का दिल, दिमाग़ और कान तीनों अपने-अपने काम में लगे हुए थे। फ़ोन पर सुने हर शब्द उसके कान में सूई की तरह चुभ रहे थे।

मयूर ने लक्ष्मण को फ़ोन किया लेकिन फ़ोन नहीं उठा। दस मिनट बाद मयूर को फ़ोन आया और उसने बहुत ही बुझी आवाज़ में कहा–"मयूर...आई एम सॉरी फ्रेंड...सीमा को हम अभी तक स्पॉट नहीं कर पाए। अपने घर तो नहीं गई है वो। कहीं ऐसा न हो कि उन लोगों ने सीमा को हमसे पहले स्पॉट कर लिया हो और उसे...मैं ढूँढ़ रहा हूँ।"

मयूर ने एक लम्बी साँस ली और लक्ष्मण को कहा–"मुझे पता है सीमा कहाँ है..." मयूर की पूरी बात सुनकर लक्ष्मण पंत एक बार को झटका खा गया और पूछा–"तुम श्योर हो कि उसकी आवाज़ थी?" मयूर के हामी भरने पर दोनों दोस्त चुप हो गए। यह चुप्पी असल में मंथन थी कि क्या अब सीमा को बचाया जा सकेगा?

रात 1.45 बजे

मयूर होटल में बैठा सीमा की ख़बर का इन्तज़ार कर रहा था कि सीमा का फ़ोन आया–"हाँ सीमा, पहुँच गईं तुम?" सीमा की तरफ़ से कोई जवाब नहीं आया लेकिन एक धीमी और दूर से आती आवाज़ सुनाई दी–'तुम्हें मयूर को यह सब नहीं बताना चाहिए था सीमा।'

सीमा की आवाज़ आई–"लेकिन आपको कैसे पता कि मैंने मयूर भैया को सब बता दिया?"

"मुझे सब पता है। शाहिद को अस्पताल से बाहर निकलवाकर तुम उससे मिलीं, तुमने क्या-क्या कहा। अब तुम्हारे ज़िन्दा रहने का मतलब हम सबका मरना है। वह अब शाहिद के पीछे लग जाएँगे और फिर..."

"नहीं दीदी, आप मेरी बात नहीं समझ रही हैं। शाहिद हुसैन ही इस सबके

पीछे है। मैं बयान दूँगी कि मेरे साथ कोई बलात्कार नहीं हुआ। मंत्री जी छूट जाएँगे, आप बस मुझे बचा लीजिए।"

मयूर को आवाज़ पहचान में आ गई। सीमा माधवी के घर पर थी। वह लक्ष्मण को फ़ोन करता कि माधवी के अगले वाक्य ने उसे सन्न कर दिया।

"नहीं सीमा, तू समझ नहीं पा रही कि मैं क्या कह रही हूँ। नहीं चाहिए मुझे तेरा ये बयान। नहीं छुड़ाना मुझे राघवेन्द्र को। इतने दिन से शाहिद और सतबीर तुझे समझा रहे हैं और तू समझने की जगह मयूर को सबके नाम बता आई। तू ज़िन्दा रहकर तो हमारे काम नहीं आई सीमा, अब मरकर ही काम आ जा।"

'शिट शिट शिट...' बोलते हुए मयूर ने ग़ुस्से में बिस्तर पर मुक्का मारा। मयूर ने फिर लक्ष्मण को फ़ोन किया लेकिन फ़ोन नहीं उठा। दस मिनट बाद उसका फ़ोन आया और उसने बहुत ही बुझी आवाज़ में कहा कि वो लोग अभी भी सीमा को स्पॉट नहीं कर पाए हैं।

"मुझे पता है सीमा कहाँ है..." मयूर ने कहा।

"कहाँ है, जल्दी बता।"

"सीमा माधवी के घर पर है। राघवेन्द्र के ख़िलाफ़ यह सारी साज़िश उसी ने रची थी और उसी ने शाहिद को यह काम करने को कहा था। जब माधवी यह सब सीमा को कह रही थी तो उसने चुपके से मुझे फ़ोन मिला दिया।"

"उसने माधवी का नाम लिया?"

"नहीं, लेकिन मैंने आवाज़ पहचान ली।"

"तू श्योर है उसी की आवाज़ थी?"

"हाँ यार।" मयूर के जवाब पर दोनों चुप हो गए। मयूर ने चुप्पी तोड़ी और कहा–"माधवी सीमा को मार देगी लक्ष्मण। तुम माधवी के घर में घुसो और सीमा को बचाओ।"

"मयूर, वो महिला विधायक का घर है। मैं ऐसे बिना किसी सबूत के नहीं घुस सकता।"

"तू एसपी है बे...लड़की की जान का मामला है, तू ये रिस्क ले सकता है। अगर कुछ भी ग़लत निकला तो मुझ पर डाल देना, कहना कि मैंने टिप दी थी, लेकिन भरोसा कर वो माधवी की ही आवाज़ थी।"

"ठीक है, लेकिन ऐसा न हो कि हम छापा मारें और भांडा फूटने के डर से माधवी सीमा को..."

"एक काम कर, माधवी को फ़ोन करके बता दे कि मैंने उसकी और सीमा की बातचीत सुन ली है। मेरे फ़ोन में सभी इनकमिंग कॉल रिकॉर्ड होते हैं, लक्ष्मण और उन दोनों की बात भी रिकॉर्ड हो गई है। अगर वह चाहती है कि मैं इसका इस्तेमाल न करूँ, तो सीमा को कोई नुकसान न पहुँचे। मैं उससे बात करने आ रहा हूँ।"

सुबह 4 बजे मयूर की टैक्सी माधवी के घर के बाहर थी। चारों ओर सन्नाटा था लेकिन कुछ ही देर में तूफ़ान आने वाला था।

"आपसे दुबारा मिलने की इच्छा बिलकुल नहीं थी लेकिन फिर भी मिलना अच्छा लगा जर्नलिस्ट महोदय।"

"इतनी ज़बरदस्त प्लानिंग करने वाली के दर्शन बिना यहाँ से कैसे जाता मैडम?" मयूर माधवी के घर के अन्दर था।

"जर्नलिस्ट महोदय प्लानिंग तभी सफल होती है जब मदद को आपके जैसे दोस्त हों। इस सबका क्रेडिट आपको भी जाता है।"

"सीमा कहाँ है, उसे लाइए।" मयूर ने सख़्त होते हुए कहा।

"अपना फ़ोन इधर दो।" माधवी ने हाथ आगे बढ़ाकर फ़ोन माँगा।

"सीमा कहाँ है?" मयूर की आवाज़ में अब भी सख़्ती थी।

"फ़ोन...।" माधवी ने भी जवाब सख़्ती से दिया।

मयूर ने लक्ष्मण पंत की ओर देखा। पंत ने माधवी से कहा–"मैडम सीमा को ले आइए। उसके बाद बात करते हैं।"

कुछ ही पलों में सीमा आती दिखी। मयूर उठकर खड़ा हो गया। सीमा ने सामने मयूर को देखा और दौड़ के उसके गले लगकर ज़ोर-ज़ोर से रोने लगी। मयूर ने उसकी पीठ थपथपाई और सांत्वना देने की कोशिश करते हुए कहा–"रो मत, मैं आ गया हूँ..."

माधवी ने सीमा की बाँह पकड़कर पीछे खींचा और मयूर के सामने हाथ बढ़ाकर कहा–"फ़ोन..."

"इसे जाने दीजिए, फिर बात करेंगे।"

"सर, हम तो अब आपको भी यहाँ से नहीं जाने दे सकते, इसको कैसे जाने दें।" माधवी ने सीमा को पीछे खींचा और मयूर को धमकाया। मयूर ने

आगे बढ़कर सीमा का हाथ पकड़ अपनी ओर खींचा और बोला–"ले जा रहा हूँ। रोक सको तो रोक लो।"

मयूर आगे बढ़ा कि पंत ने आकर उसका रास्ता रोक लिया और कहा–"इस लड़की ने सब गुड़-गोबर कर दिया है मयूर। ये यहाँ से बाहर नहीं जा सकती और तुम भी नहीं। बैठो, तुमसे बात करनी है।" ये कहते हुए पंत ने अपना हाथ पिस्तौल के होल्स्टर पर रखा और दूसरा हाथ मयूर के कंधे पर रखकर उसे पीछे धकेलते हुए कहा–"प्लीज़..."

मयूर सीमा का हाथ पकड़े हुए वापस सोफ़े पर जाकर पर बैठ गया और पंत को आश्चर्य से देखने लगा। पंत मयूर को यूँ अपनी तरफ़ देखने से थोड़ा असहज हुआ और नज़रें झुकाकर बोला–"मयूर, तुम्हें यहाँ नहीं आना चाहिए था। तुम इसे बचाते-बचाते ख़ुद मुसीबत में फँस गए हो। मोबाइल दे दो।"

मयूर लक्ष्मण को घूरता रहा। लक्ष्मण झेंप गया। लक्ष्मण की झेंप देख मयूर हँसा और उसने लक्ष्मण को फ़ोन देते हुए कहा ये ले रख ले। इतनी आसानी से फ़ोन दे देने पर लक्ष्मण को कुछ गड़बड़ लगी। वह मयूर को घूरने लगा।

मयूर ने लक्ष्मण से आत्मविश्वास भरी मुस्कान के साथ कहा–"माथे पर सी लिखा दिख रहा है क्या? ये पता लगने पर कि सीमा माधवी के यहाँ है, तुम्हारे जैसा जाँबाज ऑफ़िसर उसे बचाने की जगह माधवी के यहाँ छापा न मारने के कारण खोजने लगा तभी मैं समझ गया था कि जैसे सीमा बिना तैयारी के आ गई वैसे मैं नहीं जा सकता। तुमसे पहली बार मिलने आने से पहले तुम्हारी फ़ेसबुक प्रोफ़ाइल देखी थी, उसमें 25 साल पुरानी ईस्टमैन कलर में एक तस्वीर थी जिसमें तुम एक लड़की के साथ में हो और तुमने कैप्शन लिखा था 'माइ गो टू पर्सन सिंस चाइल्डहुड।' तब माधवी को नहीं जानता था। जब माधवी से पुलिस स्टेशन में मिला तो जाने क्यों तुम्हारी वो तस्वीर याद आ गई। जब वो तस्वीर दुबारा देखी, तो पता चला कि वो 14-15 साल की लड़की माधवी थी।"

लक्ष्मण ने अपने माथे पर हाथ रखते हुए–"ये डिज़िटल ट्रेल, कितना भी छुपाओ पोल खोल ही देता है।"

मयूर ने कहा–"तुमसे मैंने उस दिन फ़ोन पर माधवी का ज़िक्र यूँ ही नहीं किया था, जानबूझकर किया था। तुमने मुझसे एक बार भी नहीं कहा कि तुम उसे जानते हो, उलटे दुख जताया कि माधवी जैसी अच्छी लड़की ने राघवेन्द्र से शादी कैसे कर ली। बस दोस्त इसके बाद से मैंने तुम पर भरोसा करना छोड़ दिया था। सीमा ने मुझसे कहा था कि यहाँ पता नहीं कौन-किससे मिला हुआ

है। इसीलिए मैंने तुम्हें नहीं बताया कि मैं सीमा को फ़ोन देकर आया हूँ। आज भी तुम्हें यह इसीलिए नहीं बताया कि सीमा ने अपने फ़ोन से फ़ोन किया था। पहले ख़ुद को तुमसे बचाने का भी इन्तज़ाम किया, फिर यहाँ आया।"

लक्ष्मण अपनी इस बेवकूफ़ी पर थोड़ा और शर्मिंदा हुआ। मयूर ने गाना गुनगुनाया–"हम लाख छुपाएँ प्यार मगर, दुनिया को पता चल जाएगा, लेकिन छुप-छुप के मिलने से मिलने का मज़ा तो आएगा।"

शर्मिंदा होता लक्ष्मण इस गाने को सुनकर ग़ुस्सा हो उठा और मयूर को डाँटते हुए कहा–"शटअप मयूर...दुनिया में सिर्फ़ यही रिश्ता नहीं होता। माधवी मेरी छोटी बहन जैसी है। दुबारा कुछ भी बोलने से पहले सोचना।"

"छोटी बहन जैसी...तू तो बड़ा....ख़ैर जाने दे।" मयूर ने मज़ाक़ उड़ाते हुए कहा।

"मयूर..." लक्ष्मण ग़ुस्सा होकर उठ गया।

मयूर ने दोनों हाथ तुरन्त ऊपर उठाए और कहा–"ओके सॉरी...सॉरी। देख लक्ष्मण मैं तो नहीं कहूँगा लेकिन लोगों को कैसे रोकोगे? मैं यहाँ आने से पहले यह ख़बर 'विधायक ने एसपी के साथ अपने अफ़ेयर के चलते मंत्री पति के ख़िलाफ़ रची साज़िश' हेडिंग के साथ शेड्यूल कर आया हूँ। ख़बर में सीमा और माधवी की बात की रिकॉर्डिंग है, तुम दोनों की बचपन की तस्वीर है। मैंने ये भी लिख दिया है कि मैं ख़बर लिखने के बाद माधवी के घर जा रहा हूँ। अगर सीमा को या मुझे कुछ भी हुआ तो सुबह मेरा दफ़्तर खुलने तक दोनों गिरफ़्तार हो चुके होगे क्योंकि यह ख़बर सुबह 8 बजे मेरी न्यूज़ वेबसाइट पर लाइव हो जाएगी। तुम दोनों की टीनएज की उस तस्वीर पर कल काफ़ी लाइक आएँगे।"

"क्या चाहता है मयूर?"

"हम दोनों को यहाँ से जाने दे।"

"मयूर अगर तू समझ रहा है कि मैंने कोई बेईमानी की है तो ग़लत है। राघवेन्द्र की वजह से हम दोनों ने अपना दोस्त दुष्यन्त खोया, माधवी ने अपना परिवार खोया लेकिन उसके किसी अपराध की उसे सज़ा नहीं मिली और आज मौक़ा है तो हम उसे यूँ नहीं छोड़ सकते।" लक्ष्मण पंत ने मयूर को समझाने की कोशिश की।

"मयूर, सीमा से मेरी कोई दुश्मनी नहीं, लेकिन राघवेन्द्र को सज़ा दिलाने का यह मौक़ा मैं किसी भी क़ीमत पर हाथ से नहीं जाने दे सकती। तुम लक्ष्मण को कुछ मत कहो। वह इस साज़िश में शामिल नहीं था लेकिन मैंने मदद के

लिए उसे अपने साथ खींचा। उसने अब तक अपना काम क़ानूनी तरीक़े से किया है। हमें तुम्हारी मदद चाहिए मयूर। राघवेन्द्र को सज़ा दिलाने में मेरी मदद करो।" माधवी ने हाथ जोड़ते हुए कहा।

"क्या किया है राघवेन्द्र ने तुम्हारे साथ? किस बात की सज़ा दिलाना चाहती हो उसे? तुम तो उसके बचाव में भाषण भी दे आई। लव मैरिज थी तुम्हारी... मुझे कुछ समझ नहीं आ रहा माधवी।"

"सब समझाएँगे मयूर लेकिन उस ख़बर को रोक ले दोस्त।" लक्ष्मण पंत ने माधवी को पिस्तौल हटाने का इशारा करते हुए कहा।

"दोस्त..." मयूर व्यंग्यात्मक हँसी हँसा और बोला–"तुम अपनी कहानी बताओ, फिर ख़बर की बात सोचेंगे।"

"राघवेन्द्र ने अपने राजनैतिक लाभ के लिए माधवी के साथ जो किया उसकी सज़ा न उसे मिली न मिल पाएगी। उस आदमी को सज़ा दिलाने के लिए हमारे पास और कोई उपाय नहीं था। तुम्हें अन्दाज़ा भी नहीं है कि राघवेन्द्र कितना गिरा हुआ इनसान है।" लक्ष्मण पंत मयूर को बता रहा था।

"मुझे अन्दाज़ा नहीं तो और किसे होगा?" मयूर ने कुछ इस तरह कहा कि उन लोगों के बीच के तनाव का माहौल कुछ हल्का हुआ।

"मेरे और माधवी के पिता मित्र थे। हमारे परिवार में इतना प्रेम था कि अक्सर मैं माधवी के घर आकर रह जाता या ये लोग मेरे घर आ जाते। माधवी, उसका छोटा भाई और मैं सगे भाई-बहनों की तरह एक ही कमरे में रहते, खेलते, पढ़ते, लड़ते। पापा नौकरी में थे, उनका हज़ारा से ट्रान्सफ़र हो गया। इसके बाद भी मैं महीने-दो-महीने में एक बार हज़ारा आकर यहीं रहता था। जो तस्वीर तुमने देखी वो हमारे हज़ारा से जाने वाले दिन की ही थी। पापा के ट्रान्सफ़र होते रहे और हम लोग हज़ारा से दूर होते गए। धीरे-धीरे पढ़ाई का दबाव भी बढ़ने लगा और मेरा आना बन्द हो गया। कॉलेज में आने के बाद ज़िन्दगी ऐसी उलझती गई कि मैं माधवी की शादी में भी नहीं गया और उससे उसकी शादी के पूरे नौ साल बाद मिला जब अंकल ने मुझे राघवेन्द्र के बारे में बताने के लिए बुलाया।"

"तुम कह रहे थे कि हमारी लव मैरिज थी...ऐसा कुछ नहीं है।" माधवी

ने बताना शुरू किया–"मेरे भाई के अपहरण के बाद उसकी हत्या हो गई लेकिन पुलिस शाहिद का कुछ नहीं कर पाई। मैंने उसके ख़िलाफ़ मुक़दमा किया। शाहिद ने हमें धमकाया लेकिन राघवेन्द्र पूरे समय हमारे साथ खड़ा रहा। पुलिस स्टेशन, कोर्ट कहीं भी जाना हो तो राघवेन्द्र मेरे साथ जाता। मैंने मुक़दमा लड़ा लेकिन कोर्ट का फ़ैसला हमारे पक्ष में नहीं आया। मैं इस फ़ैसले से बुरी तरह टूट गई थी। पापा अब सदमे से निकलने लगे थे। मुझे ऐसे देख परेशान न हों इसलिए राघवेन्द्र ने मुझे कुछ देर अपने घर पर आराम करके शाम को जाने को कहा। उसके घर पर बात करते-करते मैं फिर रोने लगी। राघवेन्द्र मुझे चुप कराने आया और चुप कराता-कराता मेरे शरीर पर हाथ फेरने लगा। मैंने जब उससे अलग होने की कोशिश की तो उसने मुझे ऐसा जकड़ा कि वो तो अपने मन की सब कर गया और मैं ख़ुद को बचा नहीं पाई। मैं समझ ही नहीं पाई कि कब वो मददगार बलात्कारी बन गया। मैं कुछ कहती उससे पहले उसने मेरे पापा के सामने सब कुछ ऐसे घुमाया जैसे मैंने अपनी मर्ज़ी से उससे सम्बन्ध बनाए। जिस आदमी ने मेरे साथ बलात्कार किया उसी से मुझे शादी करनी पड़ी।"

"लेकिन तुम अपने पिता को यह बात बता सकती थीं?" मयूर ने पूछा।

"तुम्हें लगता है ये सब इतना आसान था। वो एक सदमे से निकले ही थे और फिर से उन्हें...मैं अपने पिता के साथ ये नहीं कर सकती थी।"

माधवी चुप हो गई तो लक्ष्मण ने बात की कमान अपने हाथ में ली–"माधवी ने मुझे फ़ोन पर सब बात बताई थी। मैंने उससे कहा कि वह राघवेन्द्र के ख़िलाफ़ बलात्कार की रिपोर्ट लिखवाए, मैं अंकल को सँभालूँगा लेकिन माधवी की दूसरी चिन्ता थी। राघवेन्द्र ने अंकल के कई काम करवाए थे। अगर माधवी कुछ भी करती तो वह उन्हें बीच में ही रुकवा देता और अंकल को फँसा देता। शाहिद अब दुश्मन बन ही चुका था और हज़ारा में रहते हुए विधायक राघवेन्द्र को भी माधवी अपने परिवार का दुश्मन नहीं बना सकती थी, इसलिए उसने शादी के लिए हाँ कर दी। मैं असल में उसकी शादी में इसी नाराज़गी के कारण नहीं आया, इसलिए बरसों उससे नहीं मिला।"

"तो बदला लेने का विचार माधवी को शादी के इतने साल बाद क्यों आया?"

"शादी के बाद राघवेन्द्र मेरे साथ बहुत ही प्यार और तमीज़ से पेश आया। शादी के बाद मैंने उसे ख़ुद को हाथ नहीं लगाने दिया और उसने कभी

ज़बरदस्ती नहीं की। मैं समझ ही नहीं पा रही थी कि वह क्या चाहता है, शादी से पहले ज़बरदस्ती की और अब इतना सम्मान। चाहे जो करूँ मुझसे कभी नाराज़ नहीं होता। एक दिन मैंने पूछा कि जैसा वह मेरे साथ बर्ताव करता है, वह वाक़ई उतना अच्छा है तो उसने मुझसे ज़बरदस्ती क्यों की? उसने कहा कि वह बलात्कार एक ग़लती थी। वह मुझे चाहने लगा था और उस दिन क़रीब आने पर वह ख़ुद को रोक नहीं पाया। वह हर क़ीमत पर मुझसे शादी करना चाहता था लेकिन मेरे पापा मना न कर दें इसलिए उसने हमारे सम्बन्ध के बारे में कह दिया। उसने बलात्कार की माफ़ी माँगी। मैं नहीं जानती कि बलात्कार की माफ़ी कैसे दी जाती है। इसी तरह तीन साल होने वाले थे शादी को। मुझे यक़ीन होने लगा कि वह मुझे चाहता है। मैं अब धीरे-धीरे उसके साथ खुलने लगी। चुनाव आए और उसने मुझे भी विधायक का चुनाव लड़वा दिया। हमें जनता के सामने इकट्ठे होना होता था एक आदर्श पति-पत्नी की तरह। ये नाटक करते-करते मैं उसकी तरफ़ झुकने लगी और शादी के छह साल बाद हम पति-पत्नी की तरह रहने लगे। सब ठीक होने लगा था कि राघवेन्द्र के बारे में फिर नई बात पता चली और मैंने उसके बाद..." माधवी एक बार फिर चुप हो गई। थोड़ी देर में उसकी आँखों से आँसू की धारा बहने लगी। लक्ष्मण उठा और माधवी के बगल में जाकर चुपचाप बैठ गया। कई बार किसी का बगल में बैठ जाना भर मन के बाँध तोड़ देता है। माधवी के चुपचाप बहते आँसू अब हिचकियों के साथ निकल रहे थे। लक्ष्मण ने माधवी को बाँहों में भरा और चुप कराने लगा। कुछ देर में माधवी चुप हो गई थी। माधवी के चुप होते ही कमरे में अजीब सी चुप्पी छा गई।

"क्या पता लगा राघवेन्द्र के बारे में ऐसा?" मयूर से रहा नहीं गया। सवाल लक्ष्मण और माधवी को वापस वर्तमान में ले आया।

आगे की बात लक्ष्मण ने बतानी शुरू की–"एक दिन अंकल ने मुझे जयपुर में अकेले में मिलने को कहा। उन्हें पता चला कि उनके बेटे के अपहरण और मौत का दोषी शाहिद नहीं राघवेन्द्र है। उसी ने शाहिद की गाड़ी चुराई और उसी गाड़ी में माधवी के भाई का अपहरण किया। इस केस का इन्वेस्टिगेशन ऑफ़िसर उसका दोस्त अजय सिंह था। इधर राघवेन्द्र ख़ुद माधवी के घर में घुसा हुआ था इसलिए उसे पुलिस और गंगाराम अंकल दोनों की हर प्लानिंग की ख़बर थी। उसने पैसे लिये और..." आगे के शब्द माधवी को और विचलित कर देते इसलिए लक्ष्मण बोलते हुए रुक गया।

"लेकिन ये बात गंगाराम अंकल को कैसे पता चली और वह भी इतने सालों बाद?"

"सीमा के चाचा सतबीर से," माधवी बोली। "सतबीर कई बार जेल गया। जेल में ही उसे वो लोग मिले जिन्होंने उस अपहरण को अंजाम दिया।"

"लेकिन सतबीर सच बोल रहा है इसकी क्या गारंटी? राघवेन्द्र से दुश्मनी है उसकी।" मयूर ने शंका ज़ाहिर की।

"इसीलिए अंकल ने ये बात माधवी को नहीं बताई। उनके कहने पर मैंने अपनी ओर से छानबीन करनी शुरू की। मामला बहुत पुराना था इसलिए सुराग ढूँढ़ना मुश्किल था। मैं उन दिनों इंटेलिजेंस ब्यूरो में था। मैंने अपना पूरा नेटवर्क फैलाया और उस क़ैदी का पता लगाया जिसने सतबीर को यह बात बताई थी। जिसने अपहरण किया था मैं उससे भी मिला। शुरू में वो माना नहीं लेकिन अपने तरीक़े से समझाने पर उसने अपहरण की पूरी योजना के बारे में बताया।"

"तुमने उसे गिरफ़्तार नहीं किया?"

"उसे गिरफ़्तार करके कुछ नहीं निकलने वाला था। राघवेन्द्र मंत्री बन गया था। उसे उठाने के लिए सिर्फ़ इसका बयान काफ़ी नहीं होता। ग्यारह सालों में सबूत मिट चुके थे। मुझे पता चला कि चमन यादव भी अपहरण की साज़िश में शामिल था। मैंने चमन को कुछ लोगों से उठवा लिया। पहले तो वो माना नहीं लेकिन जब इस आदमी को उसके सामने लाया गया तो उसने स्वीकार किया कि अपहरण राघवेन्द्र का ही आइडिया था और फिरौती में से 25 लाख राघवेन्द्र ने उसे दिए थे। चमन ने बताया कि राघवेन्द्र की नज़र गंगाराम गुज्जर के धंधे पर भी थी और उसने माधवी से शादी करने का प्लान बहुत पहले बना लिया था। उसे ऐसा मौक़ा चाहिए था जिससे वह गंगाराम गुज्जर और माधवी के इतना क़रीब जा सके कि वो शादी के लिए ना नहीं कहें। माधवी के भाई के अपहरण से तीन फ़ायदे थे–पहला गुज्जर वोटों का, दूसरा गंगाराम अंकल के क़रीब आने का और तीसरा उनके धंधे पर क़ब्ज़ा। बेटा मरने के बाद ये सब माधवी का ही होना था।"

"तो चमन के बयान पर केस किया?"

"चमन बयान देने को तैयार नहीं था। सबूत उसके पास भी कोई नहीं था। उसे डर था कि उसके बयान देते ही राघवेन्द्र उसे मरवा देगा। उसने कहा कि वह राघवेन्द्र से बातचीत में फिर से अपहरण का ज़िक्र करके उसे रिकॉर्ड कर लेगा।"

"फिर?" मयूर की रुचि बढ़ रही थी।

लक्ष्मण–"राघवेन्द्र ने घोषणा की कि 2012 के चुनाव में माधवी की जगह चमन एजाज़ के सामने चुनाव लड़ेगा। कुछ दिनों बाद चमन की लाश मिली। पता लगा कि चमन ने राघवेन्द्र को ब्लैकमेल करके उस सीट पर नाम की घोषणा करवाई थी।"

"फिर तो राघवेन्द्र को पता चल गया होगा कि अंकल और माधवी को ये बात मालूम है?" मयूर ने पूछा।

"नहीं, क्योंकि मैं ख़ुद चमन के सामने पड़ा नहीं। उसे पता ही नहीं था उससे पूछताछ करने वाले कौन हैं। मैंने गंगाराम अंकल को अपनी रिपोर्ट बताई और साथ ही मैं राघवेन्द्र द्वारा माधवी के बलात्कार की बात भी छुपा नहीं पाया। अंकल ये दोनों बातें सहन नहीं कर पाए और पन्द्रह दिन बाद ही..."

मयूर गौर से सुन रहा था। माधवी अपने पैर के अँगूठे को देख रही थी। लक्ष्मण एक बार फिर चुप हो गया। माधवी बोली–"चमन ने दोस्ती के नाम पर मुझे धोखा दिया और राघवेन्द्र ने उसको। कर्मों का फल इसी दुनिया में मिलता है, चमन को मिल गया, राघवेन्द्र को मिलना है। मेरे पिता ने मुझे कहा था कि राघवेन्द्र को सज़ा दिलवाऊँ लेकिन साथ में वादा लिया था कि ख़ुद क़ानून हाथ में न लूँ। मैंने पापा की बात को भूलकर ख़ुद उसे मारने की बात भी सोची पर उसे मारना आसान नहीं था। पिछले चार साल से मैं राघवेन्द्र को सज़ा दिलवाने की कोशिश में हूँ। बलात्कार, अपहरण और वो हत्या जिसकी उसे सज़ा नहीं मिल सकी उसी की सज़ा दिलाने के लिए और मेरे परिवार को पूरी तरह से ख़त्म कर देने वाले आदमी से बदला लेने के लिए मैंने ये सब किया। मिस्टर भारद्वाज मैंने आपको सब बता दिया और इतना आगे बढ़ने के बाद अब मैं क़दम पीछे नहीं खींच सकती।"

"अभी आपने सब कुछ कहाँ बताया? ये साज़िश रची कैसे? सीमा को आपने इसमें कैसे फँसाया? शाहिद को अपने साथ कैसे मिलाया? और सबसे बड़ा सवाल कि मैं जो कि गुमशुदा था मुझे इस सबमें कैसे घसीटा? मुझे मानव सिंह ने यहाँ बुलाया था और जहाँ तक मैं समझ पाया हूँ मानव को रत्ती भर भी अन्दाज़ा नहीं कि इसके पीछे आप हैं।"

"तुझे सारी बात बताते हैं लेकिन दोस्त तू इसे साज़िश मत बोल। ये हमारी एक अपराधी को सज़ा दिलाने की कोशिश थी। तू सब कुछ खुले मन से सुन और फिर फ़ैसला ले..." लक्ष्मण पंत ने नम्र होकर मयूर से निवेदन किया।

"सीमा ने आपको काफ़ी कुछ बता ही दिया है इसलिए आगे से बताती हूँ। राघवेन्द्र ने जब सीमा को बुलाकर दो घंटे तक उससे बात की तो मेरे मन में एक बार शंका हुई कि ये कर क्या रहा है। सीमा के जाने के बाद मुझे लगा कि जो शंका थी उसे ही इस्तेमाल क्यों न किया जाए। सीमा जिस तरह राघवेन्द्र के डराने के बावजूद अपने प्रेमी के ख़िलाफ़ नहीं बोली मैं समझ गई कि लड़की ज़िद्दी है और अपने प्रेमी को पाने के लिए कुछ भी कर सकती है। शाहिद भी जाने कब से राघवेन्द्र से हिसाब चुकता करने को मचल रहा था। मैंने उससे मुलाक़ात की और उसे सारी योजना समझाई। वह मान गया।"

"ऐसी साज़िश के लिए शाहिद यूँ ही मान गया?" मयूर ने माधवी से अपनी शंका ज़ाहिर की।

"मैंने उसे वादा किया कि अगर राघवेन्द्र गिरफ़्तार हो गया तो एक बार फिर हज़ारा की सीट उसकी है और मैं एजाज़ के लिए मुबारकपुर सीट छोड़ दूँगी। मेरी शर्त यह थी कि ज़रूरत पड़ने पर शाहिद सामने आकर हमला करेगा क्योंकि वह राघवेन्द्र का राजनैतिक शत्रु है। शाहिद को इससे ज़्यादा कुछ नहीं चाहिए था। सीमा को मनाने के लिए सतबीर को बुलाने का आइडिया मैंने शाहिद को दिया। सतबीर को इतने साल पुलिस से छुपने में शाहिद ने ही मदद की थी। इतना एहसान तो उसे चुकाना ही था। हमने उसे जानबूझकर देर से बुलाया ताकि मेडिकल रिपोर्ट हमारा काम ख़राब न करे।"

"तुमने सोचा नहीं कि सतबीर भागा हुआ है, पकड़ा जाएगा।"

"सोचा था लेकिन सीमा को समझाने के लिए कोई घर का ही आदमी चाहिए था। सतबीर ख़ुद भी राघवेन्द्र और अमित से हिसाब चुकता करने को आतुर था। दूसरा सतबीर की गिरफ़्तारी पाँच साल पुराने मामले में होती जो लोगों को याद भी न था। सब सोचते कि सीमा के मामले को दबाने के लिए उसे गिरफ़्तार किया है। आज के इस शोर-शराबे वाले दौर में मीडिया और सोशल मीडिया में एक बार अफ़वाह उड़ गई तो लोग इतने बँट जाते हैं कि उसके बाद कोई सच सुनने को तैयार नहीं होता।"

"और तुम मुझ तक कैसे पहुँचे? तुम्हें पता कैसे चला कि मैं कहाँ हूँ?" मयूर के लिए अब भी यह पहेली थी कि पिछले पन्द्रह सालों में उसके कॉलेज के किसी दोस्त को उसके बारे में नहीं पता था फिर उसे ढूँढा कैसे गया।

"प्रीति बियानी की मदद से..."

"प्रीति बियानी..." मयूर ने थोड़ा सोचा और पूछा–"वो एक्ट्रेस? उससे

कैसे...?" मयूर के चेहरे पर हैरानी थी।

"मैं प्रीति बियानी का बड़ा फ़ैन हूँ," लक्ष्मण ने शरमाते हुए कहा, "जैसे तुम्हें मेरी और माधवी की तस्वीर फ़ेसबुक पर मिली वैसे ही मुझे भी तुम्हारी तस्वीर प्रीति के फ़ेसबुक पेज पर मिली। तुम्हारे साथ उसके किसी इवेंट का फ़ोटो था।"

मयूर ने माथे पर हाथ रखा और लक्ष्मण को आँख मारते हुए कहा–"उफ़ ये डिज़िटल ट्रेल..."

लक्ष्मण मुस्कुराया–"डिज़िटल ट्रेल से बच पाना मुश्किल है। मैं भी वहीं से पकड़ा गया और तुम भी। प्रीति के पेज से पता चला कि तुम मीडिया में इतने बड़े पद पर पहुँच गए हो। मुझे लगा कि तुम्हारा मिलना ईश्वर का इशारा है। तुम इतने साल से ग़ायब थे और अचानक ऐसे समय में मिले हो जब हम उस आदमी से लड़ने के लिए सहारा ढूँढ़ रहे हैं जो तुम्हारा भी अपराधी है। मैं ख़ुद को इस मामले से सीधे नहीं जोड़ सकता था इसलिए तुम्हें सीधे फ़ोन करने की जगह मानव के ज़रिए बुलवाया।"

"मुख्यमंत्री के साथ इंटरव्यू का प्लान किसका था? तुम्हारा या मानव का?"

"तुमने मना कर दिया तो तुम्हें लाने के लिए हमने इस इंटरव्यू का प्लान बनाया। राजावत से मेरी जान-पहचान इंटेलिजेंस के दिनों से थी। मैंने उसे गुप्त सूचना दी कि मानव दिल्ली से किसी पत्रकार के सम्पर्क में है। राजावत तुम्हारा नाम सुनकर समझ गया कि तुम राघवेन्द्र के ख़िलाफ़ कुछ भी करोगे। मैंने राजावत को मनाया कि मानव के प्लान के हिसाब से चलें ताकि उसे लगे उसका दाँव सही जा रहा है और हम उस पर नज़र बनाए रखें। तुम नहीं माने तो हमने तुम्हें विज्ञापन के नाम पर आने को मजबूर कर दिया। मुझे पता था कि तुम एक बार आ गए तो हमारा काम हो जाएगा। उसके आगे सब तुमने मेरी उम्मीद के मुताबिक़ ही किया। मैंने आत्मदाह वाले दिन सुबह राजावत को कहा कि तुम मानव के साथ कुछ बड़ा प्लान कर रहे हो, साथ ही उसे इस बात के लिए मना लिया कि यदि स्थिति बिगड़े तो वह मुझे इस मामले की जाँच दे दे क्योंकि तुम मेरे साथ पढ़ते थे और मैं तुम्हें सँभाल लूँगा। इस तरह मैं यहाँ हूँ। तुम सब सही कर रहे थे लेकिन सीमा को लेकर इमोशनल हो गए और अब हमें इस स्थिति में फँसा दिया। राघवेन्द्र अपराधी है उसे सज़ा मिलनी चाहिए मयूर। अब तुम सीमा को समझाओ।"

"दोस्त होकर भी मेरा इस्तेमाल किया तुमने लक्ष्मण, पर अभी इन बातों

का वक़्त नहीं। मुद्दे पर आता हूँ। मैं चाहता हूँ राघवेन्द्र को सज़ा मिले। सिर्फ़ इन अपराधों की नहीं बल्कि उन सब अपराधों की जो हम नहीं जानते पर उसने किए। मैं 'शठे शाठ्यम समाचरेत' में यक़ीन रखता हूँ लेकिन उसके लिए किसी को मोहरा नहीं बनाऊँगा। सीमा ने भी सब कुछ सुना और अब ये उसके ऊपर है कि वो क्या करना चाहती है। वो अगर राघवेन्द्र के ख़िलाफ़ बयान देगी तो भी ठीक, न देना चाहे तो मैं यही कर सकता हूँ कि साज़िश में तुम दोनों का नाम न आने दूँ।"

"तुमने सब कुछ सुन लिया सीमा। मैं माफ़ी माँगती हूँ तुम्हारे साथ जो हुआ उसके लिए लेकिन अब राघवेन्द्र को सज़ा दिलाने में तुम ही मदद कर सकती हो। अपना बयान मत बदलो।" माधवी ने सीमा से गुज़ारिश की।

"आपके साथ जो हुआ उससे पूरी हमदर्दी है दीदी लेकिन मेरे लिए आप में और मंत्री जी में बहुत फ़र्क़ नहीं है बल्कि मेरे लिए तो आप मंत्री जी से ज़्यादा बुरी हैं।"

"क्या कहा तुमने? मैं उस हत्यारे से ज़्यादा बुरी हूँ?" एक मिनट पहले ही सीमा से गुज़ारिश करती माधवी भड़ककर खड़ी हो गई लेकिन सीमा ज़रा भी न हिली न डरी। उसने निडरता से जवाब दिया–"जी हाँ। मेरे चाचा ने धोखा दिया उसके बावजूद मंत्री जी ने मेरे पापा को काम दिया था। उन्होंने शाहिद से अपनी दुश्मनी के लिए मुझसे झूठा बयान देने को कहा। उन्होंने जो किया सामने किया लेकिन आपने तो सब पीठ पीछे किया। आपने भी तो मुझसे अपनी दुश्मनी के लिए झूठा मुक़दमा ही दर्ज करवाया और उसके लिए मेरे परिवार का, मेरे प्यार का इस्तेमाल किया। मेरे पिता की मृत्यु इसलिए नहीं हुई क्योंकि उन्हें अमित ने मारा, बल्कि इसलिए हुई क्योंकि आपकी साज़िश में फँसकर मैंने झूठ बोला। मेरे पिता की हत्या की ज़िम्मेदार आप हैं दीदी। आज मेरी माँ अस्पताल में आपकी वजह से हैं। मंत्री जी को मैंने झूठा बयान देने से मना किया तो वह मान गए लेकिन आप मेरी जान लेने पर तुली हैं। एक अपराधी को सज़ा दिलाने के लिए आप कितनी बड़ी अपराधी बन गईं आपको उसका अन्दाज़ा भी नहीं है।"

"म...म...मैं अपराधी हूँ?" माधवी की आवाज़ लड़खड़ाने लगी, शरीर काँपने लगा। वह वापस बैठ गई।

सीमा को इस सबसे कोई फ़र्क़ नहीं पड़ा। वह अपनी रौ में बोले जा रही थी। "जानती हैं दीदी अगर मैं अपना सब भूल भी जाऊँ तो भी आपकी मदद

नहीं कर सकती। मैं कमज़ोर थी, फिर भी अपने प्यार को पाने के लिए वो क़दम उठाया जो नहीं उठाना चाहिए था। जब लगा कि मैं ग़लत कर रही हूँ तो उसे ठीक करने आपके सामने आई लेकिन आपने अपने लिए क्या किया? सब पता लगने के बाद भी उसी आदमी के साथ इसी छत के नीचे रहीं। आपके पास तो ताक़त है, पैसा है। आप जो चाहतीं कर सकती थीं लेकिन आपने मेरा इस्तेमाल किया, मेरे पूरे परिवार का इस्तेमाल किया। नहीं दीदी आपकी लड़ाई मैं नहीं लड़ सकती। आप अपनी लड़ाई ख़ुद लड़ें। यह सब जानने के बाद तो मैं झूठा बयान बिलकुल नहीं दूँगी।"

सीमा की आवाज़ में जो आत्मविश्वास था उसे देख मयूर, लक्ष्मण और माधवी तीनों हतप्रभ थे। कमरे में पसरी ख़ामोशी को लक्ष्मण पंत ने तोड़ा। "देखो सीमा तुमने जो कहा वो सब सही है लेकिन इस बयान के बाद मुझे तुम पर झूठी रिपोर्ट लिखवाने का मुक़दमा दर्ज करना होगा जिससे तुम बच नहीं पाओगी। अब ये मामला पूरे देश में चर्चा में है। तुम्हारे इस बयान के बाद आगे से किसी भी मंत्री के ख़िलाफ़ कोई ऐसा सच्चा मामला भी आएगा तो भी लोग तुम्हारा हवाला देकर उस मामले को झूठा साबित कर देंगे। माधवी ने ग़लती की और मैंने भी लेकिन अब तुम क़दम पीछे खींचने की स्थिति में नहीं हो। तुम हमारा नाम भी ले लोगी तो भी तुम्हारे साथ जो होना है वो होकर रहेगा। तुम्हारी ज़िन्दगी हमेशा के लिए ख़त्म हो जाएगी। तुम सोच लो।"

"तीसरी दिक़्क़त और होगी," माधवी ने अपना फ़ोन देखते हुए कहा। माधवी ने लक्ष्मण और मयूर पर नज़रें घुमाई और फिर सीमा के चेहरे पर नज़र टिकाकर बोली–"तुम अपनी माँ को अस्पताल में अकेला छोड़ आई हो।"

माधवी के यह कहते ही सीमा उस पर झपट पड़ी। मयूर और लक्ष्मण ने सीमा के क़ब्ज़े से माधवी को काफ़ी कठिनाई से छुड़ाया। माहौल काफ़ी गरम और तनावपूर्ण हो चुका था। लक्ष्मण ने मयूर से इतना ही कहा–"हम गए तो इस लड़की की ज़िन्दगी भी ख़त्म है ये सोच लेना।"

"मुझे सीमा से अकेले में बात करनी है।" मयूर ने निवेदन किया। लक्ष्मण ने उन्हें एक कमरे में बैठा दिया।

आधे घंटे बाद मयूर सीमा के साथ बाहर आया और बोला–"सीमा झूठा बयान नहीं देगी। ये लड़ाई माधवी की थी और उसे लड़ने के लिए हम सीमा की ज़िन्दगी को अब और दाँव पर नहीं लगा सकते। सीमा जानती है कि सच बोलने पर उसके साथ क्या होगा मगर तुम दोनों की साज़िश के परिणाम

को वह झेले ये भी ठीक नहीं है। इसलिए लक्ष्मण इसे क़ानूनी पचड़े से तुम बचाओगे, नहीं तो मैं तुम सबकी पोल खोल दूँगा। मुझे सोचकर बताओ कि क्या करना है।"

माधवी ने पिस्तौल हाथ में लेते हुए कहा–"सुनो मयूर, इतना होने के बाद मैं भी पीछे नहीं हटूँगी चाहे जान देनी पड़े या लेनी पड़े। इसे मार दूँगी और कह दूँगी कि पति को बचाने के लिए इस लड़की को मारा। मेरा जो होगा वो देखा जाएगा।" माधवी बदला लेने के लिए अब पागलपन की हद पर थी। मयूर को वहाँ से सीमा को सुरक्षित निकालना मुश्किल लग रहा था।

लक्ष्मण ने मयूर से कहा–"देख मयूर, तुझसे हमारी कोई दुश्मनी नहीं इसलिए तू यहाँ से चला जा। अब आगे की लड़ाई मेरी, माधवी और सीमा की है। तू इसमें मत घुस। बस बाहर जाकर उस ख़बर को रोक ले।"

सीमा ने कहा–"हाँ मयूर भैया आप चले जाओ। दीदी कह रही थी ना सबको कर्मों का फल यहीं मिलता है ना, मुझे भी मिल रहा है। उनको भी मिलेगा। आप मेरी वजह से जान मत गँवाओ।"

"मैं तुझे छोड़कर कहीं नहीं जा रहा," मयूर ने जवाब दिया।

लक्ष्मण ने मयूर के कंधे पर हाथ रखा और कहा–"हम हत्यारे नहीं हैं मयूर। हम ये सब राघवेन्द्र को सज़ा दिलाने के लिए कर रहे हैं। बेवजह किसी को मारना नहीं चाहते। इसीलिए मैं तुझे जाने दे रहा हूँ। सीमा तब तक सुरक्षित है जब तक तू या सीमा कोई बेवकूफ़ी न करे। तूने कहा था ना कि तू अपनी ज़िन्दगी में एक और दुष्यन्त नहीं चाहता। अपनी ज़िद में सीमा को अपनी ज़िन्दगी का दूसरा दुष्यन्त मत बना। सीमा मेरे पास सुरक्षित है मगर इसकी सुरक्षा की ज़िम्मेदारी अब मेरे से ज़्यादा तेरे हाथ में है। जब तक तू माधवी का सच सामने नहीं लाता, तब तक कोई दिक़्क़त नहीं। मेरे ख़िलाफ़ तुझे जो करना हो कर लेकिन मैं माधवी को कोई नुकसान नहीं पहुँचने दे सकता। तू जा, अपनी ज़िन्दगी जी। बस ये याद रखना कि वो जो ख़बर शेड्यूल करके आया है वो पब्लिश्ड न हो। बस यही तरीक़ा है तेरे पास सीमा को ज़्यादा देर बचाए रखने का।"

मयूर किंकर्तव्यविमूढ़ खड़ा था। सीमा ने कहा–"भैया, आप चले जाइए प्लीज़। मैं नहीं जानती दुष्यन्त कौन है लेकिन ये समझ गई कि आपका कोई ख़ास है। आपको दुष्यन्त की क़सम, मेरे लिए नहीं तो उसके लिए प्लीज़ चले जाइए और मेरी चिन्ता मत करिए।"

15 अप्रैल, 2016

सुबह के 7.30 बजे मयूर अर्क टाइम्स के दफ़्तर में अकेला था। ग़ुस्से और दुख से भरा मयूर पिछली रात सिर्फ़ डेढ़ घंटे सोया था। वह सीमा के लिए इस कदर चिन्तित हो चुका था कि वह अब आराम नहीं कर सकता था।

राजनीति के चलते एक और निर्दोष मौत उसे स्वीकार नहीं थी इसलिए उसने अचला से सुबह 6.30 बजे बात करके मदद पाने की फिर से कोशिश की। अचला के जवाब ने मयूर की उम्मीदों को फिर तोड़ दिया। अचला बोली–"माधवी ने तो हमारा काम आसान कर दिया। अगर वह सीमा को मार दे तो हमें उसका लाभ ही मिलेगा इसलिए आप अपने मित्र लक्ष्मण पंत की बात मानें और अब कुछ न करें।"

मयूर के पास अब सीमा को बचाने के रास्ते नहीं बचे थे। लोग मानते हैं कि मीडिया में बहुत ताक़त होती है लेकिन मयूर अपनी बेबसी देख मन-ही-मन ग़ुस्से में सुलग रहा था। सीमा को बचाने में उसका असफल होना, राजनीति और रिश्तों के निकृष्टतम रूप को देखना, एक बार फिर धोखा खाना मयूर को अन्दर ही अन्दर काट रहा था।

मयूर का दुख अब ग़ुस्से में बदल चुका था। वह अपने केबिन में पहुँचा और सीमा के ग़ायब होने की ख़बर लिखनी शुरू की। ग़ुस्से के बावजूद मयूर के अन्दर का प्रोफ़ेशनल अलग काम कर रहा था। यह ख़बर यूँ भी कुछ घंटों में मीडिया को किसी न किसी सोर्स से मिल ही जाती। जब ऐसा होना ही है तो ब्रेकिंग न्यूज़ उसकी वेबसाइट पर क्यों न हो। ये अलग बात है कि ख़बर ब्रेक करते हुए मयूर के दिमाग़ में सिर्फ़ यही ख़याल नहीं था। जब वह सीमा को बचा नहीं सकता तो दोस्ती के नाम पर धोखा देने वाले लक्ष्मण को, अपने अहं और राजनीति के कारण एक बच्ची को मरने के लिए छोड़ने वाली मुख्यमंत्री को अब क्यों बचाए।

जिस लक्ष्मण पंत को अब तक मयूर सिंघम बना रहा था उसी लक्ष्मण पंत को उसने इस ख़बर में ढीला और नाकारा बताया। उसने आरोप लगाया कि लक्ष्मण पंत को हज़ारा में दोषी को सज़ा दिलाने नहीं बल्कि अचला के इशारे पर राघवेन्द्र को बचाने के लिए भेजा गया है और पीड़िता का ग़ायब होना उसी की एक कड़ी है। मयूर ने सब लिखते हुए माधवी और सीमा का

सच छुपा लिया। यही एक तरीक़ा था सीमा को कुछ देर और जीवित रखने का। उसे उम्मीद थी कि शायद कुछ चमत्कार हो जाए और सीमा को बचाने का रास्ता निकल आए।

मयूर ने ख़बर को 8.40 पर लाइव करने के लिए शेड्यूल किया क्योंकि उसकी वेबसाइट पर सबसे ज़्यादा ऑर्गेनिक ट्रैफ़िक सुबह 8.30 से 10.30 बजे के बीच आता था। शेड्यूल करके वह 8.45 बजे का अलार्म लगाकर वहीं कुर्सी पर सो गया।

अलार्म बजा, मयूर उठा और देखा ख़बर लाइव हो गई है और 5 मिनट में 12 शेयर भी हो चुके हैं। वह उठकर ऑफ़िस के ही बाथरूम में फ्रेश होकर आया, 83 शेयर हो चुके थे। ख़बर शेयर हो रही थी पर इतना काफ़ी नहीं था। मयूर जानता था कि राहुल बंसल ऑफ़िस आने के लिए गाड़ी में बैठ चुका होगा। गाड़ी में बैठते ही वह रोज़ की तरह वेबसाइट देखेगा और उसे फ़ोन करेगा। इससे पहले बंसल का फ़ोन आए, मयूर ने अपना फ़ोन स्विच ऑफ़ कर लिया और 9.15 बजने का इन्तज़ार करने लगा। यह वह समय था जब उसकी ऑडियन्स दफ़्तर जाते समय अपने फ़ोन पर फ़ेसबुक और यूट्यूब चलाकर देखा करती थीं।

फरवरी, 2016 में फ़ेसबुक ने लाइव फ़ीचर जनता के लिए खोल दिया था। नई चीज़ होने से लोग बड़े चाव से लाइव देखा करते। 9.15 बजे मयूर अर्क टाइम्स और जनतान्यूज़.कॉम दोनों के फ़ेसबुक चैनल से पहली बार ख़ुद लाइव आया। मयूर ने अपने लाइव में अपनी ग्राउंड रिपोर्टिंग के अनुभव का हवाला देते हुए कहा कि पीड़िता को मारने के इरादे से किए गए ट्रक एक्सिडेंट के बावजूद हॉस्पिटल में उसकी सुरक्षा का पुख़्ता इन्तज़ाम न होना सरकार के इरादों पर सवाल खड़ा करता है। उसने अचला पर खुलकर हमला करते हुए कहा, अचला सिंह की सरकार की मज़बूती राघवेन्द्र के समर्थन पर निर्भर करती है। जनता को बरगलाने के लिए उसने राघवेन्द्र की गिरफ़्तारी तो दिखा दी लेकिन पीड़िता की सुरक्षा में पूरी ढिलाई बरती ताकि राघवेन्द्र उसका फ़ायदा उठा सके। लक्ष्मण पंत ने मामले की गम्भीरता को समझते हुए भी पीड़िता की सुरक्षा के इन्तज़ाम नहीं किए जिसकी परिणति पहले ट्रक दुर्घटना और अब पीड़िता के अपहरण के रूप में हुई।"

लाइव ख़त्म होने पर मयूर ने फ़ोन ऑन किया। उसे राहुल बंसल के 9 मिस कॉल अलर्ट, 2 एसएमएस, 4 व्हाट्सएप और एक ईमेल मिला। राहुल

भड़का हुआ था। मयूर ने राहुल को फ़ोन मिलाया। राहुल ने फ़ोन उठाकर कहा–"मयूर...टेल मी वन थिंग..." शान्ति से बात करने वाले राहुल की आवाज़ में ग़ुस्सा था।

मयूर ने राहुल का सवाल पूरा ही नहीं होने दिया और कहा–"बॉस... वेबसाइट पर सिर्फ़ एक घंटे में 15,000 लोग इस ख़बर को पढ़ चुके हैं जो हमारा इतने कम टाइम का सबसे बड़ा रिकॉर्ड है। यह ख़बर एक घंटे में 382 शेयर हो चुकी और अभी तो इसे हज़ारों में जाना है। अर्क टाइम्स पेज पर दस मिनट में 18,000 लोग लाइव देख चुके और जनता न्यूज़ पर 6,000 और यह भी अब तक का सबसे ज़्यादा है। दोनों लाइव अभी शेयर होना शुरू ही हुए हैं, दो-तीन घंटे में हम एक लाख व्यूज पार कर चुके होंगे।"

मयूर को उसकी नौकरी के शुरुआती दिनों में राहुल ने कहा था–"ग्रोथ दिखाता डाटा मुझे कोकीन से भी ज़्यादा नशा देता है इसलिए हर कैम्पेन के डाटा में ग्रोथ दिखे।" मयूर ने आज राहुल बंसल को उसकी वाली कोकीन दे दी।

"स्टॉप प्लेइंग दीज़ गेम्स विद मी मयूर..." राहुल ने हर शब्द को खींचते हुए मयूर से कहा।

'मतलब कि ग्रोथ डाटा रूपी कोकीन का आज असर नहीं हुआ, चल बेटा तैयार हो जा।' मयूर ने सोचा और आँख बन्द करके सुनने को तैयार हो गया। राहुल ने मयूर से पूछा–"मुझे ये बताओ...अचला के ऊपर इतना ब्रूटल अटैक बिना किसी सबूत के, बिना मुझसे पूछे कैसे कर दिया तुमने? वी हैव अ रेपुटेशन बॉय। हू ऑथोराइज्ड यू टू डिस्ट्रॉय इट?"

मयूर अब भी आँखें बन्द किए सोच रहा था कि राहुल की आवाज़ कड़की–"रिस्पांड टू मी मयूर..."

मयूर ने आँख खोली, कमर सीधी की और डिफ़ेंस की जगह अटैक की रणनीति अपनाई। उसने शान्त लेकिन बहुत मज़बूती के साथ जवाब दिया–"अचला सिंह के बँगले से 4.5 किमी. दूर राज्य के सबसे बड़े अस्पताल से पुलिस सुरक्षा के बीच वह लड़की ग़ायब हो जाती है। ये तब होता है जब उस लड़की का मामला आज की तारीख़ में देश का सबसे ज़्यादा चर्चित मामला है। लड़की का ग़ायब हो जाना सीधे-सीधे अचला सिंह की सरकार गिरने से बचाता है। क्या यह सब मुख्यमंत्री को सवालों के घेरे में नहीं लेता? चलिए मैं सवाल नहीं उठाऊँगा, कोई और मीडिया उठा लेगा लेकिन यह सवाल उठेगा

ज़रूर, तो फिर यह सवाल मैं क्यों न उठाऊँ? हमारी रेपुटेशन इन सवालों से बनेगी बॉस। आपको मैंने इसलिए नहीं बताया क्योंकि ज़रा-सी भी देर के बाद यह सवाल कोई और पूछ रहा होता।" न बताने का कारण झूठा था मगर इतना झूठ भी न बोलें तो लोग हरिश्चन्द्र नहीं बुलाने लगेंगे!

मयूर का तर्क सही होने के कारण राहुल कुछ नरम पड़ा लेकिन वह मयूर को ऐसी ख़बरों से जुड़े प्रोटोकॉल तोड़ने के लिए इतनी आसानी से छोड़ना नहीं चाहता था। उसने पूछा–"और अर्क टाइम्स से लाइव के लिए क्या एक्सक्यूज़ है तुम्हारे पास? वह तो तुम्हारा प्रोडक्ट नहीं है। किसने अधिकार दिया उस पर लाइव जाने का?"

"बॉस, जनतान्यूज़ नया है। रीच कम है, लोगों का भरोसा धीरे-धीरे बन रहा है। लोग न मुझे जानते हैं और न ही उन्हें पता है कि इस मामले की सब ब्रेकिंग मैं लाया हूँ। अगर मेरे लाइव को देखकर कोई बड़ा एंकर न्यूज़ चला देता तो लोग उसे ज़्यादा शेयर करते। मेरी मेहनत की रीच और एंगेजमेंट कोई और ले रहा होता। अर्क टाइम्स पर यह लाइव आने के बाद सबको पता होगा ब्रेकिंग अर्क टाइम्स के पेज पर हुई...और मैंने आपसे ये भी नहीं पूछा क्योंकि..."

"शटअप मयूर...मैं जानता हूँ कि तुमने क्यों नहीं पूछा। मैं ऑफ़िस पहुँचकर तुमसे बात करता हूँ।" मयूर के तर्कों का राहुल के पास कोई जवाब नहीं था। वह जानता था कि मयूर ने जो किया वो ठीक किया। उसकी चिन्ता अपने अख़बार और सरकार से सम्बन्धों को लेकर थी।

राहुल ने दफ़्तर पहुँचकर मयूर को अपने केबिन में बुलाकर कहा–"नारायण नाम्बियार के पीए का मैसेज आया। कहता है कि नाना ने मुझे बधाई दी है ईमानदार पत्रकारिता के लिए..."

"ये तो अच्छी बात है बॉस, आप यूँ ही परेशान हो रहे हो," मयूर ने चहकते हुए कहा। राहुल ने मयूर को घूरा। मयूर वापस सिमटकर बैठ गया।

राहुल बोला–"नारायण अभी से 2018 के लोकसभा चुनाव की तैयारी कर रहा है। इस बार भी राजस्थान से पूरी 25 सीटें जीतने के लिए नाना ने हिंट दिया था कि हम अचला को इस मामले में न लपेटें और तुमने आज वही कर दिया। मयूर तुम पत्रकार नहीं हो, मैनेजमेंट के आदमी हो, बिज़नेस समझते हो। तुम्हें पता है कि सरकार के साथ हमारा क्या दाँव पर है। तुमने मुझसे नहीं पूछा न सही लेकिन तुम जानते हो इन मामलों को कैसे रिपोर्ट करते हैं।"

"बॉस, क्या आप मेरी नाना से आज के आज एक प्राइवेट मीटिंग करवा सकते हैं?" मयूर ने पूछा।

राहुल मयूर के इस निवेदन से आश्चर्य में पड़ गया–"क्यों मिलेगा तुमसे वो और वह भी आज के आज?"

"क्योंकि उसे राजस्थान से 25 सीटें चाहिए..."

"और तुम उसमें क्या करोगे?" राहुल के चेहरे पर प्रश्न उभरे।

"बॉस मैंने अभी असली ख़बर तो छापी ही नहीं। मैं उसे असली ख़बर दे दूँगा, उस ख़बर को नाना जैसे चाहे इस्तेमाल करें।"

राहुल ने उत्सुकता से पूछा–"क्या है ये छुपी ख़बर मयूर?"

"यह मैं आपको अभी नहीं बता सकता। आप मेरी मुलाक़ात करवा दीजिए।"

"तुम नारायण नाम्बियार से मुलाक़ात की बात कर रहे हो, इस देश के दूसरे सबसे ताक़तवर आदमी से...बिना कुछ जाने मैं उसे कहूँ कि आप सब काम छोड़कर मयूर से मिल लीजिए।"

"बॉस आप नाना को बस इतना कह दीजिए कि मैंने 1999 में राघवेन्द्र को छात्रसंघ अध्यक्ष का चुनाव हराया था। मेरे ख़याल से उसका ध्यान खींचने को इतना काफ़ी होगा।"

राहुल को लगा कि जिस मयूर को वह जानता था वह यह मयूर है ही नहीं, और अगर है तो फिर उसने असली मयूर को जाना ही नहीं। मयूर के जाने के बाद राहुल ने नारायण के पर्सनल मोबाइल पर फ़ोन मिलाया जो नारायण ने उसे यह कहते हुए दिया था कि इस नम्बर पर तभी फ़ोन करना जब लगे कि हिरोशिमा पर एक और हमला होने वाला है और उसे मैं ही रोक सकता हूँ।

15 अप्रैल, 2016, दोपहर 1 बजे

"तुम उस फ़ोन रिकॉर्डिंग को पब्लिक कर दो। माधवी का असली चेहरा सामने आ जाएगा। सरकार पर बात नहीं आएगी और मैं लड़की को बचाने की पूरी कोशिश करेगा।" क्रीम रंग की नेहरू जैकेट, सिग्नेचर स्टाइल हल्की दाढ़ी, और डोलचे एंड गब्बाना का चशमा पहने नारायण ने मयूर से कहा।

"लेकिन मेरे पास कोई रिकॉर्डिंग नहीं है। मैंने बस बचने के लिए उनसे

एक झूठ बोला और वो चल गया।" मयूर ने बेचारगी के साथ कहा।

"ओह..." नारायण ने सिर पर हाथ रखा और कहा–"फिर तो सब उलझ गया है। झूठा बयान लड़की नहीं देगी और सच्चे बयान को जनता नहीं मानेगी। लोग समझेंगे कि बयान बदलवाने के लिए सरकार ने उसको ग़ायब किया। राजनैतिक परिणाम अच्छा नहीं होगा। मैं कुछ नहीं कर सकता।"

नारायण के मना करने पर भी मयूर ने हार नहीं मानी। वह बोला–"लेकिन सर अगर माधवी ने उस लड़की को मार डाला तब भी तो राजनैतिक परिणाम अच्छे नहीं होंगे। जनता सरकार को इस मौत का भी तो दोषी मानेगी।"

मयूर की बात सुनकर नारायण ने आँखें बन्द करके सिर हिलाते हुए कुछ देर सोचा और बोला–"इसका इतना नुकसान नहीं होगा क्योंकि जनता को न्याय नहीं उत्तेजना चाहिए। उनको अपने भीतर चल रहे तमाम विचारों और अन्तर्द्वन्द्वों का गुबार निकालने के लिए बहाना चाहिए। एक बार गुबार निकला फिर सब शान्त। इस लड़की के ग़ायब हो जाने ने वह उत्तेजना पैदा कर दी। जनता ने इतना शोर मचाया है कि अब कल लड़की मर भी गई तो जनता और नया क्या बोलेगी? हमारा जो नुकसान होना था हो चुका, और नहीं होगा। ट्विटर एक दिन की जगह दो दिन शोर मचाएगा। पश्चिम बंगाल में अगले फेज का चुनाव है, टीवी चैनल उधर भटक जाएगा। अख़बारों के ओपेड में कुछ महीनों तक इस घटना का ज़िक्र कभी-कभी आता रहेगा लेकिन उससे फ़र्क़ नहीं पड़ता। ओपेड पढ़ने वाली जनता वैसे ही हमें वोट नहीं देती।" यह सब कहकर नारायण ने आँखें खोलीं तो मयूर को अपनी ओर एकटक देखता पाया।

मयूर को अब भी उधेड़बुन में देख नारायण ने कहा–"वह लड़की इस रास्ते पर ख़ुद गया है। तुम ख़ुद को दोषी नहीं समझो।"

"अगर मैं माधवी के ख़िलाफ़ बयान दूँ तो?" मयूर ने पूछा।

"दे सकता है लेकिन दिक़्क़त ये है कि तुम इधर बयान देगी उधर वो सीमा को मार डालेगी। फिर तुम्हारा बेस्ट फ्रेंड राघवेन्द्र भी बाहर आ जाएगा।"

"सर आप चाहें तो कैसे भी करके उसे बचा सकते हैं।"

"मेरा सिर्फ़ नाम नारायण है, मैं सचमुच का नारायण नहीं है। मैं मदद करना चाहती है लेकिन उस लड़की ने सब इतना उलझा दिया कि उसके मरने से ज़्यादा नुकसान हमको उसका ज़िन्दा रहने से होगा।"

मयूर राजनीति के इस रूप को पहले भी देख चुका था, उसे नारायण की बातों पर आश्चर्य नहीं हुआ। वह जानता था कि सीमा का बचना इस केस से

जुड़े हर व्यक्ति के लिए नुकसानदेह था। मानव के हाथ से अचला को कमज़ोर करने का हथियार निकल जाता, शाहिद को उसकी सीट वापस नहीं मिलती, माधवी का बदला पूरा नहीं होता, लोग सीमा के नए बयान को सरकार का दबाव मानते, और मयूर ख़ुद...मयूर को इस बात की सन्तुष्टि तो होती कि उसने सीमा को बचा लिया लेकिन उसके बदले में दुष्यन्त के अपराधी राघवेन्द्र को भी छुड़वाना होता। कुल मिलाकर देखा जाए तो सीमा का बच जाना और बयान देना सिर्फ़ राघवेन्द्र के फ़ायदे का था। ख़ुद सीमा को झूठे मुक़दमे के लिए जेल होती और बाद में राघवेन्द्र के हाथों मारी जाती।

राघवेन्द्र ने बड़ा आदमी होने के जितने फ़ायदे उठाए थे आज उसी का ख़मियाज़ा भर रहा था और सीमा सिर्फ़ एक झूठ से अपनी ज़िन्दगी दाँव पर लगा चुकी थी।

16 अप्रैल, 2016

हज़ारा बलात्कार पीड़िता की हत्या। अज्ञात लोगों ने ज़िन्दा जलाकर मार डाला।

सीमा की हत्या की ख़बर देश के हर मीडिया चैनल और अख़बार में थी। हज़ारा के एसपी लक्ष्मण पंत ने मीडिया को बताया कि पीड़िता को 14 तारीख़ की रात और 15 की सुबह के बीच जलाकर मार डाला। पीड़िता पुलिस की लापरवाही की वजह से नहीं बल्कि अपने लोगों द्वारा भितरघात करने से मारी गई है। इससे ज़्यादा कुछ भी कहने से लक्ष्मण पंत ने यह कहते हुए मना कर दिया कि इससे जाँच में बाधा होगी।

देश एक बार फिर ग़ुस्से में हैशटैग उगल रहा था। आम जनता पूछ रही थी कि जब ज़िन्दा थी तब तो जाँच की नहीं, अब क्या करोगे? कवियों ने बेटी की आबरू पर कविताएँ लिखकर ट्रेंडिंग हैशटैग के साथ पोस्ट कर दी। कुछ ने तो कविता पढ़ते हुए अपनी वीडियो बनाकर लोगों को व्हाट्सएप पर भेजा। तमाम लेखक 2 गज से लेकर 2 किमी. लम्बे पोस्ट लिख रहे थे और शेयर करने की अपील कर रहे थे। जो जितना नया था उसकी पोस्ट उतनी ही बड़ी थी, जो जितना पुराना था उसके शब्द उतने ही क्लिष्ट थे। कुछ मासूम ऐसे भी थे जिन्होंने वरिष्ठों से पूछा अकादमी अध्यक्ष विरोध में लिखने पर ख़ुश होंगे या चुप रहने पर? एक विचारधारा के लोगों ने सरकार को स्त्री-विरोधी कहते हुए

धर्म पर टिप्पणियाँ कर दीं तो किसी ने मंत्री की जाति पर। धर्म और जाति पर टिप्पणी होते ही लोगों ने दूसरे धर्म के लोगों द्वारा किए बलात्कार के आँकड़े निकालकर पूछना शुरू किया 'तब कहाँ थे?' अनजाने में ही एक पक्ष ने राघवेन्द्र शर्मा का बचाव शुरू कर दिया।

इस सबमें यह सवाल गुम हो गया कि किसने पीड़िता का अपहरण करके हत्या कर दी। देश के सभी नम्बर 1 चैनलों के सभी नम्बर 1 एंकरों ने अलग-अलग तरीक़े से स्क्रीन पर लिखा–क्या अब भी बच सकेगा राघवेन्द्र शर्मा? जानने के लिए देखिए हमारा कार्यक्रम...

मीडिया अपने सवाल का जवाब पैनल में लोग बुलाकर ढूँढ़ रहा था लेकिन सवाल का असली जवाब जिसके पास था उसने सामने आकर तहलका मचा दिया।

21

शाम 5 बजे, मुख्यमंत्री आवास, जयपुर

मीडिया हॉल खचाखच भरा हुआ था। मुख्यमंत्री की इस प्रेस कॉन्फ्रेंस में आज हर मीडिया आमंत्रित था। शाम 5.15 पर मुख्यमंत्री अचला सिंह आईं। पत्रकारों ने क़लम थाम ली, अपने रिकॉर्डर बाहर निकाल लिए, टीवी वालों ने कैमरा रोल करना शुरू कर दिया।

सब दम साधे मुख्यमंत्री के बोलने का इन्तज़ार करने लगे। अचला ने सिल्क की साड़ी की जगह आज हल्के क्रीम रंग की सूती साड़ी पहनी थी। मेकअप सिर्फ़ इतना जितना टीवी कैमरा में शक्ल ठीक दिखाए। अचला ने नज़र ऊपर उठाई और बोलना शुरू किया–"जो हुआ दुखद हुआ। हम इस पर दुख जताएँ, रोएँ या दुनिया-जहाँ की जाँच बैठा लें लेकिन उस बच्ची को वापस नहीं ला सकते। जब से मैंने इस घटना के बारे में सुना मेरा मन मुझे कचोट रहा है। मुझे लग रहा है कि किसी ने मेरे आँचल के नीचे से मेरी बच्ची को चुरा लिया। हमने दोषियों की पहचान कर ली है। मैं आपको यक़ीन दिलाना चाहती हूँ कि सभी दोषियों को सज़ा ज़रूर मिलेगी।"

एक टीवी चैनल की पत्रकार ने सवाल पूछने के लिए हाथ खड़ा किया। अचला ने इशारा किया और उसके पास माइक पहुँचा दिया गया। पत्रकार ने पूछा–"मैडम, पहले पुलिस ने पीड़िता के बयान लिये बिना केस बन्द कर

दिया था और अब पीड़िता अपना बयान देने के लिए ही जीवित नहीं है। ऐसे में राघवेन्द्र को सज़ा कैसे मिलेगी?"

"इस पर मैं अभी चर्चा नहीं कर सकती।"

"मैडम मतलब हुआ कि सब कुछ अभी भी अँधेरे में है?" पत्रकार ने पुनः सवाल किया।

"जब तक जाँच पूरी नहीं होती मैं इस विषय में कुछ नहीं कह सकती। मैंने आज आप लोगों को किसी और कारण से बुलाया है। मैं आप लोगों के माध्यम से जनता तक यह बात पहुँचाना चाहती हूँ कि हम स्त्रियों को हमारे ख़िलाफ़ हो रहे अपराधों को रोकने ख़ुद आगे आना होगा। अपराधी चाहे कोई भी हो, हमें उसके ख़िलाफ़ इकट्ठे होकर आवाज़ उठानी होगी, तभी हम इस समाज में ख़ुद को सुरक्षित रख पाएँगे और आज..." अचला ने एक छोटा सा पॉज लिया, हॉल में मौजूद मीडिया को फिर देखा और कहा–"...और आज एक स्त्री इन अपराधों के ख़िलाफ़ दूसरी स्त्री का साथ देने के लिए उदाहरण बनकर सामने आ रही है।" अचला ने पीछे मुड़कर दरवाज़े की ओर देखा और मीडिया की नज़रें भी उधर टिक गईं।

दरवाज़ा खुला, माधवी अन्दर आई और मुख्यमंत्री के बगल में जाकर बैठ गई। उसने अचला को देखा, मीडिया को देखा और सिर नीचे झुकाकर धीमी आवाज़ में बोलना शुरू किया–"नमस्ते, मैं माधवी सिंह गुज्जर, विधायक मुबारक़पुर।"

"राघवेन्द्र की बीवी...ये क्या करने आई है?" मीडिया वालों में खुसुर-फुसुर शुरू हो गई।

माधवी ने खुसुर-फुसुर सुनी। उसने सिर उठाया, माइक नज़दीक खींचा और बोली–"मैं यहाँ वह सच बताने आई हूँ जो अब तक कोई नहीं जानता। पीड़ित लड़की को मैं जानती हूँ। उसे राघवेन्द्र ने मिलने के लिए बुलाया था और उससे दो घंटे तक अकेले में बात की। जाते वक़्त वह लड़की रो रही थी। मैंने जब राघवेन्द्र से पूछा तो उसने बात गोल-मोल घुमा दी। मैं नहीं जानती उस दिन उस कमरे में क्या हुआ लेकिन राघवेन्द्र का यह कहना कि वह लड़की से कभी नहीं मिला, यह झूठ है। वह उससे उसी दिन अकेले मिला था।"

"आपने यह सब पहले क्यों नहीं बताया? आज आप इस प्रेस कॉन्फ्रेंस में आकर यह सब क्यों कह रही हैं?" सूर्योदय समाचार के प्रतिनिधि ने पूछा।

"हम सब यह तो जानते हैं कि बाहर ऐसे लोग हैं जो स्त्री को देखते ही

नोचने की फ़िराक़ में होते हैं लेकिन यह भूल जाते हैं स्त्री देह नोचने वाले ये लोग भी किसी न किसी घर से ही बाहर निकलते हैं और वह घर हमारा भी हो सकता है। मुक़दमा वापस लेने के लिए मेरे पति ने हर वो हथकंडा अपनाया जो उनके जितना प्रभावशाली व्यक्ति अपना सकता है। आज उस बच्ची की इतनी निर्मम हत्या की ख़बर सुनकर मैं ख़ुद को नहीं रोक सकी। मैं एक स्त्री हूँ और किसी भी स्त्री के ख़िलाफ़ होने वाले अपराध को स्वीकार नहीं कर सकती चाहे अपराध करने वाला मेरे घर का व्यक्ति ही क्यों न हो। जब तक हम अपनी सोच को नहीं बदलेंगे अपराधी हमारे ही घरों में पलते रहेंगे। यदि अपराधी मेरे घर से है तो मैं उसे छुपाने की जगह उसे सज़ा दिलाऊँगी। यदि वह निर्दोष है तो उन्हें कोर्ट के फ़ैसले का इन्तज़ार करना चाहिए था। उनके साथ उनकी समर्थक जनता थी, उनके साथ मैं थी। उन्हें यह क़दम नहीं उठाना चाहिए था।"

"क्या आप ये कह रही हैं कि आपके पति ने ही पीड़िता की हत्या की?"

"मेरे पति जेल में हैं। वो कैसे हत्या कर सकते हैं? मगर वह हत्या करवाने में सक्षम हैं। पीड़िता द्वारा प्रधानमंत्री के सामने आत्मदाह की कोशिश के बाद से ही मेरे पति पीड़िता को उसी आग में झोंकना चाहते थे जिसकी वजह से यह मुक़दमा हुआ। मैं नहीं जानती कि मेरे पति ने हत्या करवाई या नहीं लेकिन उनके पास यह करने का कारण और ताक़त दोनों हैं। मैं उस बच्ची को वापस तो नहीं ला सकती लेकिन उसकी माँ को उनके जीवन-यापन के लिए 50 लाख रुपए दे रही हूँ। वह जहाँ चाहें वहाँ जाकर रहें।"

माधवी का बयान विस्फोटक था। सभी मीडिया वालों के चेहरे खिले हुए थे। वे फुलझड़ी मिलने की बात सोचकर आए थे और उन्हें हज़ार बम की लड़ी मिल गई। हर किसी के दिमाग़ में दौड़ चल रही थी कि वह कैसे इस मामले को दिखाएगा कि तभी एक पत्रकार ने माधवी से पूछा–"माधवी जी क्या आप जानती हैं कि आपका ये कहना आपके पति के ख़िलाफ़ जाएगा?"

"मैं स्त्री पहले हूँ, पत्नी बाद में। अगर मैं किसी स्त्री पर हुए अपराध पर इसलिए चुप्पी साध लूँ क्योंकि अपराधी मेरा कोई अपना है तो हम इस दुनिया से स्त्रियों के प्रति होने वाले अपराधों को कभी समाप्त नहीं कर पाएँगे। आज मेरा बोलना उस बच्ची को न्याय दिला पाएगा या नहीं यह तो भविष्य तय करेगा लेकिन यह ज़रूर होगा कि कई और बच्चियाँ मेरे पति के चंगुल में आने से बच जाएँगी।"

माधवी के बात कहते ही अचला सिंह ने माइक सँभाला और कहा–"माधवी नारी-शक्ति की सच्ची प्रतीक है। उसने आज साबित कर दिया है कि एक नारी ही नारी का उत्थान कर सकती है। हम सभी स्त्रियों को माधवी से सीखना चाहिए और ग़लत का विरोध करना चाहिए।"

"सीएम मैडम, राघवेन्द्र शर्मा के कई समर्थक मंत्रिमंडल से इस्तीफ़ा दे चुके। कई विधायक आपका साथ छोड़ने की बात कर रहे हैं। क्या आपको लगता है कि आपकी सरकार टिकेगी?" एक और पत्रकार ने पूछा।

"तो क्या सरकार बचाने के लिए न्याय रोक दूँ? मैं पहले ही ख़ुद को उस बच्ची की हत्या का दोषी मान रही हूँ और अब सरकार बचाने के लिए अगर अपराधियों का साथ दूँ तो मेरा राजनीति में आना, एक स्त्री होना दोनों व्यर्थ है।"

माधवी ने माइक लिया और कहा–"उस बच्ची के न्याय के लिए मैं इस सरकार के समर्थन में हूँ। यदि मैं पत्नी होकर न्याय और मानवता के लिए अपने पति के ख़िलाफ़ जा सकती हूँ तो उन विधायकों के सामने तो कोई समस्या ही नहीं होनी चाहिए। जनप्रतिनिधि होने के नाते उनका फ़र्ज़ जनता के लिए पहले है। यदि इसके बाद भी कोई विधायक किसी अपराधी का समर्थन करता है तो जनता अगले चुनावों में तय करे कि उनका चुना नेता उनकी रक्षा करने वाला हो या उन अपराधियों की जिनका शिकार हेममें से किसी की भी बच्ची हो सकती है।"

माधवी की बात पर अचला बड़े प्यार से उसकी ओर देखकर मुस्कुराईं और कंधा थपथपाया। सलीम-जावेद की तरह दोनों के बीच बेहतरीन जुगलबन्दी चल रही थी। अचला ने माइक लिया और कहा–"मुझे आज से पहले माधवी के विचारों के बारे में इतना नहीं मालूम था। मैं आज से इसकी फ़ैन हो गई हूँ। हमने महिलाओं की शिक्षा और सुरक्षा के लिए बहुत काम किया है। इन कामों को सफलता तब और ज़्यादा मिलती है जब उसमें माधवी जैसी नेत्री साथ जुड़ती हैं। अगर माधवी स्वीकार करें तो मुझे उन्हें अपने मंत्रिमंडल में शामिल करके बहुत ख़ुशी होगी। मुझे इस समय यह कहना अच्छा नहीं लग रहा है लेकिन हम राघवेन्द्र शर्मा को पार्टी से निकाल रहे हैं। इस पार्टी में अपराधियों के लिए कोई स्थान नहीं है। हमें इस पार्टी में माधवी जैसे लोगों की ज़रूरत है।"

17 अप्रैल, 2016

अगले दिन की मुख्य ख़बर थी–माधवी सिंह बनीं महिला कल्याण मंत्री। सोशल मीडिया में पिछले दिन के हैशटैग ग़ायब हो चुके थे। आज के मुख्य हैशटैग थे–नारी शक्ति, वुमेन पावर, वुमेन फॉर वुमेन। 55 प्रतिशत हैशटैग के साथ माधवी और अचला की तस्वीर थी या उनके प्रेस कॉन्फ्रेंस की क्लिप।

राघवेन्द्र की जमानत के रास्ते बन्द हो गए, अचला की सरकार पर से ख़तरा टल गया। सीमा की हत्या नुकसान की बजाय सरकार को फ़ायदा पहुँचा गया। मयूर की वेबसाइट की ग्लोबल रैंक एक हज़ार के अन्दर आ गई। नाना के पास भविष्य में अचला को टक्कर देने के लिए एक और महिला चेहरा तैयार हो रहा था।

पूरे देश का ध्यान इस मुद्दे से हटकर पश्चिम बंगाल के चुनावों पर था। नए हैशटैग अब दीदी या दादा थे।

27 अप्रैल, 2016

मयूर को लगता था कि वह छात्र जीवन में राजनीति का सबसे घिनौना रूप देख चुका है मगर अभी बहुत कुछ बाक़ी था।

'हज़ारा की बेटी के हत्यारे का खुलासा कुछ ही देर में...' सभी टीवी चैनल की स्क्रीन पर यह ख़बर दिख रही थी। दोपहर 3 बजे एसपी लक्ष्मण पंत द्वारा सीमा के हत्यारे का खुलासा करने के लिए प्रेस कॉन्फ्रेंस होने वाली थी।

"14 अप्रैल की रात और 15 अप्रैल की सुबह के बीच हमें सूचना मिली कि पीड़िता अस्पताल से ग़ायब है। पीड़िता को उसके ही क़रीबी जो पूरे समय उसके साथ थे, पुलिस से नज़र बचाकर एक इनोवा में बैठाकर बाहर ले गए। सूचना मिलते ही हमने इनोवा को और पीड़िता के परिचितों के फ़ोन को ट्रेस करना शुरू किया। आधे घंटे बाद सभी फ़ोन स्विच ऑफ़ हो गए और इनोवा कोटपूतली के पास लावारिस मिली। आसपास के इलाक़ों में खोजने पर हमें सूचना मिली कि कुछ लोगों को सुनसान इलाक़े में कुछ जलाते देखा गया। पुलिस को घटनास्थल पर जलाने के सबूत मिले लेकिन अपराधी जले हुए

अवशेषों को वहाँ से ले गए। पुलिस को घटनास्थल से पीड़िता का दुपट्टा, कुछ अधजले बाल और मोबाइल फ़ोन मिला। डीएनए जाँच में बाल पीड़िता के ही निकले और आज हम आधिकारिक रूप से इस हत्या की पुष्टि करते हैं।"

"मिस्टर पंत इस हत्या के बारे में तो हम 11 दिन पहले ही जान चुके। आप ये बताएँ कि क्या अपराधी पकड़ में आया? कौन हैं वे नज़दीकी लोग जिन्होंने यह हत्या की और हत्या की वजह क्या है?"

लक्ष्मण ने सवाल पूछने वाले पत्रकार को देखा और फिर से सिर प्रेस ब्रीफ़िंग नोट में घुसाकर कहना शुरू किया–"हमें कल रात अपराधियों के ठिकाने की टिप मिली। हमारे पहुँचने पर हम पर फायरिंग करके अपराधियों ने भागने की कोशिश की और जवाबी फायरिंग में चार लोग मारे गए। इन चारों में से एक हज़ारा के पूर्व विधायक शाहिद हुसैन थे।"

"पंत साहब, शाहिद हुसैन तो राघवेन्द्र शर्मा के राजनैतिक विरोधी हैं और वह पीड़िता को न्याय दिलाने के लिए लड़ रहे थे। वह क्यों उस लड़की की हत्या करेंगे?" मरुधर समाचार के प्रतिनिधि ने सवाल पूछा।

"शाहिद हुसैन के बेटे एजाज़ हुसैन के अनुसार राघवेन्द्र शर्मा ने पीड़िता को रास्ते से हटाने में मदद करने के बदले में अगले चुनावों में हज़ारा सीट और मुबारक़पुर सीट दोनों शाहिद हुसैन और एजाज़ के लिए छोड़ने का समझौता किया था। पीड़िता के पिता की मृत्यु के बाद से उसकी ट्रक दुर्घटना के बीच शाहिद हुसैन और राघवेन्द्र लगातार सम्पर्क में थे। फ़ोन रिकॉर्ड पुलिस के पास हैं।"

"तो क्या एजाज़ हुसैन भी इस हत्याकांड में शामिल हैं?"

"प्राथमिक जाँच में ऐसा नहीं लगता। वह राघवेन्द्र शर्मा से इस समझौते के विरोध में थे और हत्या के समय भी घटनास्थल से 50 किमी. दूर थे। इस मामले में हमारी जाँच पूरी हो चुकी है। हम इस हफ़्ते कोर्ट में अपनी रिपोर्ट पेश कर देंगे।"

8 सितम्बर, 2016

आज राघवेन्द्र के केस का फ़ैसला था। कोर्ट ने माधवी के बयान को महत्त्वपूर्ण माना और परिस्थितिजन्य साक्ष्य के आधार पर राघवेन्द्र को बलात्कार का दोषी माना। राघवेन्द्र को रामफूल सिंह की हत्या के मामले में भी साज़िशकर्ता माना

गया और इस मामले में भी उसे अमित के साथ सज़ा सुनाई गई।

मयूर दिल्ली से इस फ़ैसले को सुनने आया था। फ़ैसले के बाद लक्ष्मण के बहुत ज़ोर देने पर मयूर उसके साथ जनता स्टोर पहुँचा। लक्ष्मण ने मयूर को फ़ोन दिया और कहा–"माधवी तुमसे बात करना चाहती है।"

मयूर ने सशंकित नेत्रों से लक्ष्मण को देखा और फ़ोन लिया। माधवी बोली–"आपको धन्यवाद भी देना था और माफ़ी भी माँगनी थी। सीधे आपके फ़ोन पर नहीं किया क्योंकि आप तो बातें रिकॉर्ड करते हैं।"

मयूर के चेहरे पर मुस्कान आ गई। उसने माधवी से पूछा–"आपने क्यों किया उसकी वजह मैं जानता हूँ लेकिन एक सवाल मेरे मन में अक्सर आता है कि बदले के लिए ही सही अपने ही क़रीबी लोगों के साथ छल और हत्याएँ करना क्या ठीक है? जब मैं हत्या की बात कर रहा हूँ तो मैं शाहिद का ज़िक्र कर रहा हूँ जिसने आपका साथ दिया था।"

"मयूर जी, राजनीति बलि माँगती है और यह बलि किसी भी चीज़ की हो सकती है। इनसान की, सपनों की, रिश्तों की, भरोसे की...बिना बलि के राजनीति पूरी नहीं होती। राघवेन्द्र और शाहिद ने बहुत से लोगों की बलि दी और मैंने उनकी। शायद सबके लिए यही ठीक है।"

मयूर ने जवाब नहीं दिया। राजनीति के लिए उसने भी एक बार बलि तो दी थी। फ़ोन काटने के बाद लक्ष्मण ने तीन चाय ऑर्डर किए। तीसरी चाय दुष्यन्त के नाम की थी जिसे उन दोनों ने आधा-आधा करके पिया।

8 सितम्बर, 2016, शाम 7 बजे

जनता स्टोर पर लक्ष्मण के साथ दुष्यन्त के नाम की चाय पीने के बाद मयूर अपनी गाड़ी में वापस दिल्ली जा रहा था। मयूर के लिए राघवेन्द्र का अध्याय आज एक बार फिर बन्द हो चुका था। वह दुआ कर रहा था कि अब यह अध्याय फिर न खुले तभी उसके फ़ोन की घंटी बजी।

मयूर ने फ़ोन उठाया और पूछा–"हाँ, अवनिका कैसी हो? पढ़ाई कैसी चल रही है?"

"मैं बिलकुल ठीक नहीं हूँ। हॉस्टल का खाना खा-खा कर पक गई हूँ। आप माँ को यहाँ भेज दो ना..."

"तुम जानती हो अवनिका, माँ अभी कम-से-कम छह महीने और नहीं आ सकती। क्यों बार-बार पूछती हो..."

"ठीक है नहीं पूछूँगी अगर आप मुझे अवनिका बुलाना बन्द कर देंगे। मैं भूल ही गई हूँ कि मेरा नाम सीमा है।"

"ये नाम भूल जाना ही बेहतर है।"

"ठीक है मगर कोई और नाम रख देते। मुझे अवनिका नहीं पसन्द। सीमा नाम में रोल नम्बर लास्ट में आता था। अब शुरू में ही आ जाता है।"

"ठीक है, मैं नाम्बियार साहब को कह दूँगा कि अगली बार किसी का नामकरण करें तो अ से नहीं स से करें।

2

15 अप्रैल, 2016, दोपहर 1 बजे, नारायण नाम्बियार का घर

नारायण नाम्बियार ने हाथ खड़े करते हुए मयूर से कहा–"मैं मदद करना चाहता है लेकिन उस लड़की ने सब इतना उलझा दिया कि उसके मरने से ज़्यादा नुकसान हमको उसका ज़िन्दा रहने से होगा।"

मयूर ने कुछ देर सोचा और कहा–"अगर मैं ऐसा कोई रास्ता निकालूँ कि राघवेन्द्र के समर्थक आपके साथ रहें तो?"

"प्लान बताओ।" नारायण नाम्बियार की रुचि जगी।

"मैं माधवी को राघवेन्द्र के ख़िलाफ़ बयान देने को राजी कर लूँगा। यदि वह राघवेन्द्र के ख़िलाफ़ बयान देगी तो राघवेन्द्र समर्थक मजबूरी में अचला सिंह के साथ दुबारा आएँगे। हमें माधवी को ताक़तवर बनाना होगा। आप उसे मंत्री बनवा दीजिए।"

"माधवी अगर बयान देने को राजी नहीं हुई तो?"

"माधवी का अन्तिम उद्देश्य राघवेन्द्र को सज़ा दिलाना है और लक्ष्मण पंत का माधवी को सुरक्षित रखना। वे दोनों तो यही मानते हैं कि मेरे पास रिकॉर्डिंग है। मैं उनसे कहूँगा कि आपने रिकॉर्डिंग अपने पास ले ली है और सीमा को मारने के बाद भी उनके दोनों उद्देश्य पूरे नहीं होंगे। उनके पास यही एक उपाय होगा कि वह राघवेन्द्र के ख़िलाफ़ बयान दे और मंत्री भी बन जाए।"

"लेकिन सीमा का क्या करोगे? उसे कोर्ट में पेश तो होना ही होगा। झूठा बयान वो देगी नहीं, फिर माधवी झूठा बन जाएगी। हम वापस से वहीं आ जाएगा

जहाँ से शुरू हुआ। इमोशनल होकर मत सोचो मयूर। तुम्हारा प्लान से सीमा बचे न बचे राघवेन्द्र ज़रूर बच जाएगा। सीमा को मारना होगा।"

मयूर के दिमाग़ में तूफ़ान मचा हुआ था। उसने अपने प्लान में यह तो सोचा ही नहीं था कि सीमा का क्या करेगा। वह किसी भी क़ीमत पर राघवेन्द्र के सामने एक और ज़िन्दगी हारने को तैयार नहीं था। सीमा का मरना एक बार और दुष्यन्त को खोना था। मयूर ने नारायण से बहुत दृढ़ता से कहा–"मैं किसी भी हालत में उस मासूम लड़की को नहीं मरने दे सकता नाम्बियार साहब। आप मदद नहीं करेंगे तो न सही। मुझसे जो भी हो सकेगा करूँगा। उस लड़की को कुछ भी हुआ तो मैं सब पब्लिक कर दूँगा। मुझे परवाह नहीं कि उसके बाद राघवेन्द्र छूट जाए या मेरी नौकरी जाए...मैं उस लड़की को नहीं मरने दूँगा।"

नारायण नाम्बियार मुस्कुराया और बोला–"मैंने कब कहा कि उस लड़की को मारो? मैं तो कहा सीमा को मारना होगा। लड़की को ज़िन्दा रखो लेकिन सीमा को मार दो। उसके बचने का बस एक यही रास्ता है। तुम माधवी से बयान दिलवाओ और मैं सीमा के पुनर्जन्म का इन्तज़ाम करता हूँ। इस जन्म में उसका नाम रखेंगे अवनिका। थोड़ा अलग और मॉडर्न...ठीक है?"

मयूर का मुरझाया चेहरा खिल उठा। उसने तुरन्त हामी भरी और माधवी का बयान करवाने का वादा करता हुआ उठा। मयूर चलने को हुआ कि उसके दिमाग़ में एक सवाल कौंधा–"नारायण सर एक सवाल...मेरे सामने सब कुछ इतना खुलकर कहते हुए आपको चिन्ता नहीं हुई कि कहीं मैं बाहर जाकर कुछ कह दूँ तो...?"

नारायण ने चश्मा निकाला और उसे सॉफ़्ट टिशू पेपर से साफ़ करते हुए कहा–"नहीं...क्योंकि मुझे तुम्हारे मॉर्निंग वॉक का समय पता है।"

माधवी ने ठीक ही कहा था कि कर्मों का फल कभी न कभी चुकाना पड़ता है। राघवेन्द्र ने हमेशा अपनों को धोखा दिया और आज उसी का फल जेल में दिन काटते हुए भोग रहा था।

शाहिद डबल गेम खेल गया और उसी का शिकार होकर मरा। एजाज़ के पास दो ही उपाय थे–या तो सीमा की हत्या का आरोपी बनकर पिता के साथ एन्काउंटर में मरे या माधवी का साथ देकर मुबारक़पुर से विधायक बने। उसके

पिता के नाम भी राघवेन्द्र की तरह ऐसे कितने ही अपराध दर्ज थे जिनकी उन्हें सज़ा नहीं मिली। एजाज़ ने दूर की सोची और राघवेन्द्र की सज़ा की तरह अपने पिता के एन्काउंटर को भी ऊपरवाले के न्याय के रूप में स्वीकार कर लिया। 2017 के चुनाव में माधवी ने मुबारक़पुर सीट छोड़ हज़ारा से चुनाव लड़ा। एजाज़ माधवी के सहयोग से मुबारक़पुर का विधायक बन गया।

मानव अपनी पूर्व पत्नी को नीचे खींचने के लिए हर तिकड़म भिड़ाता रहा और अब नारायण ने उसे ही पार्टी में किनारे कर दिया है।

अचला ने नारायण नाम्बियार उर्फ़ नाना को हमेशा चुनौती दी। नाना अब माधवी को अचला के लिए एक चुनौती के रूप में तैयार कर रहा है।

लक्ष्मण पंत को फील्ड से हटाकर पुलिस ट्रेनिंग अकादमी में भेज दिया गया है। माधवी उसे वापस कोई अच्छी पोस्टिंग दिलाने के लिए लगातार प्रयासरत है लेकिन कहते हैं कि डीजीपी के पास नाना के आदेश हैं।

सीमा अब अवनिका बनकर किसी अज्ञात शहर में पढ़ाई कर रही है। उसके नए नाम और शहर के बारे में सिर्फ़ दो लोग जानते हैं।

मयूर अर्क न्यूज़ ग्रुप में और ताक़तवर हो चुका है। उसे राहुल बंसल का उत्तराधिकारी माना जा रहा है। नारायण नाम्बियार से अब राहुल की जगह वह अधिकतर मामलों में डील करता है। अब उसके पास भी नारायण का वह नम्बर है जिस पर तभी फ़ोन करना है जब हिरोशिमा पर हमला होने जैसा कुछ हो और सिर्फ़ नारायण उसे रोक सकता हो।

नवम्बर, 2016

"क्या भाई चंगेज खान, का लग रहो, माधवी पंडत जितना बड़ा नाम कर पाएगी?"

"पंडत से ज्यादा नाम तो अभी कर ली। ये बहुत ऊपर जाएगी। इसके सिर पर अब नारायण नाम्बियार का हाथ है।"

"मतलब कि पंडत की कहानी अब खतम?"

"कोई कहानी कभी खतम नहीं होती और जब होती है तो उस कहानी से नई कहानी पैदा हो जाती है। इन्तजार कर।"

"तू नई कहानी तक जिन्दा रहैगो?"

"मैं न रहूँगो पर तू तो रहैगो..." चंगेज़ की बात पर सब हँस दिए, तभी ठक-ठक की आवाज़ ने सबका ध्यान खींचा।

सामने लकड़ी का एक गेट तैयार हो रहा था और एक मज़दूर ऊपर चढ़ बैनर को कील से ठोककर टाँग रहा था। नीचे खड़े ठेकेदार ने आवाज़ दी, "अरे, बैनर बाईं तरफ़ झुक रहा है सीधा कर।"

बैनर सीधा होने पर सबने देखा कि माधवी की तस्वीर के साथ लिखा है—'मंत्री एवं हज़ारा की बेटी माधवी सिंह का स्वागत। आपका अपना—एजाज़ हुसैन।'

चंगेज़ ख़ान ने बैनर पर एजाज़ का नाम पढ़ा। दूसरी तरफ़ देखते हुए वह फिर से अपना हुक्का गुड़गुड़ाने लगा।